ミチノオク

佐伯一麦
Saeki Kazumi

新潮社

目次

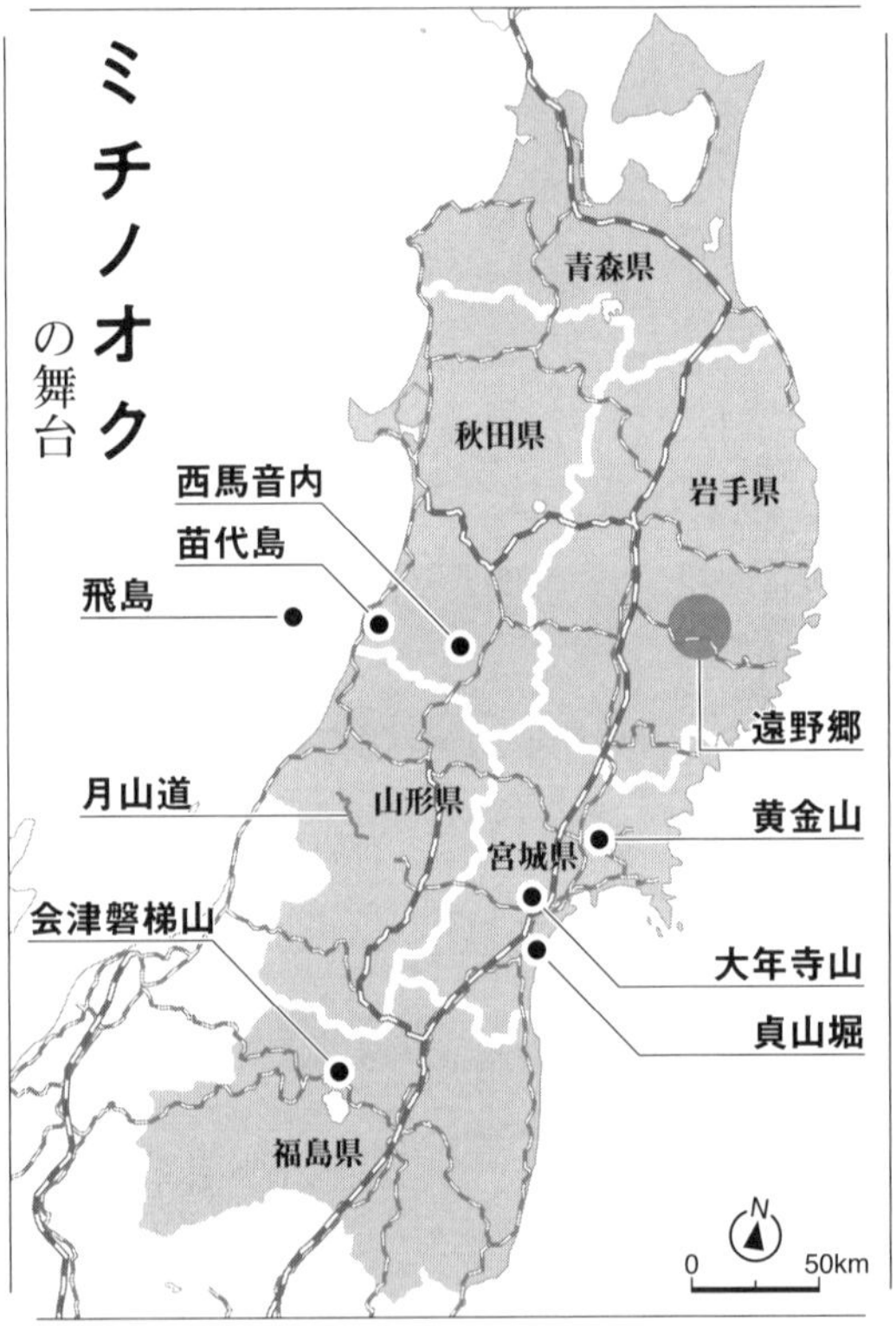
ミチノオク
の舞台
青森県
秋田県
岩手県
西馬音内
苗代島
飛島
遠野郷
月山道
山形県
黄金山
宮城県
会津磐梯山
大年寺山
貞山堀
福島県
N
0
50km

ミチノオク

東北をあらわす「陸奥」の元の意味は「道の奥」であり、芭蕉の「おくのほそ道」もそこから来ている。さらに、「ミチノオク」とカタカナにしてみると、「未知の奥」との意味合いも籠もるように感じられる。遠野の「オシラサマ」をはじめとする東北の事物も、カタカナによる伝承の意味合いがあると思え、還暦の前後に重ねた東北の旅に触発された本書の表題もそれに倣った。

西馬音内

東北新幹線こまちの窓の外側に滴が付きはじめたと思うと、すぐに雨脚が強まり、数本の水のすじが震えながら横に走った。視界がにわかに灰色に煙り、未知の土地を走っているような心地となる。トンネルに入ると、雨滴はまたたく間に風圧に吹き飛ばされ、鏡となった窓に車内の光景がぼんやりと映し出された。

仙台市内の集合住宅の自宅を出て、朝八時ちょうどの市営バスに乗るさいには、これなら夜まで何とか天気が持つかもしれない、と薄曇りの空を見上げたものだ。立秋を過ぎると東北の短い夏は終わりのけはいとなり、半袖シャツの二の腕がいくぶん涼しく感じられた。一時は小笠原諸島近海でほとんど停滞し、超大型となった台風十号が、勢力はやや弱まったものの中国地方を暴風域に巻き込みながら豊後水道を北上して四国の佐田岬をかすめた後、広島県の呉市付近に上陸し日本海へと抜けた進路を取ったことで、盆休みの帰省客の足に大混乱を来したのが昨日のことだった。現在、台風は日本海を北海道方面へ向けて北上中で、それに伴う大雨への警戒が東北、北海道に呼びかけられていた。それでも天気予報図では、速度を上げた台風は今日の夕刻には東北の沖合を抜ける模様だった。台風の暴風域が広範囲に及んでいる影響らしく、東北の太平洋側でも、一昨日あたりからときおり南からの強い風が吹いて、自宅の南東の斜面に面した専用庭の枝垂れ桜の枝を大きく揺らしたが、本格的な雨が落ちて来ることはなかった。

仙台発秋田行きの九時十二分の新幹線に乗り込み、発車して人心地が付いた思いで左手の窓の外へと目を向けると、遠くの雲の切れ間に仄明るい水色さえ僅かに覗いていた。二人掛けの隣の通路側に前から座っていた背広姿の男は、ぼくがすみませんと声をかけて奥に進むときに、口をへの字に結んだまま僅かに膝をよけたほかは、疲れた顔でずっと固く目をつむっていた。車内は、夏休み中の子供たちを連れた家族連れが比較的目立った。市街を抜けると、やがて大崎平野の青青とした田んぼの風景が広がった。七月の初め頃には、日照不足と低温による稲作への影響が心配されたが、どうにか持ちこたえたようだ。その奥羽山脈寄りに奥まったところには東北で唯一、対戦車ヘリコプター、迫撃砲、榴弾砲、戦車の訓練が可能な大規模演習場があり、陸上自衛隊はもとより、沖縄の負担軽減のために沖縄県道一〇四号線越え実弾射撃訓練を分散・実施することが日米合同委員会において合意されてからは、在日米軍も演習を行うようになった。回数が増えた実弾訓練が行われている期間は、三十キロ近く離れた丘の上の自宅に居ても、小さな地震かと感じるほどの震動がしばしば起こる。

稲穂が波打つ懐かしみを帯びた風景が車窓の外を流れていくのを見遣りながら、ぼくはまた、子供の頃に蚊帳が吊られた夏の朝の寝床で聞いた地響きのような重低音を頭の中によみがえらせた。それは最寄りの駐屯地から演習場へと田んぼの中を通る県道を列をなして走行する戦車の音だった。最も近付くあたりでは、キャタピラーが発するキュルキュルという軋み音も耳に付いた。そこは母親の実家で、夏休みや冬休みの間、ぼくは決まって預けられる習慣だった。祖父はぼくが生まれる前に亡くなっていたが、すっかり腰が曲がってしまっていたものの祖母は健在だった。伯父が農家を継いで当主を務めており、田畑の他に乳牛や鶏も飼っていた。馬もいたが、乗らせてもらえるようになる前に手放されてしまったのが子供心に残念だった。新幹線なら仙台からこうして十分ばかりで通りかかるけれども、路線バスでは仙台駅前のバス停から一時間半かかる道のりで、まだ一人で行けない幼少期には、幼稚園や小学校が休みに入ると、伯父が家まで迎えに来てくれた。バスに並んで座ると、伯父からは煙草のほかに、干し草とかすかに肥のにおいもした。そのにおいが、ぼくは嫌いではなかった。

おんつぁんのとこの子供になれや。伯父はよく、からかうようにぼくにそういった。藁葺き屋根の古く大きな伯父の家に泊まっている間、ぼくとは七つと三つと年の離れた従兄たちと、川泳ぎや魚釣り、土器や矢尻拾い、カブトムシやクワガタ採りなどをした。雪が多い内陸部なので、冬にはかまくらを作って、ろうそくを灯した中で子供たちだけでトランプをしたり、餅を食べることも出来た。田舎の悪童から、積み上げられた稲藁に押し倒されてズボンを脱がされるような洗礼も受けた。畦道を伯父が運転する耕耘機の荷台に乗せてもらうのは心が弾んだし、囲炉裏端で酒を飲んでいる伯父の膝の間にちょこんと坐らせてもらい火を眺めているのも好きだった。伯父は、大戦では南方戦線に赴き、敗戦後生死がまだ不明だったときに、村の霊能者にコックリさんをしてもらい、病気に罹っているがもうすぐ生還する、と予言されたのが当たったという。仙台の生家での暮らしを振り返るぶんには、東北で生まれ育ったということをあまり意識することはないが、幼少年期の伯父の家での経験は確実に、ぼくが自分に根を生やしている東北というものを否応なく感じるときの原点といえた。

ほどなく古川駅を通過し、くりこま高原駅に近付くと、ぼくは宮城県と岩手県、秋田県の三県にまたがる円錐状の裾野をもつ栗駒山が見えてくる辺りを目で追った。だが、あいにく曇天に隠れて見えなかった。そうして、広い東北の中でも最も面積の広い岩手県に入った辺りから雨が落ちてきたのだった。右斜め前の座席の七十前と見える夫婦連れらしい二人にも、すぐに降り出した雨に気付いて教えている仕草がうかがえた。東京駅か大宮駅からの乗車客のようで、ぼくが乗ったときにはすでにくつろいだ恰好でいた。ホテルの室内で履くような簡易の白いスリッパに履き替え、通路側に座って新書を読んでいた男は、窓際の女に教えられて窓の外へと目をうつした。網棚には、同じ形で色違いの中型のリュック二つが並んで置かれ、座席前の網で出来た物入れには、国土地理院刊行の二万五千分の一の地図が入れられている。夏山へトレッキングにでも行くのだろうか、旅慣れている感じだな、とぼくは見遣った。ポケットがいくつかついたベストに薄茶系のズボンを穿き、グレーの髪をした男は、中肉中背で穏やかな印象を受けた。女の方は、ここからははっきり全身は見えないが、手洗いに立ったときに、肩まで下ろしたふさふさした栗色の髪に眼鏡をかけた顔立ちはふくよかで、ジーンズ姿に藍染のようなベストを羽織っていた。雨にも特に困惑している色はなく、今日はあいにくの雨となったけれど、ゆっくり温泉にでもつかって、台風一過の好天となるにちがいない明日を待とう、という余裕の心づもりかと勝手にぼくは察した。

いっぽうぼくは、台風が少しでも早く東北を抜けて、夕刻から天気が回復するのに賭ける思いだった。送り盆の今夜から三日間、秋田県雄勝郡羽後町の西馬音内《にしもない》で国の重要無形民俗文化財に指定されている盆踊りが行われる。それを見に行くのだった。もしも今夜が雨降りでも、期間はあと二日あり、明晩はまず大丈夫だろうと思われるが、あいにく明後日は信州での仕事が入っており、最寄り駅の奥羽本線の湯沢駅を朝一番の列車で発っても間に合わないので一泊しか出来ず、今夜しか機会はない。前もって昨日、羽後町の役場に雨天の場合の盆踊りについて電話で問い合わせると、場所が本町通りから総合体育館に変更となることがあるものの、中止にはならないというので、ともかく向かうことにしたのだった。

仙台を出発してから四十分で最初の停車駅の盛岡駅に着いた。半数ほどの乗客とともに、隣の男も降りた。ここで、東京駅から併結されて引き続き東北新幹線として新青森駅まで行くはやぶさと切り離され、こまちは在来線の田沢湖線・奥羽本線の線路を走行する秋田新幹線となる。それまで高架からだった車窓の眺めは、地上に近付きすぐ脇に踏切が見えた。速度はぐんと落ち、雨滴は斜めに流れるようになった。東北地方の背骨をなす険しい奥羽山脈を横断するこの路線は、大雨の影響のほかに、野生の熊や羚羊《かもしか》と衝突する事故で運休や遅れが発生することがあった。じっさい昨日も、下りの秋田新幹線が熊をはねて緊急停車し、三十六分遅れで秋田駅に到着した記事が出がけに読んだ朝刊に載っていた。晴れていれば南部富士こと岩手山が望め、高原のような風景を走っていた列車は雫石を通過して少し行った辺りから山中に分け入り、防雪林らしい杉や檜に混じって、茶色に白い木肌のダケカンバや長楕円形の小葉が羽状複葉となっているナナカマドなどの樹木が迫って見えてきた。沢流れもあった。昨日このあたりではねられたらしい熊のその後は確認できていないらしく、雨が降ったり止んだりしている中、ぼくは沿線に目を凝らして熊の行方を追う気持となった。間もなく新幹線は、岩手と秋田の県境の仙岩峠に穿たれた全長三九一五メートルの仙岩トンネルに入っていった。

――ぜひ、いっぺん見てみるといい。

と西馬音内盆踊りのことを教えてくれたのは、宮城県で一九九七年から終末期のがんや難病患者のために在宅緩和ケア活動をし、二千人以上を看取ってきたT医師だった。

ぼくは、あるキリスト教系の雑誌から依頼され、東日本大震災の翌年の九月初めに対談したのが初対面だった。そのときT医師は、二年前に胃がんが見つかり余命十か月と宣告された病状が深刻で、予断を許さない状態だった。エッセイを連載した縁で旧知の編集者であるシスターから、そのことを知らされたうえで、被災地の近くに住む者同士として震災後の現状や魂の問題などを語ってほしい、といわれて特別に宗教を持っているわけではないぼくは正直ためらった。だが、話ができるいまのうちに、というシスターの強いすすめに押し切られた恰好だった。教誨師として死刑囚との対話も経験しているシスターは、ぼくなどよりもよほど肝が据わっていた。T医師の自宅で行われた対談は、マッサージチェアに胡座をかいていたT医師が、途中からソファに横になって続けられた。パジャマ姿は瘦身で、顔色は悪かったものの少年の面影を宿しているようにぼくには見えたが、その数か月前にも面会していたシスターは、病状が想像以上に進んでいたことへの驚きの色を隠せないようだった。

はじめのうちT医師は苛々した表情で、震災について高みに立って文明論的に語る風潮への嫌悪を吐き捨てるように口にした。自身の迫っている死を意識せざるを得ないことに加えて、訪問介護士の女性スタッフを震災で亡くしている身としてはもっともだろうとぼくは感じた。スタッフだった彼女は、ALS（筋萎縮性側索硬化症）で動けない担当患者の老婦人の身を案じて沿岸部に向かい、天井に達するほどの水が押し寄せるなか、患者を彼女が下から押し上げ、患者の夫が二階から間一髪で引きずり上げて助けたものの、津波に呑み込まれてしまったという。

それでも、柳田國男が『遠野物語』の九十九話で、遠野から沿岸に婿入りした男が、明治三陸地震津波に遭遇して妻子を失い、残った子ども二人と元の屋敷に小屋掛けして暮らしていたときに、妻の亡霊が現れる、という話を書いており、また空襲警報のもとで書き継いだという「先祖の話」のなかで、死者の魂は幽遠の彼方ではなく、故郷の山の高みから、いつも子孫のなりわいを見守っている、とも記していることに触れて、死よりも死者たちのことが語られるべき、という話に進むと、次第にT医師の眼に力が宿り、言葉は熱がこもりはじめた。

――死者たちはどこに行ったのか。それが皆の不安だよ。合理的なものが全てはずれて、不条理な事実を突きつけられたときに幽霊が見えてしまう。それが生理現象だと現地の人たちは思い知ったんだ。たくさん幽霊を見ているっていうだろう。でも、現地を離れたり関係のない人たちからは、仮設に住んでいる被災者だってことで差別を受け、お化けが見える変な人、と言われて二重差別を受けているのが現状だ。

ぼくは深くうなずいた。その頃はたしかに、被災地での霊的な体験がしきりと話題になっていた。仮設住宅の突貫工事を夜遅くまでしていると、窓から知らない人がいっぱい覗いていたという話だったり、タクシー運転手が三十代の女性を乗せると、目的地は津波で更地になってしまった所で、不審に思い、あらためて行き先を尋ねると女性は「わたしは死んだのですか？」とつぶやき、驚いた運転手がミラー越しに後部座席を見ると誰も座っていなかったという話。夢とも現《うつつ》ともつかない幻覚として、亡くなった家族や恋人、友人があらわれたり、行方不明だった遺体の場所を知らせる手がかりを与えたり……、といった話がよく聞かれたものだった。見つかってよかった、というのは、まだ行方不明者が多いなか、遺体が見つかっただけでもよかった、ということなのを何とも言えぬ思いで聞くこともあった。ぼく自身、近所の野草園で半夏生が群生している傍の木のベンチに、閉園の時間となっても座ったまま微動だにしない老夫婦の姿を何気なく目撃しては、後になって首をかしげさせられたり、集合住宅の自宅の、海が遠望される専用庭のほうが、今夜は何だかずいぶんと賑やかだな、皆が来てるのかな、などと何の気なしに妻と話を交わすこともあった。いまとなっては理に合わない話だけれど、そのときは二人ともとくに不思議だと思わない心の状態だった。もちろん恐怖も覚えなかった。

震災の津波の痕跡は戦災の焼跡に比較されることが多かったが、国土が大規模に破壊されたことのほかに、人心におよぶ事柄にも共通するものがあったのではないか。坂口安吾が昭和二十一（一九四六）年に発表した「石の思い」という自伝的作品には、安吾が碁を教えてもらうなど親しくしていた五つぐらい年上の精神薄弱の青年が家出して彷徨した末に、精神病院で息を引きとったそのときに、青年の家では〈突然突風の音が起って先ず入口の戸が吹き倒れ、突風は土間を吹きぬけて炉端の戸を倒し、台所から奥へ通じる戸を倒し、いつも白痴がこもっていた三畳の戸を倒して、とまった〉と記されている。それは、どうしても家へ帰らなかった青年が、死の瞬間に霊となり荒々しく家へ戻り、わが部屋へ飛びこんだのだ、と安吾は解していた。

似た話は色川武大も「空襲のあと」という作品で書いていた。それは「私」の友人の怪談話で、友人の兄が机に向かっていると、夜、いきなり、だッ、だッ、だだだだッ、と階段を駆け昇ってくる足音がして、部屋の障子が開くと、空襲で死んだ叔父が血だらけの顔付きのまま立っていた。

それも一度だけではなく、三、四度重なった。さらに、後日、誰も入らなくなったその部屋の障子を開けると、老衰で亡くなったばかりの父親がそこに坐っており、彼はうつろな眼をして、ぼんやり何か考え込んでいるような気色だった。そして、まもなく母親も後を追うように死に、友人の兄もまた若くして死んだという。〈怪談は戦争中にはなかった。どっと溢れたのは戦後の数年間だったと思う〉と作者によって振り返られているが、それは震災による津波の被災地においても同様で、ぼくも半年経ったお盆の頃からさんざん見聞することとなったのだった。

――昔は闇が当たり前だった。闇に足を踏み入れたときに感じる怯えが幽霊を見させた。『遠野物語』に出てくるような妖怪や幽霊は、当たり前のように見えたんじゃないか。幽霊が存在するかどうかではなく、見た人がたくさんいるなら、柳田國男のようにその事実から考えるべきだろうが。

――そうした霊魂のことを考えなければいけない、と思うに至ったきっかけは何だったんでしょうか。

とぼくがT医師にきくと、

――在宅医療の現場だね。

とすぐさまこたえが返ってきた。

――その前は、がんセンターで呼吸器外科医として肺がん患者を診てきたけれど、在宅で患者を診るようになってはじめて、今まで人を看取ったことがなかったと痛感したよ。在宅で看取るとすぐに分かるけど、「お迎えがくる」という状況が次々と出てくる。患者から目の前で言われますよ。「先生、戦艦陸奥が爆沈したときに死んだ兄貴がいまここに来てるんだけど、何もしゃべってくれないんだ。先生、見えねえか」「見えねえなあ」「しゃべってほしいんだけど、兄貴何かしゃべってくれねえかなあ」そういうようなことが在宅での自然死の中にたくさんあった。病院じゃ幻覚を伴った譫妄として片付けられてしまうだろう、だから、幽霊と同じで、存在するかしないかの議論の前に、まずは実態から調べるべきだと思って、二〇〇二年から三度にわたって遺族を対象に調査を行った。そうしたら、およそ四割ぐらいはお迎えを体験していることがわかった。しかも、故人がお迎えを体験しても、そのことを家族にいわずに逝ってしまうこともあるだろうから、実際はもっと多いはずだ。

その話を聞いて、老衰で享年九十九の大往生を遂げた母方の祖母のことをぼくは思い出した。子供の頃はおばあさんと呼んでいたのが、曾孫が出来てからは、いつからか親戚たちは皆、曾祖母を意味する方言のおっぴさんと呼ぶようになった。最後の十年ほどは、さすがに寝たり起きたりの生活だったが、ぼくが再婚した妻とともに顔を出したときには、奥座敷から腰を曲げて摺り足でやって来て、朧気になっている記憶の中から名前を思い出されていたく感激したものだ。一目見れば済んだというように、祖母はふたたび奥座敷へと戻っていき、それが生前の祖母を見た最後になった。おっぴさんこと祖母の死に顔はおだやかだった。家の奥座敷で、すっかり大きくなった子供たちや内孫たちに見守られて息を引き取り、最後の言葉は、当主の嫁の名を呼んだという。幼時のぼくが、奥座敷に蒲団を敷いてもらって祖母と一緒に寝るときに、長押には額に入った見知らぬ人たちのまるで写真のように細密な肖像画がいくつも掛けてあった。誰なの、あれ。ぼくがたずねると、亡くなったご先祖さんたちだよ、と祖母は教えた。祖母の名はおとじといった。あの座敷で先祖たちに囲まれて臨終を迎えた祖母にも、お迎えが来たと思うのが自然なことのようにぼくは感じた。

震災の二年前に、認知症から誤嚥性肺炎を患って亡くなった父は、最期まで病院だったのでお迎えはなかったようだった。そのかわり、最後は子供に還っていたのか、夢うつつのなかで母親と一緒にいるようなふしがあった。父の死からは供養に毎年足を向けるようになった広瀬川の灯籠流しは、震災の年は初盆を迎えてもまだ戒名も間に合わない状況で、読経が流れるなか、初盆用だとわかる一回り大きな灯籠に納めるお札に「父、母、兄供養」と隣で書いている同年代の男がおり、胸を衝かれたものだった。それでも、幽霊話も聞かれるようになったあの頃から、被災した人たちの人心もいくぶん落ち着いてきたように感じられた。対談も終わり近くとなって、そのことをぼくがいうと、

——たしかに宗教儀礼が入ってからだったね。スタッフの女性が亡くなった後、みんなの気持ちが何となくザワザワして落ち着かないので、お坊さんを呼んでお経をあげてもらった。若くてお経も正直下手だったが、それだけでみんなの気持ちが落ち着くのには目を瞠る思いだった。同じことは、被災地を回った秋田の西馬音内の亡者踊りともいわれる盆踊りにも感じた。亡者と生きている人間の交流を描いた、実にきれいな儀礼の踊りで、死者は顔を見せないので、目だけを出した黒い頭巾や編笠を被って踊る。盆踊りがほんらい宗教儀礼だったことをあらためて思い知らされたよ。

T医師は疲れが出たせいもあるのか、穏やかになった口調でそういい、西馬音内の盆踊りをいっぺん見てみることをぼくにすすめたのだった。

小雨がそぼ降る夕刻、盆踊りが行われる国道に面した総合体育館へとぼくは向かった。相変わらず、雨は降ったり止んだりを繰り返していたが、午後二時に最終的な決定が下されて、今夜の踊りは室内へ変更されることが決まった。湯沢のホテルのフロントの女性や湯沢から十五分ほど乗ったタクシーの運転手など、会う人たちはことごとく、篝火の周りで踊る屋外で見て欲しい、体育館だったら残念だ、といっていたが、踊りの途中で土砂降りに見舞われてあたふたしたり、ぎりぎりまで一喜一憂するよりも、早めにはっきりさせてもらった方がありがたい、とぼくは思った。震災以降、何らかの不自由があったり、思い通りとならないことのほうが常態と感じるようになっていた。近くに、名産だという羽後牛の牛舎でもあるのだろうか、伯父の身体に染みついていた懐かしい肥のにおいがした。

その前に、本来ならそこで盆踊りが踊られるという西馬音内の町なかを散策してみた。町の中央を流れる雄物川支流の西馬音内川べりの道を歩くと、フウセンカズラの蔓が朝顔と一緒に巻きついている花壇があり、川沿いの家の一つには、家族の人数分だろう、何本もの雪かき用のスコップがガレージに置いてあった。ニシモナイという変わった呼び方は、北海道や東北によくあるアイヌ語由来だという説があるようで、それによれば古代にはニシマオンナイと呼ばれオンナイは扇状地のような地形をさすという。毎年平均して三日間で約十万人の人出があると聞いたが、盆踊り会場となる本町通りは雨のせいか予想に反して歩いている人もまばらで、今日から祭りが開かれるという雰囲気はあまりなかった。観覧席の足場が組まれた横で、いったん屋台を開く準備をしていた若者が、店仕舞いをしていた。アルミの板を渡した席は、ぐっしょりと雨に濡れており、これでは体育館への変更もやむを得ないだろうと納得させられた。もともとぼくが西馬音内を知ったのは、盆踊りではなく、柳田國男が自分の先覚のように敬愛していた江戸時代後期の旅行家である菅江真澄の『菅江真澄遊覧記』によってだった。みちのくが天明の飢饉に見舞われていたさなかの天明四(一七八四)年九月二十五日、三河国生まれの三十一歳の真澄は庄内から初めて秋田に足を踏み入れ、まず風光明媚な象潟《きさかた》を訪れた後、本荘から矢島を経て由利郡と雄勝郡の郡境の山越えをし、十月十一日に西馬音内へと至った。日付は旧暦だから、みちのくはすでに冬を迎えており、真澄は雪で滞留を余儀なくされる。飢饉の折でもあり、行き倒れになるおそれも兆したのではないか。八日後、真澄は雄物川を渡って柳田村(現湯沢市)に入り、草彅《くさなぎ》某という親切な老人のすすめにしたがい冬を越すことにする。そんな足取りがぼくの頭にあったので、もしかしたら西馬音内の盆踊りについて何か書いてあるのではないか、と出かける前に『菅江真澄遊覧記』のなかの「秋田のかりね」という文章をめくってみたが残念ながら見あたらなかった。真澄は正月を柳田村で迎え、雪も消えた頃に近くの小野村に小野小町の旧跡をさぐったりした後、四月末に湯沢を後にし、羽州街道を横手へと向かう。盆の頃を真澄がこの地で過ごすことはなかったものの、寶泉寺という寺の境内で行われていた盆踊りが、あまりの人出のため現在の本町通りに移ったのが天明年間(一七八一~八九)だと羽後町の資料にはあったので、どれほど有名だったのかぐらいの記録を伝聞でも残してはいないかと思ったのだが。

折り畳み傘を差しては、また閉じたりを繰り返しながら本町通りをぶらぶら歩いて行くと、和菓子屋らしい看板が見えた。昼食代わりに名物だというそば饅頭をもとめ、店内の椅子に座って食べていると、店の若い女性が麦茶を出してくれた。目鼻立ちのくっきりとした顔立ちで、方言がほとんど感じられなかった。彼女も夜は、踊り子となるのだろうか、とぼくは思った。それから店を出て少し歩き、踊りの会場の終点となる表示が出ている郵便局のすぐ先の御嶽神社へと向かった。丸木で作られた素朴な鳥居が見え、そこから石畳の長い参道が続いた奥に社殿が建っていた。西馬音内盆踊りの起源については記録がなく、すべて口碑だというが、二つの流れがあり、それに拠れば一つは鎌倉時代の正応年間（一二八八〜九三）に源親という修行僧が蔵王権現を勧請した際に、境内で豊年祈願の踊りを奉納したことに始まるとされている。それがこの場所だということだった。境内には、南北朝時代の貞和二（一三四六）年に建立された、界隈の修験者を網羅する「光明真言講碑」もあり、当地の中心として栄えていたのだろう。修験といえば、ここへ来る途中にも出羽三山碑が見受けられ、明治元（一八六八）年の神仏分離令に続き明治五（一八七二）年に修験道廃止令が出されるまでは、みちのくは修験道が盛んな土地だったことにあらためて思いが向かった。ぼくの生家近くにも、山伏が土中に入って村を災難から守ったという伝説の残る行人塚があり、氏神の神社には、湯殿山碑があった。菅江真澄も秋田に入る前に、修験道の霊場として知られた羽黒山に詣で、詳しい記録を残していた。

もう一つの来歴は戦国時代のもので、矢島城主の剛勇で知られる大井五郎満安が、由利郡で一揆結合の形を取っていた由利十二頭の勢力争いで対立した仁賀保氏に攻められ、岳父小野寺茂道を頼って西馬音内へと逃れるが、討伐の軍が押し寄せ、文禄二（一五九三）年十二月二十八日に西馬音内城内で自刃を遂げ、大井氏は滅亡する。非業の死を遂げた満安の霊を慰めるために、大井の遺臣侍女たちと西馬音内城の人々が城下で盆踊りを行ったのが始まりとされる。そのときに侍女たちが、女性が黒布で覆面をする由利地方の風俗である「はなふくべ」で顔を覆って踊り、故主を弔ったことから「亡者踊り」とも呼ばれた。さらに、慶長六（一六〇一）年、西馬音内城は城主小野寺茂道が自ら火を放って落城し、茂道父子は庄内へと落ち延びて小野寺氏も滅ぶ。残された家臣たちは土着帰農し、ありし日をしのんで毎年盆踊りをするようになった。そして、豊年踊りと亡者踊りとが合流して現在まで継承されてきたというのである。

　体育館の会場へ入ると、バスケットコート二面分の広さがあり、壇上に笛、大太鼓、小太鼓、三味線、鼓、鉦といったお囃子衆の一式が準備されていた。張り巡らされている濃紺の幔幕には、旧西馬音内城主小野寺氏の家紋だという五木瓜《いつつもっこう》が染め抜かれてあった。踊りの輪になるであろう真ん中に、篝火を模した電飾が三つ置かれ、それを挟んで向かい合わせにパイプ椅子が七列ほどずつ並べてある。午後二時から図書館で配布される観客席の整理券を配る列に昼過ぎから並んでいたので、踊り手に近い一番前の列にぼくは席を取ることができた。台風の影響で、関西からの観光客がキャンセルになったこともあり、観客はいつもよりも少なそうだった。三方にある二階席は、団体用なのかまだ空いていた。ドドドンコ、ドドドンコ。寄せ太鼓が鳴り出すと、それにつられたように続々と人が集まってきた。年配客が目立つ。一番前の列は一眼レフなどのカメラを構えた男性が多く、そのなかには、整理券をもらいに並んでいたときに先頭にいた、恰幅のよい六十代半ばと見える男性もいた。二十年来通ってきており、目当ての踊り子がいるという。町の関係者ともすっかり顔馴染みとなっていた。踊りの輪の中に入っての撮影は禁止で、踊りには細かいルールやしきたりがあり、誰でも参加できるわけではないことが自ずと知れた。

　席が埋まり始めると、とたんに蒸し暑くなってきた。皆が、席料と引き替えにもらった団扇であおぎ出す。踊り手たちも集まってきた。ぼくの目の前の空間に三十人ほどの細長い輪ができ、壇上に向かって左手と右手の椅子席の後方のスペースにもそれぞれ輪ができた。子供たちも並んでいる。開始を告げるアナウンスが入ると、いったん止まっていた笛太鼓がふたたび鳴らされ、「ヤートーセー　ヨイワナ　セッチャ」「キタカサッサ　ドッコイナ」という掛け声で囃子が始まり、静止していた踊り手たちが一斉にうごき始めた。ぼくは祭りの世界にたちまち没入していった。「ホラ時勢はどうでも　世間はなんでも　踊りコ踊らんせ（アーソレソレ）　日本開闢　天の岩戸も　踊りで夜が明けた」肩衣をまとうた囃子方が、ぼくにも耳に覚えのある秋田音頭に似た地口でにぎやかに勇ましく音頭をとる。それに比べて、前後の端が大きく反った形をしている編笠を深くかぶったり、頭からすっぽり黒い彦三《ひこさ》頭巾で覆面をした踊り手のほうは、上方風というのか優美な踊りで、ゆったりとした所作で曲線を描く色白の手先のしなやかなうごきがなまめかしく、とくに指を揃えて立てて手首を反らせたり、前へ折り曲げる仕草には背筋にぞくっとしたものをおぼえた。どこかで目にしたことがあるような……。半分だけ白くなった葉がおいでおいでしているような半夏生の葉がまなかいに浮かんだ。

　手を伸ばせば触れそうなくらい近くをゆっくりと進む踊り手の衣装は皆それぞれで、同じ模様の者はいなかった。まだ踊りがぎこちない子供たちはふつうの浴衣を着て豆絞りの鉢巻きをし、彦三頭巾をかぶった踊り子は様々な手絞り藍染の浴衣で、編笠をかぶった踊り子は端縫《はぬ》いと呼ばれる着物姿だった。町を歩いているときに見かけて立ち寄った盆踊り会館で目にした説明では、端縫いといっても、絹の端切れを何代にもわたって縫い合わせて作られたもので、百年以上前の布地が使われている部分もあるという。縫い合わせて作られたものなのに洗練された趣があるのは、袖口や襟には同じ柄の布を使い、絹の端切れが必ず左右対称に縫い合わせられているためだった。そして、踊り子たちの腰の横では、帯に着けられた赤や黄色の色鮮やかなしごきの布が、霊の依り代となるとおぼしく、踊りのうごきにつれて揺曳した。
「お盆恋しや　かがり火恋し　まして踊り子　なお恋し（ソラ　キタカサッリ　ノリツケハダコデ　シャッキドセ）」三十分ほどして踊りはがんけに替わった。子供たちは輪から外れた。音をのばした節の付いた甚句は哀調がただよい、現世の悲運を悼み来世の幸運を願う願生化生《がんしょうけしょう》の踊りが詰まってがんけとなったという説がうべなわれた。踊りは音頭に比べてテンポが速く、袖をもって回転する動きが入るので、難易度が上がった印象を受ける。左横に五席ほど離れたところにいた、通い詰めているという男性がおもむろに大きなレンズが目立つカメラを構えはじめた。それにつられて、ぼくも近付いてきた踊り子を見遣ると、たしかに手の反り具合、腰の落とし具合、止めるところはピタッと止まり、流れる所作は水が流れる如く、といったうごきの緩急の付け方が堂に入っていた。回転するときに端縫いの着物の裾から覗く白足袋、汗が流れる白いうなじに、ぼくはまた半夏生の葉をかさねた。

　入れ替わり制の立ち見席にも人が詰めかけ、会場は人いきれでどんどん蒸した。踊りが替わると、踊り手たちは、ハーっと声を出し汗をぬぐう。もう限界だというように、輪から抜ける者もいた。彦三頭巾で踊っていた若い踊り手が胸元から出したハンカチで汗を拭き、胸元に戻すときに、ぼくの目の前でハンカチを落とした。すぐさま拾って渡すと、穴の向こうの目と合い、小さくお辞儀を返された。開けられた目と目の間に黒いボタンが縫い付けられてあり、一瞬三つ目のように見えた。最初のうちは不気味な感じも受けた彦三頭巾だったが、そのうちに慣れてきて、男性が変装して混じっているのにも気付かされた。時におどけて観客にちょっかいを出す仕草をする者もいる。それを見ていて、菅江真澄は常《じょう》かぶりさんといわれて、年じゅう寝ているときでさえも頭巾をかぶっていたとされることを思い出した。一説では刀痕を隠していたともいわれるが、その真澄が、はじめて秋田に入った旅のときに、庄内から由利郡にかけて、漁や農作業のときの日よけに、たぬのという長い布で顔を包む夏季の覆面にひどく驚かされていた。男女のけじめもわからない、とも記していた。彦三頭巾の由来ともいわれる由利の「はなふくべ」は庄内では「はんこたんな」といい、東北の言葉に慣れていない真澄が聞き取ったのは「たんな」が訛った言葉だったかもしれない。いつから真澄が頭巾をかぶるようになったかは定かではないが、文のニュアンスからは、その旅のときにはまだかぶっていなかったようにも窺え、これがきっかけとなったなら面白い、とぼくは興がった。

　途中で、水分補給のため休憩するとのアナウンスが入った。体育館は窓が開いておらず冷房も入っていないので蒸し風呂のような状態で、酸欠にもなっているのかいくぶん息苦しく、踊り手はもちろん、年配者が目立つ観客も熱中症の恐れがありそうだった。新鮮な空気を吸って水も飲もう、と人混みのなかを外へ向かおうとすると、先を越していった男性が振り返り怪訝な面持ちでこちらを見ている。見知った顔だろうか、と訝しがりながら近付いていくと、男性の後ろの女性もこちらを見て、仙台で付き合いのある工芸家の夫妻だと気付いた。おばんです、と声をかけたが、二人とも依然キョトンとした様子なので名乗ると、ああ、と男性が笑顔になった。こんなところで出くわすなんて、と驚いているのがよくわかった。暑さと酸欠とベコのにおいとでちょっと気持ちが悪くなって、ちょっと車の中で休んできます、と奥さんのほうがいい、足早に外へ出て行った。互いに、一瞬にせよ、この世の者ではないと見誤ったような感触が残った。

　ペットボトルの水を買って戻り、席でボトルを首筋に当てていると正気が戻って来た。息苦しいのか、編笠を脱いであえぐようにしている女性もいた。おらは青森県の三沢がら、毎年見に来でんの。んだすか、こっちは鷹巣から、同じ秋田県でも遠いがら、なかなか見に来れなぐで、娘に連れらってようやく見れだー。真後ろの座席から会話が聞こえた。三沢からという女《おんな》の年寄りの声は、その前にもたびたび耳にしていた。男衆の踊りに、上手だよー、上手だよー、と慣れた口調でしきりに声をかけていた。

踊りが再開したところで、ちょうど対面の空いていた席に、朝の新幹線で一緒だった夫婦連れがやってきた。旅の目的は同じだったか、とぼくは見遣った。新幹線を大曲で降り、奥羽本線の新庄行きに乗り換えた車内でも二人を見かけた。そして、ほぼ正午に着いた湯沢駅で同じように降りると、ホテルの場所を改札内の案内板で確認しているぼくを尻目に、さっさと改札を出て行ったのだった。女のほうは、波と蝶を模した絞りを入れた藍染の着物に着替えていた。それから、頭に上げていた黒い頭巾を下ろし、目穴を目の位置に合わせてずれぬように豆絞りの手ぬぐいで鉢巻をしているのを見て、ぼくは遅まきながら、踊り手としてやってきたのだと知った。町の人口を思えば、地元の者だけでは踊り手はまかなえない。地元出身者や、踊りをおぼえて、よそから踊りにやってくる者も多いのだろう。女は支度を調えると、目の前の輪の中にすうっと加わった。少し息を整え、前の人の踊りに遅れ気味に合わせるようにしていたが、すぐに踊りの輪の中に溶け込んだ。調子がつかめてくると、慣れているらしくなかなか上手だった。男のほうが、写真を撮った。顔は見えないが、彼女を探そうと思えば、彦三頭巾で蝶の模様の藍染を目で追えばよいのだった。

休憩後は、巧い踊り手が一堂に会した感があった。踊りが進むうちに、抜ける踊り手や輪に加わる踊り手など、自在に輪を構成する。鮮やかな端縫いの着物で踊っている女性の後ろに付こうとした男の若者が、ここはだめだといわれて、すごすごとちがう輪のほうへと向かうこともあった。屋外なら、お囃子は月の出た夜空へと響き、薄暗い町を背景に踊り子の姿が篝火に幻想的に照らし出されるのだろう。それを見たかった気持ちはあるが、これはこれで体育館の熱気も相俟って、室内ならではの踊り手と観客との距離が近い独特な雰囲気に触れている思いが萌した。この踊りが津波の被災地の避難所を回っていたときも、こんなふうだったのではないだろうか。ぼくは、それを教えてくれたT医師に、七年経ってやっと見ることができました、と心の中で感謝した。対談の三週間後に、T医師は自宅で亡くなったと知らされた。お迎えは来ただろうか。

――東北には、恐山のイタコや拝み屋など土着の宗教心が残っていて、亡くなった人の魂を降ろしてきて死者とコミュニケーションをとってきた。死者と共に生きる文化が根強く存在するのだろう。

といっていたT医師は北関東の生まれで、東北で半生を過ごし六十二歳で亡くなった。みちのくを旅し棲み着いた菅江真澄は、秋田領内の角館郊外で七十六、七で亡くなった。そして、色川武大も晩年を岩手の一関で過ごそうと移住した矢先、心臓破裂で六十歳で亡くなった。色川武大は持病のナルコレプシーのために幻視幻覚があり、見える死者のことをたびたび小説に書いていた。その意味では、今際《いまわ》の際《きわ》を生き続けたともいえる色川武大は、そうした東北の文化に親しみをおぼえたのかもしれない。生涯で三度しかしなかったという講演をこの地で行い、夜は西馬音内の盆踊りも見学したという……。

そんな物思いに耽っていると、すぐ後ろからまた、上手だよー、上手だよー、という掛け声が聞こえてきた。そして、ああタケシだー、タケシだー、と感極まったような声が続いて洩れた。いわれた方の彦三頭巾の男の踊り手も、それに応じるように親しげな手のうごきを彼女に送ってみせた。タケシは、彼女の早世した子供か孫ではないか、とぼくは感じた。その声がきっかけとなったように、ぼくも震災後の生き心地が付かない日々の中で命を落とした従兄たちの面影を踊り手に探す心地となった。七つ上だった従兄は、胃がんで六十三で亡くなった。その一年前に自死した叔母の葬儀でひさしぶりに顔を合わせたときには、顔色がいくぶんどす黒くなっていた印象があったが、まさか死病に冒されていたとは想像だにしなかった。そして、ぼくは見た。従兄の葬儀に、故人の弟でありぼくの三つ上だったもう一人の従兄の姿が見えないことを不審に思いながら参列した後、続けて行われた菩提寺への納骨の際に、彼の名と忌日、五十代の享年とが一族の墓の一番端に刻まれているのを。

終了時刻が近付いてきて、踊り手たちが最後の力を振り絞るようにして踊っている姿を見ながら、自分の田舎は無くなった、という思いがぼくに強く来た。従兄たちは亡くなり、この夏六十になったぼくがあの家を訪ねることはもうないだろう。フィナーレは、踊り手たちが壇上前に集まってお囃子衆に向かってエールの拍手をはじめ、会場の観客たちもそれに加わった。アンコールの声が起こったが、今日は屋内で皆疲れているのでこれで終了します、とお開きとなった。

外へ出ると、相変わらずの小雨だったが、ひんやりとした夜気に人心地がつくようだった。ぼくは、隣接している道の駅の駐車場から、予約しておいたタクシーに乗った。運転手はみちのくの人らしく無口で、田んぼの中の一本道はずっと暗闇だった。来たときと同じ道のはずだが、印象はまるでちがった。遠くに、漁り火のように人家の灯りがぽつんぽつんと見えた。

ホテルに着くと、昼間と同じフロントの女性が、体育館での踊りだったことを残念がってから、九月一日から来年の予約をしていますす、といってキーを渡した。部屋に入ってしばらく休んでいたぼくは、自販機で寝酒を買おうと思い立って室外へ出た。頭の中ではまだお囃子が鳴りつづいていた。酒の自販機は泊まっている七階にはなくて五階にあった。ハイボールを買って上りのエレベーターを待ったがなかなか来ない。近くの駐車場に何台も観光バスが停まっていたことが頭をよぎり団体客が到着したところかもしれない、と思いながらしばらく待った。仕方がない、非常階段で行こうと足を向かわせかけたときに、チンと音がしてエレベーターの扉が開いた。中は、端縫いの着物や藍染の浴衣姿のままの女たちで一杯だった。一瞬ひるみ、次を待ちますからどうぞ、と告げると、大丈夫おにいさんも乗れますよ、そう手招きされて、ぼくはエレベーターの中へと引き入れられた。

貞山堀

東海道新幹線から乗り換えようとした東京駅の東北新幹線改札口はごった返していた。やはりまだ運転再開されていないのか、とぼくは溜息を吐いた。改札前にはタブレット端末を手にしたJRの男女の係員が何人も出て、当惑顔で運行の見通しをたずねる乗客たちへの対応に追われている。

記録的な大雨をもたらした台風十九号は、昨日の午後七時前に大型で強い勢力のまま伊豆半島に上陸した後、関東地方と福島県を縦断して太平洋へと抜け、今日の昼には三陸沖東部で温帯低気圧に変わった。近畿地方での所用を済ませたぼくは、昨日のうちに仙台まで戻る予定でいたが、台風の接近に伴う東海道新幹線の計画運休のために終日足止めを食らわされた。泊まっていた大阪のホテルは幸い延泊することができて助かった。九階の客室の窓の外は沛然たる豪雨で、人気の無い街路では葉を剝がされた樹木がのたうつように揺れていた。こんなときはじたばたしても仕方がない、と半日の閑に恵まれた心地でベッドに横になり、持参していた文庫本の頁をめくった。いつのまにか午後遅い時刻となっており、読書に倦んで窓辺へ立つと、遠く生駒山の上空を黒雲が流れていくのが見え、やがて近畿地方はさほどの被害も無く台風の影響から脱したようだった。だが今度は、これから台風が近付いていく東北の留守宅のことが気になり、ずっと続いているテレビの台風情報を音を出さずに深夜になっても視続けた。命を守る行動をとってください、としきりに呼びかけるアナウンサーの声が障った。広瀬川の現在の水位を逐一知らせてくれるサイトもスマートフォンで見遣りながら、あまり寝付かれぬまま朝を迎え、自宅へ電話して、妻も同じ市内で独り暮らしの八十九歳の母も無事だと聞いて安堵を得た。仙台は台風一過の晴天とのことだが、テレビでは阿武隈川や吉田川の氾濫の映像が繰り返し流れており、その沿岸部に住む知人たちの安否が気になった。特に宮城県のほぼ中央を西から東に流れる吉田川へと注ぎ込む支流の一つは、子供の頃伯父の家に預けられたときに従兄たちとよく泳いだ川だった。

東北新幹線は、朝の段階では昼過ぎから運転再開の見込みだった。それを知って、通常運行に戻った東海道新幹線の午前の上りに乗り込んだのだが、念のため確認するようにしていたJR東日本のホームページの記載が途中から、東北新幹線は復旧作業が難航しているため運転再開見込は立っていないとなり、それから情報が錯綜した。福島県の新白河と郡山間で土砂崩れによる土砂流入があったというが、その後ネットに流れたNHKの報道では、巨石が線路に落下したので撤去に時間がかかりそうだという。新幹線は高架を走ることが多いので、被災現場はトンネルの入り口あたりだろうか。そうだとすると、足場が不安定な中、懸命の作業が行われているのだろうが、その詳細が皆目あきらかにされていないので、もし巨大な落石の直撃を受けたなら線路の損傷は免れず、復旧に数日かかるのではないかとも思われた。

東日本大震災の際には、東北新幹線の復旧には四十九日を要したことが頭をよぎり、八年前のあのときも、西への旅から帰ってきた直後に震災に遭遇した、とぼくは振り返った。奇しくも今回と同じく、アスベスト被害の取材で尼崎を訪れたのだった。震災に関連した事柄を優先させているうちに八年が過ぎてしまい、亡くなった被害者の家族への取材まで済ませていたアスベストをテーマとした連作小説は、気にかけながらも中途でずっと滞ったままで、まずは八年前に話を伺った人たちに、すっかり無沙汰してしまったことを詫びることから執筆を再開させようとしたところだった。その間に亡くなった人もいた。そうした帰途、今度は台風の被害に遭って立ち往生している……。〈明くれば、しのぶもぢ摺《ずり》の石を尋ねて信夫の里に行く。遥か山陰の小里に石半ば土に埋《うづも》れてあり。里の童の来りて教へける、「昔はこの山の上に侍りしを、往来《ゆきき》の人の麦草をあらしてこの石を試み侍るをにくみて、この谷に突き落せば、石の面《おもて》下ざまに伏したり」と言ふ。さもあるべき事にや〉と芭蕉が「おくのほそ道」の信夫の里の章に記したしのぶもぢ摺の石を福島市の文知《もち》摺《ずり》観音で眼にしたことがあるが、あのような巨石が蹲って進路を塞いでいるさまをぼくは頭に描いた。とにかく見通しをあきらかにしてほしい、と乗客たちに詰め寄られているＪＲの係員たちは、まだはっきりとした情報は入ってきていないので、と詫びながら告げるのみだった。芭蕉の時代ほどではないにしろ、道の奥はやはり遠いと実感された。

　このぶんでは今夜の宿を確保しておいたほうがいいだろうか、と逡巡し始めた矢先、妻からメールがあり、東北新幹線が十六時過ぎから運転再開の見込み、とＮＨＫニュースのテロップで流れたという。さっそく係員に問い合わせたが、現在安全確認のための試運転を行っている状況で、まだ確認は取れていないという返事だった。そうこうしているうちに、ようやく正式に運転再開見込みのアナウンスがされると、堰き止められていた乗客たちは一斉にホームへと流れ出した。午後四時過ぎに一便が出て、ぼくはさらに四十分ほど並んで三便目の各駅停車の新幹線に何とか乗ることができた。三人掛けの真ん中にいくぶん窮屈に腰を落ち着かせながら、再会したアスベスト患者の会の世話をしている七十代の男性が、厚労省への陳情などで新幹線で出張するときには、あえて人が避ける三人掛けの真ん中のシートに予約を取るようにしている、と話していたことが思い出された。人心地つきながら、結婚式の帰りに足止めを食ったとおぼしいドレス姿の若い女性が並んで座っている左手の二人掛けの座席越しに窓外を見遣ると、台風の去った後に特有の赤みの強い夕焼けに帯状の雲が鮮やかに染まった神々しいけしきが僅かに覗かれた。やがて反対側には、十五夜の大きな月が上りはじめた。

——台風は稲刈り前だったので、稲が流されたり倒れて水に浸かって発芽してしまったりしたら大変だって心配しました。その後も、いつ水が引いて稲刈り出来っかなって気を揉んで。

作業着に青いウィンドブレーカーを羽織り、同色の野球帽を被ったGさんが木訥な口調で言った。まだ真新しい自宅の二階の食卓を兼ねているらしい大きなテーブルを挟んでGさんとぼくは腰かけていた。南向きの大きな窓の外に刈田が広がる中を開通前のかさ上げ道路こと東部復興道路が走り、その上に空が見える。六メートルほど盛り土され、堤防機能も兼ね備える道路は、当初はこの三月の完成予定だったが、一部区間で地盤改良の必要が生じたために全線開通は十月十九日に先延ばしとなり、今度は台風十九号によるのり面の損傷で再延期されていた。

——もともと台風来る前に稲刈りやろうと思ってたんですが、遅れてしまって。周りからは、あんたの田んぼはいつまで水張ってんのって言われるんだけど、田んぼでメダカ飼ってる関係で、ギリギリまで土を乾かしちゃいけないもんだから。

ああそうか、なるほど。ぼくは頷いた。

台風から三週間ほど経った十一月に入ってまもなく、仙台市の沿岸部で農業を営んでいる年長の知人のGさんから、宅配便で新米二キロが送られてきた。〈今年も農薬化学肥料不使用で仙台メダカ米（ササニシキ、つや姫、ひとめぼれ）を栽培しました。今年は圃場整備のため昨年秋から冬の田の耕耘が春にずれ込み、藁の腐植不足と除草で大変でした。また稲刈り前の田が台風十九号の影響を受け、田に水が溜まり収穫するまで気がかりでしたが、何とか収穫することができました。同封したつや姫は、山形県が作り出した品種ですが、宮城県でも農薬不使用や減農薬で栽培が認められています。ササニシキとは、また違う味わいだと思います〉という手紙も添えられていた。

津波で汐をかぶり瓦礫が散乱した田んぼを再生して、Gさんは震災から三年後にメダカのいる水田での稲の無農薬栽培を始め、以来ぼくはその新米を毎秋心待ちにするようになった。今年も、送られてきたメダカのラベルが貼られた小振りな包みの封をさっそく解いて新米を炊いた。まずは米研ぎ。ぼくが愛用しているのは、宮城県北の岩出山の竹工芸館でもとめた米研ぎ笊で、五ミリ弱に削ったしの竹の表面をわざわざ内側にして編んであり、竹の表面は油を跳ね返すのでつるつるの触感が指先に心地よく、米を研ぐ手がよろこぶ。伊達政宗が仙台藩初代藩主となる前に城を構えていたのが岩出山で、しの竹細工は、享保年間（一七一六〜三六）に岩出山伊達氏四代城主の伊達村泰が京都から職人を呼び、藩士の手仕事として奨励したのが始まりとされている。次に、浸水。いつもは一時間のところを、新米なので短めに四十分とした。そして、いったん笊にあげて水を切ってから、米一合に対して二百ccに勘で少しの水を加えて、伊賀焼の土鍋をガス火にかける。最初は強めの中火で、鍋肌が沸騰してきたら弱火にして十分。やがて蓋の穴から、新米が炊ける甘く好いにおいが立ち上ってくる。土鍋に耳を近付けてみて、小さくパチパチという音がしていたら水がなくなった合図なので火を止め、十分間蒸らしてから蓋を開けると、見事につやつや立ち、粒立っていることこのうえない。しゃもじで十字を切るようにしてからさっくり混ぜて炊き上がり。例年通りに塩むすびを握った妻が、やっぱり東北の米は美味しい、と東京生まれなのにすっかり地元民のように米自慢するのがおかしかった。

前から、うちの田んぼを見に来てください、とGさんからは誘われていた。そのあたりは、子供の頃にドジョウ捕りや鮒釣りをした親しみがある土地で、海に沿って開削された貞山堀《ていざんぼり》べりを震災の一年後に紀行文を書くために歩いた場所でもあった。かつては岸の海側には白砂青松が続き、反対側には青田が広がる中を、人々が散策し小舟が行き交っていた風景は津波によって喪われ、田んぼだったところは色を失い、行き場を失った溜まり水がほうぼうに見受けられた。防潮林として植えられた松並木が流され、横倒しとなっている傍らに、実生の松の芽が出ているのが目に留まりもした。あの松は無事に育っただろうか。青田や黄金色の稲穂が見られる時季は逸してしまったが、震災から八年半を過ぎて少しずつ再生を果たそうとしている土地の様子を見てみたいとぼくは思った。震災後に開通した地下鉄東西線の終点の荒井駅から、一時間に一本ほどの間隔で出ている市営バスに乗り、さらに海のほうへと向かうと、途中から乗客は自分だけとなった。二十分ほどで着いた新浜のバス停で降り、東へ歩いていくと、再建された家と、土台だけが残されたままとなっていたり花壇だけとなっている土地とが代わる代わるあらわれた。そこが海からおよそ一キロと、震災後の市内で最も海に近い集落だった。津波で地域の人の一割が亡くなったと聞いている。やがて、見上げるかさ上げ道路にぶつかり、その付け根のところに繋っている真竹の藪をくぐっていったところにGさんの家はあった。

ぼくが新米のお礼を言って、今年の米の出来具合をたずねると、今年はあんまりよくなかった、震災以後で一番実りが少なかった、とGさんはかぶりを振った。

――日照時間が少なかったのが、開花の時期に当たってしまって、あとは夏の日照りが続いたときに高温障害っていうかね、米が白くなったりして。もち米みたいに白くなるとだめなんです。

確かに今年は、七月に入って晴れ間のない日が続き、稲作に対しての低温と日照不足が懸念された。東北の太平洋側に北東からの冷たい風であるやませを吹かせるオホーツク海高気圧が発生している状況に、平成五（一九九三）年のような冷夏を心配する声もあった。昭和生まれにとっては、平成になってからは年号と西暦がすぐに対応しなくなり、西暦で記憶していることが多くなった。一九九三年の冷夏による米の大凶作は、ちょうどぼくがアスベスト禍で身体をこわし、療養のためもあって首都圏暮らしを引き揚げて東北の地に舞い戻った時期だったので、記憶に強く残っていた。あの年は、梅雨前線が長期間日本に停滞し、一旦は例年通りに梅雨明け宣言が発表されたものの、八月下旬になって気象庁は、沖縄県以外の梅雨明け宣言を取り消すという、夏がまぼろしに終わる事態ともなった。同年の日本全国の米の作況指数は「著しい不良」の水準となる90を大きく下回る74となり、東北地方ではそれをさらに下回り、東北全体の作況指数は56、特にやませの影響が大きかった太平洋側の青森県が28、岩手県が30、宮城県が37という惨憺たる数字となった。世が世なら大飢饉となっただろう。平成の米騒動が起き、アメリカ、中国、タイ米などが緊急輸入されたものだった。それでも今年は、七月三十日に東北南部の梅雨が明けると、猛暑が続き、一九九三年の再来だけはまぬがれた。

——そういえば、ひとめぼれは一九九三年の冷害の後によく作られるようになったんですよね。

——そう。それまでは宮城県ではササニシキが圧倒的に多かったんだけど、ひとめぼれのほうが冷害に強かったというので、新品種の作付けに消極的だった農家も態度を一変させてひとめぼれに切り替わったの。

とGさんがこたえた。

翌九四年には、ひとめぼれはピーク時には全国で二位だったササニシキの作付面積を超えた。ひとめぼれは、じつは昭和五十五（一九八〇）年にも東北地方は大冷害に襲われ、そのときにコシヒカリが冷害に強いことが証明されて、ササニシキとコシヒカリを組み合わせた品種が検討されたが、どちらもいもち病に弱いという性質から改良の余地がなく、いろいろと検討された末に選ばれたのがコシヒカリと愛知県で生まれた初星という品種との組み合わせだった。その東北一四三号がひとめぼれと命名登録された。

——でも、今年はうちの田んぼでは、ひとめぼれが少なくて、ササニシキはわりと落ち着いてたね。有機農法で深水管理やっているのと、疎植といって、苗を二十センチくらいに育ててあとはパラって植えるやりかたのせいかもしれないけれど。いま機械でふつうにベタって植えたやつは、五、六本ずつぐらいなんです。だからササニシキみたいに分蘖《ぶんけつ》する力があるのは、五本が三十本、四十本になって密植しちゃうから病気に弱くなったんですね。わたしの田植えの機械は特殊な奴で、ポットに一、二本だけ入ってる。昔、手植えしてたときのやり方なんですよ。そうやって疎植してる限りは弱くはならないです。

――東北の米はなんでもうまいと思って食べてるんですが、銘柄によって米の味はそんなにちがうものなんですか。

ぼくが訊くと、

――人によりけりだろうけど、ササニシキはどっちかというとあっさり系で、ネタの味を引き立てるのはササニシキだってこだわっている寿司屋がいまでも多いよね。今年お送りしたつや姫は粘りの強いもちもち系で、最近は嗜好が高まってる。ほかにも、県内でも作付けしている人が少なくて、まぼろしの米と言われているササシグレを栽培してるんだけど、これも寿司やおにぎりにすると大変おいしい米なんですが、倒れやすいので栽培しにくいんです。そういう銘柄をこだわって作っているけど、味については、ほんとうはわたしは何でもいいんだけどね。震災以来は健康のことを考えて玄米で食べてっから、どれも大して変わりはないの。

そういってGさんは笑った。


――じゃあうちのメダカに会っていきますか。

とGさんは腰を上げた。一階は農機具の倉庫と作業場になっており、住居は二階で屋上もあった。津波に二階以上が流されなかった近隣の三階建ての家を参考にして現地再建したという。玄関の下駄箱の上に、この土地で屋敷林のことを呼ぶ居久根《いぐね》に囲まれた赤い瓦屋根の大きな平屋建ての写真があり、これが津波に流される前の家です、とGさんが説明した。震災の年の秋に、JA関連の雑誌に寄せたエッセイに、〈私の家は大津波で流され土台だけが残った。敷地内で働いていた父親と兄は遺体で見つかった。私は何日か避難所となった地元の小学校にいたが、その後に市内のアパートを借りて住所を移した〉とGさんは記していた。そのことは面と向かって話されることはなく、もちろんぼくから触れることもない。

――稲刈り前に田んぼから引き揚げたメダカはここで飼ってるんです。

ミニトマトのビニールハウスもある前庭の隅に掘られた穴に水色の防水シートを敷いた小さな池には、睡蓮や水草が浮いている。池の周りには火鉢ほどの大きさの睡蓮鉢があり、Gさんはそこから柄杓ですくって三センチほどのメダカを見せてくれた。子供の頃はよくメダカ採りをして家で飼ったこともあるが、こんなにしげしげとメダカを目にするのはいつ以来だろう、とぼくは小さな黒目を見やりながら思った。

――メダカは、もともと地元の大学の魚類学の先生が研究のために、震災前に井土浜のあたりで採取していたんです。

――ああ井土浜ですか。

この新浜から海沿いに南へ六キロほど行ったところにある井土浜には、ぼくと妻の知り合いがおり、震災直後にはその安否が心配された。大年寺山《だいねんじやま》という伊達家の墓地がある標高百メートルほどの小高い山の上にある自宅からは、名取川の河口付近にあたるその一帯が遠望できた。巨大地震から二日目の朝、砂浜の海岸線に沿ってぎっしりと青々とした松林の列なりがあったのが、まさに櫛の歯が欠けたようにという形容どおりに疎らとなっており、集落があった土地が、ところどころ沼地となったように鈍く太陽の光を反射させていることに気付いたぼくは、慌てて妻を起こしに寝室へと向かったものだった。八年経ったいまは、兼業農家を営み、二世帯で住んでいた家を流された家族は、居住可能区域の線引きに翻弄されたものの現地再建を果たし、避難所の駐車場へ車を入れようとした夫が目の前で津波に流されてしまった女性は復興住宅で独り暮らしていた。

——ええ。それで震災後に沿岸部のメダカがいなくなってしまったので、一緒にメダカを孵化させて戻してやりませんか、という話を先生がわたしに持ってきたんです。その頃は、沿岸部の復興がどうなるかわからなくて、特に井土浜あたりの住民は戻るに戻れない状況だったんで、せめてメダカだけでも元いたところに戻したいっていうことになって。震災直後だったから、メダカを復活させたいというとけっこう賛同者がいて、市民も参加っていうことで二百人ぐらいにメダカを渡して、メダカを育ててもらってふるさとに戻そうっていうことだったんです。だから、わたしは井土浜に戻そうと思って最初飼ってたんですけど、ところが圃場整備っていうか、井土浜のあたりは、前は一反歩ぐらいの田んぼだったんですが、それが一町歩ぐらいの田んぼにするということで、区画整備が始まってしまったんですね。

——一反歩は何坪でしたっけ。

——三百坪。十反で一町歩になるの。わたしの田んぼは二町歩だから六千坪だね。それで、井土浜の田んぼを十倍の面積の区画にするというわけなんだけど、水路がコンクリートのU字溝になってしまうんですよ、いままで井土浜のあたりは土側溝で水がけっこう豊かだったんですよ、地下水もあって。だからメダカも棲んでたわけなんだけど、メダカは冬のあいだ田んぼの水が涸れちゃうとダメだから、水路を工事する人に何か工夫してくれって言ったんだけど、全然耳を貸してくれなくてね。確かに、土側溝だと管理が大変で、土が溜まったりするのを誰が掃除するんだとか言われると強くは言えないし……。それでメダカを戻すに戻せなくなってしまって、自分のところの田んぼに棲ませるようになったんです。だってメダカって可愛いでしょう。

Gさんにメダカのようなくりくりとした目を向けられて、ぼくも笑顔で頷いた。それに加えて名前がゲンゴロウを連想させるGさんは、ほんとうに生きものが好きなんだな、と思った。

——小さいときは、メダカなんか相手にしなかったのにねえ。鮒とかナマズとかならまだしも、食べたってしょうないしねえ。小川にいるのはあたりまえなだけで、あんまりねえ。それが用水路整備で絶滅危惧種になるくらいに少なくなっていたところに、今度の震災ですっかりいなくなってしまったでしょう。そうすると、何だか愛着が湧くっていうか。メダカの里親は、いまでも増えてるんです。

Gさんの話を聞いて、市民センターで草木染を教えている妻の藍もそうだった、という感慨をぼくは抱いた。その藍はもともと、妻が山形市の平清水の草木染作家の師匠から独立したばかりの二十五年前に、結城の織り場を見学に訪れた折りに頒けてもらった本場徳島産のものだった。初めて工房を構えた蔵王山麓の町で、たった一握りだけの種を庭の片隅で育てた藍の種は、いつのまにか欲しいという人にも頒けてあげられるだけの量に増えた。二十二年前の夏から一年間、夫婦でノルウェーに暮らすことになったときは、ぼくの実家の庭で育ててもらい、種を絶やさないようにしてきた。帰国して仙台で住みはじめ、市民センターで草木染教室を持つようになると、兼業農家の生徒の畑でも藍を育ててもらうようになり、さすがに肥料を撒く具合や、雑草取りなどの手入れが行き届いているので、丈が高く葉も大きい藍が採れた。だが、井土浜にあったその畑は、津波で跡形もなく流されてしまった。引っ越した当初は、自宅の集合住宅の狭い専用庭でも、ほんの少しだけプランターに藍の種を蒔き、苗に育ったところで地面に植え替えをして育てていたが、畑で育ててもらえるようになってからはまかせっきりとなっていたので、これで藍の種は絶えてしまうのか、と思われた。けれども、震災の年の梅雨の晴れ間に恵まれた夕刻、草むしりをしていて藍の茎が一本出ているのが見つかった。以前こぼれた種が自生したらしかった。自宅のベランダからは、福島県新地にある火力発電所の煙突までが遠望できる。原発事故のあと、庭の表土の放射能濃度を測ってみると、結構高い数値が出たので、気休めに過ぎないかもしれないが下の方の土と入れ替えを行った。図らずもそれが土を耕すことになったのかもしれない。そして、花を付けた藍の種を大事に取っておき、現地再建して再開された畑にふたたび蒔いてもらえるようになり、この夏も以前通りに立派な藍が育ち、草木染教室で生葉染をすることが出来たのだった。

稲藁が隅のほうに流されて集まり、渦を巻いているところは何だか現代美術の造形のようにも見える。そんな台風の痕跡が残る田んぼを歩きながら、Gさんのメダカの話は続いた。

——田んぼを再開させて二年目に、すごく虫が出たときがあって、葉っぱを食べる青虫みたいなのが出たんですよ、そのときに近所の先輩たちから、こんなの出たら収量が半分になるから農薬撒いたら一発で虫が落ちるど、っていわれたんだけど、やっぱりメダカがいるから、ぜったいに薬は撒けないぞってね。だから、メダカに励まされて無農薬で米を作ったところはあったんですよ。メダカが死なないっていうことは、そういう薬を使っていないっていう証明にはなるでしょう。もちろん無農薬、化学肥料不使用の県の特別栽培農作物の認証は取ってるんだけどね。メダカがいることで、わたしのやり方はほかにもまったく変わってるんですよ。稲はふつうは中干しってするのね、七月下旬あたりに一回田んぼの水を落として土を全部乾かして、畑みたいにこうひび割れをさせるんですよ。これは全国的にね。水を張ったとこの根っこと、畑状のとこの根っこはちがう、根を更新させるっていうか、稲の性質上そうした方が生育がいいっていう理屈はあるみたいなんだけど。ただし、わたしはメダカがいるから、それをしないというか出来ない。震災後に出向いて有機農法を習った栃木の先生も、中干しはしないとダメだっていうんだけれど、わたしはメダカがいるから、いくら先生の言うことでも、それだけは聞けませんって。

Gさんは、やんちゃな顔付きになった。それから真顔になって続けた。

――JAS有機が一番いいんだろうけど、ただそれが要件が結構厳しくてね、ちゃんと田んぼが固定されて、地域と切り離されているようなところだといいけれど、我々みたいに隣と、いわば地域と連携せざるを得ない農家は困るんですね。ここは三年に一回、いわゆる集団転作っていうか、米が作れなくて豆を作ったりするときがあるわけなんですよ。だからJAS有機は、我々のように地域と折り合い付けていぐようなところはできないんですね。自分が有機で作りたいと思っても、どうしても水が来ないと作れないから、それで水も昔みたいに上から流れてきて、それを堰き止めて我田引水するっていう感じじゃなくて、いまはパイプになっててパイプに圧をかけて出すわけなんですよ。だからそのポンプ場が動かないと水もらえないんですね。だから、ある程度は地元と連携していかないとね。地域には契約講っていって、親戚をまたいで契約の兄弟にして、親睦や葬祭時の助け合いの仕組みがあるんです。毎年の書き付けがあったんですが、震災の時、わたしの家が当番で書類一式が津波で流され無くなりました。それでも、その年の十一月三日に当番として契約講の寄り合いを開きました。ほかにも集落には、契約講の他に、出羽三山講、古峰原講、地蔵講などがあったんですが震災後も続いているのは少なくなってます。そういう仕組みがあって、田植えのときは手伝いがやってきたりするんです。だから自分だけが有機、無農薬やればいいっていうわけじゃなくて。昔は色々あったんですよ。無農薬だと田んぼに釘入れられたりしたらしいです、それはここじゃなくて、別の地方でね。あと、無農薬で作ってたところに、農薬入れられたりね。よく笑い話であったのは、息子が無農薬だって除草剤使わずにやってっと、草取りやって恥ずかしいからって、親父が夜中に行って農薬撒いてって。そして親父とケンカになるわけなんです。父親は、若いとき草取りで苦労してきたっていう年代でしょう。それから、金糞の時代でしょ。町場から屎尿を買ってきて……まあ物々交換で野菜と交換したりだけどね、だから農薬や化学肥料のすばらしさをね、身にしみて感じてるんだよね。

——昔は農薬の空中散布もやってましたよね。田舎に住んでたときに、洗濯物を取り込めって放送が流れたりして。

——空中散布は、昔はやってた。あれは具合悪くなってね。夜中まで酒飲んで、朝寝てるとおやじに叩き起こされていくわけですよ。農薬はやっぱり使う人が吸い込むわけだよね。だから消費者ももちろんだけれど、農家自体もけっこう身体こわしている人がいるんですよ。消費者の方も、虫が一匹いただけで大騒ぎされるから、我々としてもそういうのがいると突っ返されるからね。虫を取るか自分の健康を取るか……。

Gさんはおもむろに、

——これがヒエです。

畦から、稲を小さくしたような枯草をつまんで見せた。

ああ、これかあ。ぼくは声を発した。自宅近くのバス停の脇の雑草地には雀が来て、これに似た草にぶらーんぶらーんと乗っかって盛んについばんでいるのをよく目にする。

　Gさんが稲作を再開させたと聞いたときに、ぼくはぜひ聞いてみたいことがあった。震災後の田んぼで真っ先に目についた植物は何かということだ。そのときのGさんの答えはこうだった。田んぼを復旧したときに、一番目についたのは、ヒエです。田んぼの中には、ヒエの種がたくさん落ちていて、田んぼが濡れていれば、すぐ芽吹きます。瓦礫を除去した田んぼが、緑におおわれましたが、ほとんどヒエでした。ヒエは、除草剤を使用しても、一週間ほど五〜十センチの水深を確保しないと生えてくるので、震災前でも管理の悪い田んぼではヒエが生えていました。わたしは、除草剤を使用しないで、大きな苗を植えて十センチ以上の深水管理でヒエを抑えています。それを聞いてぼくは、ヒエはアワとともに縄文時代から栽培されていたといい、飢饉のさいには救荒作物となったというのもさもありなんと納得させられたものだった。

　そのときGさんはさらに、整備された農地だったところが、津波の後は地盤沈下や浸食で池や湿地になったので、生育環境が悪化して姿を消していた植物が出現したんです。たとえば、国の準絶滅危惧種であるミズアオイがわたしの田んぼでも復活して咲いていました。震災前はほとんどの田んぼで除草剤を使用していた影響なのか見かけなかったです。水田雑草ですが、青紫色の花がきれいなので咲き終わってから取り去るようにしてます、と教えてくれた。

　調べてみると、ミズアオイは万葉集では水葱《なぎ》の古名で、〈苗代の小水葱が花を衣に摺り馴るるまにまに何《あぜ》かかなしけ〉などと歌われており、苗代に混じってミズアオイが生えているという古代の情景が、奇しくも津波によって地中に眠っていたミズアオイの種子が地表に出て再現されたというわけだった。現代では同じ科でミズアオイよりも小さなコナギは、見かけられる頻度も多いが、万葉の時代には区別されていなかったようだ。

ほかにも、津波の跡地に入った大学の研究チームの発表では、巨大津波によって仙台湾岸の海浜植生も著しく攪乱されて、当初は壊滅的と思われていたものの、震災直後から自律的に再生しはじめ、残存したものに加えて、漂着・飛来した植物体や種子から、固有の植生が再生するという二次遷移が広く認められていた。このあたりでも、準絶滅危惧で赤い実を付けた姿がタコの足のようになるタコノアシやヒメハッカ、宮城県の準絶滅危惧のアイアシなどが出現したほか、砂州に生息するカヤツリグサ科の準絶滅危惧のオオクグが、消失した砂州の近くにできた新たな砂州に個体群として出現し、DNAの情報を調べたところ、近親交配が進んで数が減少していた津波前より遺伝的多様性が高まっていることが報告されており、災害を生き延びる努力をしているのは人間だけではないことを知らせていた。

開通前のかさ上げ道路を渡り、さらに海のほうへ歩いて行ったGさんとぼくは、貞山運河に出た。

——あれが新浜の奇跡の二本松です。

と、Gさんが津波に耐えて立ったままの状態で残ったことで有名になった陸前高田の奇跡の一本松を模して、少し茶目っ気のある口調で指差した。近くの防潮林のほとんどの松の木がなぎ倒された中で、対岸のよく似た姿をした二本の松が並行に傾いて立ち、満潮時間帯の水面に映えていた。まだ背丈は低く根元は細いものの実生で育っているらしい、もやしっ子の松も散見された。のんびり眺めていると、堤の道は整備されてサイクリング道路になっているので、スピードを出して迫ってくるサイクリング車に後ろからベルを鳴らされて、ぼくたちはしばしば脇に寄らなければならなかった。

　新浜にあった橋は流されてしまい、いまは海に出るためには、橋のあるところまで行くか、運河を渡し船などで越えなければならない。仙台で生まれ育ったぼくには、海岸へと出る前には、小さな水路を渡るものだという感覚がある。水泳部だった高校生の頃、水泳大会で東北各地の海辺の町を訪れるようになり、競技が終わると、現地の海で泳ぐのが楽しみだったが、そのときに何の前触れもなしに突然海があらわれると、違和感を覚えることがあった。あたかも、プールに入る前には、消毒液臭い腰洗い槽に浸からなければならなかったり、競技用のメインプールでのスタート前には、飛び込み用プールでウォーミングアップしなければならなかったりしたように。海の前には必ず存在しているもののように慣れ親しんできた水路は、江戸時代の慶長年間（一五九六〜一六一五）に川村孫兵衛重吉の指揮で阿武隈川河口から名取川河口まで木曳堀として開削され、その後寛文年間（一六六一〜七三）に七北田川河口の蒲生から松島湾の塩竈までを御舟入堀として、次いで明治時代初めに士族授産事業として名取川河口から七北田川河口までを新堀として（いまぼくたちがいるのはここにあたる）、さらに松島湾と鳴瀬川河口までの東名運河、石巻の旧北上川との接点まで延長された北上運河と、いくつかの水路をつなぎ合わせた総称として正式名では貞山運河と呼ばれるが、明治時代の改修時に伊達政宗の諡《おくりな》（瑞巌寺殿貞山禅利大居士）にちなんで名付けられた貞山堀の通称のほうに子供の頃から親しみがあった。

　震災時、ぼくの仕事机の前の壁には、グラフ誌の見開きの誌面が貼られていた。今は廃刊となった仙台市の広報誌の二〇〇七年一月に発行されたもので、〈歴史の生き証人「貞山堀」とその界隈〉という特集の中に、閖上《ゆりあげ》から仙台平野、仙台港へとつながる貞山堀とその周囲の防潮林や集落の家並みが上空から撮られた写真のページである。解説文には〈江戸時代、仙台藩は62万石であったが、藩祖伊達政宗以来、肥沃な仙台平野を生かして積極的に新田開発を進めたことにより、実際の石高は100万石をゆうに超えていた。藩内各地から集積された大量の米は、藩内を流れる北上川、鳴瀬川、七北田川、名取川、阿武隈川などの大河川と、それらを結ぶ運河が形成する舟運のネットワークによって輸送された。そして、17世紀後半から、藩内で消費しない余剰米は、江戸廻米として、主に北上川河口の石巻から海運で江戸へ送られるようになり、仙台藩に莫大な利益をもたらした〉とあった。

一九九七年から翌年にかけて、ぼくは広瀬川・名取川の源流である奥羽山脈の山中から、合流地の仙台市内の落合を経て、河口の名取市閖上に至るまで、西から東へと流れる川筋をたどりながら、その土地土地に触発された事柄を綴った紀行小説を書いた。それに続けて、今度は方向を南北に変えて、亘理町と岩沼市の境の阿武隈川河口から石巻市の旧北上川河口まで、総延長四十九キロにも及ぶ日本一長い運河とされる貞山堀（運河）の流れをたどろうと念じてきた。関ヶ原の戦いで毛利氏が大幅に減封された際に浪人となり、当時仙台藩の飛び地だった近江の蒲生郡に滞在中に在京していた伊達政宗にその才覚を見出されて、長州出身ながら仙台藩に召し抱えられることとなり、五百石でという申し出に、それなら領内の荒地を賜りたいと答えて阿武隈川河口に近い土地に住み、湿地だった荒地の溜まり水を阿武隈川へと排水することで田畑を作ったのを手はじめに、水路整備や北上川の大改修などを手がけたとされる川村孫兵衛重吉についての興味もあり、生地の萩やゆかりの近江の地を訪ねるなどもしてきた。だが、土木、鉱山、冶金、数理、測量、製鉄、植林、製塩などの技術に通じていたといわれる川村孫兵衛は、イエズス会宣教師からその知識を得たのではないかという推察があり、やがて江戸幕府が発令した禁教令、鎖国令によって記録の一切が隠されたり焼き捨てられたからではないか、とも考えられるように詳しい記録が残されておらず、足跡を辿る手がかりがなかなか得られずにいた。そうした折に、千年に一度という巨大地震が起こり、防潮林とともに沿岸の集落も喪われてしまった。震災前の写真を目にしながらぼくは、風光明媚な貞山堀の風景を描かずに終わった後悔の思いも嚙むこととなった。

そんな物思いに耽っていると、水面から水鳥が羽ばたいて飛んで行った。

——いまのは鷭《ばん》だったかな。鴨だったかな。

とGさんが見やった。

この地の隣の蒲生地区にある干潟は、国内有数の渡り鳥の飛来地として知られており、震災で壊滅したかにみえた干潟の生態系も徐々に復活しつつあったが、自然保護と堤防工事との兼ね合いの問題が続いているようだった。

——高校生のときに明け方まで受験勉強をしていると、朝方に海に来る雁《がん》の群れがカンカンカンと啼きながら飛んでくる声が聞こえたもんです。それを詠んだ句が受験雑誌で一席を取ったことがあるんです。

Gさんはいくぶん照れくさそうに言った。

——どんな句か教えてもらえませんか。

——夜明け前空行く雁の道探す、っていうんです。

Gさんは諳んじてみせ、ぼくは朝方の空をV字型の編隊を組んで飛ぶ雁の群れを目にするような心地となった。

——ここはちょうちんがまといって、あそこには神社があったんです。残った松林の中に湿地帯があり、その傍に残っている土台を指差してGさんが教えた。

——どんな字を書くんですか。

——汀《みぎわ》が沈むと書いて、あとは釜です。不思議な名前ですよね。釜は広辞苑ではちいさな淵の意味のようでしたが。

——製塩に関係があるのかもしれませんね。

——ここは湿地の水が貞山堀に流れ出る場所になっています。明治時代初めに新堀が完成する前からあったのかもしれませんが、大雨になると満水になって水際が沈んだのでしょうか。いまは震災後の地盤沈下のためか湿地帯が大きく深くなったようです。この汀沈釜稲荷神社には、岩沼市にある竹駒稲荷神社の御使いの狐様がここまで通ったという言い伝えがあって、地元のおばあさんたちが、お参りに来ていたものでした。土台だけになってしまいましたが、ここは定期的に枝払いするようにして、作業が終わったら狐の好物の油揚げを奉納するんです。

そしてGさんは、今年の夏、このあたりで震災後はじめて蟬の鳴き声を聞きました、と言い加えた。

日が傾いてきたので、そろそろ引き揚げることにした。近道をしていきましょう、とGさんは言い、入り口に張られたロープを勝手知った様子でフックから外して、高盛り土されて松が植えてある砂防林へとぼくを招き入れた。ところどころに溜まり水があり、蒲の穂が見えていた。濃黄色の小さな花をたくさん付けた背高泡立草が繁茂しているのはお馴染みだが、ほかにはニセアカシアが目立った。枝に赤い実を付けた、ガマズミでもサルトリイバラでもない、見かけない木もあった。このあたりではバカと呼んで、実が衣服にくっつくので子供の頃に互いに投げ合って遊んだ、あめりかせんだん草とおぼしい雑草が生えており、実は同じだが、交配種なのか葉っぱの形が見慣れているものとは微妙にちがっていた。

——津波の引き波で運ばれてきたのか、ひと頃は万年青みたいな庭木らしい植物が出てることもありました。何だかいろんな植物がやってきては淘汰されて安定した林になっていくんじゃないでしょうかねえ。

Gさんが言い、ぼくも頷いた。

植林された区域を行くと、遊園地の立体迷路を巡っている心地となった。あれー、出口はどこだべ、とGさんも迷っている様子で、右へ左へと足を運んだ。震災前は庭みたいなものだったのに、すっかり変わってしまったがら、と弁解するように言った。ようやく出口を見つけて斜面を駆け下り、出口のロープを開閉させて道へ出ると、二人ともズボンにさっきのバカらしき実がたくさんくっついているのを見て笑い合った。

飛島

目の前に一つの小石がある。

大きめのビー玉を伸ばして楕円にしたようなかたちで、緑がかった筋が入っている。それはマーブル模様とまではいかないけれども、絣の縞柄が少し波打っている。角は丸く、表面はすべすべしている。

小石が置かれているのは、居間の楕円形のガラスのテーブルの上。テーブルは二段になっており、下段の縁のある木のテーブルに付けられた四本の足が、十二センチほど上にも伸び、その足の先端にガラスのテーブルが載っている。やや小ぶりの木のテーブルには、工芸展や旅先の骨董屋などで求めた気に入りの小物の数々が置かれ、横から入れ替えをしたり、上からガラス越しにも目にすることができるというわけだ。

下段の木のテーブルに置かれた艶消しアルミ製のトレイの中には、黒っぽい小石が二個入っている。一つは、表面がつるつるして丸みを帯びており、それは二〇〇七年の夏にぼくがモンゴルを旅行したときに、ウランバートルから西へ約三七〇キロメートル行ったところにある古都カラコルムで、その地名の由来だと聞いた黒い河原石を拾ったもの。もう一つは、ハンマーで砕かれたように角張っている石で、夫婦で一年間過ごしたことがあるノルウェーを二〇一四年の春に十六年ぶりに再訪したときに、オスロ郊外のグランという土地で連れ合いが拾ったものである。

木のテーブルの上には、ほかにも「ますほの小貝」と呼ばれる、一センチに満たない小さな貝なども、卵の殻を模したような白く薄い陶器の小皿に七個ほど入っている。それは、折あるごとにピンポイントで訪れるようにしている芭蕉の「おくのほそ道」の足跡を辿る旅の中で、敦賀湾西海岸の色ヶ浜へと足を運んだときに、民宿の奥さんに教えられて拾った貝である。その浜は、西行の〈潮染むるますほの小貝拾ふとて色の濱とは言ふにやあるらん〉という歌で知られ、芭蕉は元禄二（一六八九）年の中秋の名月の翌日に訪れている。赤子の爪ほどの光沢のある美しい小貝を見遣るたびに、震災後の二〇一三年の中秋の日に合わせて訪れ、海面に浮かぶ月影と彼方に敦賀原発を見遣りながら、この歌枕の地がずっと無事であるように、と祈る気持ちとなったことが思い出される。

いま目の前にある小石は、山形県の酒田沖に位置する飛島《とびしま》で拾われた石である。

といっても、ぼく自身が持ち帰ったものではなく、アルバイトをしながら写真を撮っている若い友人から、飛島の写真と一緒に、ティッシュにくるまれて届けられたものだった。彼が飛島を旅したのは、新型コロナウイルスの被害がまだ大きくなっていなかった頃のことらしく、ぼくの自宅に来て件の二つの黒い石を見ていったこともある彼は、飛島でその綺麗な石を見付けて持ち帰り、ついでの機会に送ってくれたのにちがいない。添えられていたメモ書きには、日帰りで五時間の滞在のあいだに大急ぎで島を回ったこと、そして、好きな旅をすることがままならない状況となってしまったことへの嘆きが記されていた。

彼の厚意をありがたく受け取ったものの、その石を、下段の木のテーブルに載せているみやげの小石のコレクションに加えることには、正直のところためらいがあった。

実はぼく自身も、飛島には、六年前の夏に山形在住のKさんの案内で、連れ合いともども一泊二日の旅で訪れたことがある。そのときに、海水浴場になっている小さな浜辺で、連れ合いが綺麗な石を見付けて持ち帰ろうとしたところ（今回友人から届いた石もそれに似ていた）、宿の人に、島の石は持ち帰らないように、と強く禁じられたのだった。そして、部屋に置いてあった観光パンフレットには、ここの石を持ち帰った人には、不幸なことが起こったり、船のエンジントラブルが起こったりするという言い伝えがある、と記されてあった。

若い友人が送ってくれた小石は、いささかの困惑をもたらしたと同時に、近所を散歩するぐらいしか旅心を味わえない現在にあって、そんな出来事があった飛島への旅の記憶を振り返らせることにもなった。

＊

東経一三九度三三分、北緯三九度一二分。南北に約三キロメートル、東西は最大一・八キロメートル、周囲約十二キロメートル。山形県沖の日本海上に位置する孤島である飛島へ、ぼくは二〇一四年の八月下旬に酒田港から向かった。北西へ三十九キロ、唯一の公共交通機関である酒田市営定期船「とびしま」の所要時間は一時間十五分ほどである。お盆を過ぎて土用波が立つ頃であり、船がかなり揺れるので船酔いを覚悟するように、と飛島へ行ったことのある知人たちからは、ことごとく忠告されることとなった。また、海が荒れると、定期船が欠航になることはよくあり、酒田で足止めを食った話や、運よく飛島へ渡れたとしても、万が一天気が崩れて何日も帰って来られなくなってしまう可能性についても、心構えをしておいたほうがいいとも言われた。

ぼくの連れ合いは、二十代のときに東京から山形へ移住し、草木染作家のもとへ修業入りしたので、山形の地元に知り合いが多かった。遅い夏休みを取って、鶴岡の実家に帰省するついでに酒田まで車を出し、飛島へも同行してくれることになった地方紙の記者をしているKさんは、飛島は小学校の遠足以来だといい、そのときは小さい船だったこともあり、揺れに揺れて、やはり船酔いにさんざん苦しめられたそうである。

午前九時半に、二五三トン、定員二三〇名の「とびしま」は、舫《もや》いのロープが解かれ酒田港を無事出港した。欠航することも多い冬期は毎日一航海だが、春から秋の時期は、日によって一航海、二航海、三航海の日があり、今日は一航海の日に当たっていた。曇天だが青空も覗き、雨の心配はなさそうだった。〈よく来たの　粋な文化に出会う街　酒田港〉というペンキ文字が書かれ、釣りをしている人の姿もちらほら見える防波堤を横目にし、その向こうには、風力発電の巨大なプロペラが三基ゆっくりと回っているのを遠目にしながら、内海から外洋へと出ると、さっそくぼくは甲板へと上がり、気持ちのよい潮風に吹かれた。小学生のときにアマチュア無線の免許を取り、モールス信号も覚えた少年時代の夢は、船舶無線通信士になって世界を航海することで、大人になったいまでも船に乗るのは心が躍った。Kさんと連れ合いは、念のために出港の三十分前に酔い止めの薬を飲み、椅子席になっている客室にとどまっていた。

舳先《へさき》が沖からの波に、がつんがつんとまっすぐぶつかっていく度に、船体はいくぶん上下に揺れ、艫《とも》が白く長い水脈を引いていく。同じくらいの大きさの船が隣に見え、波に向かって進み大きく上下に揺れているのを見遣りながら、この船は二つの船体が並列し甲板同士を繋いだ双胴船なので、波を切るように進み、揺れも少ないのが実感される。波の力が甲板の下から伝わってくるのが新鮮である。酒田と飛島を結ぶ定期航路は、大正三（一九一四）年に就航した「飛嶋丸」に始まり、当時の運航は月に五回ほどで、片道三時間半かかったという。

やがて、いくぶん黄色味がかった水の線が延びているのが見えてきた。福島との県境にある吾妻山に源を発し、飯豊、朝日、蔵王といった連峰から流れ出る大小の河川を飲み込んで、一つの県のみを流域とする河川としては日本最長である最上川から日本海に一気に流れ込んだ水脈と、東上する暖流の対馬海流とが激しく拮抗しているところだろうか、とぼくは想像した。

——見えねな。

——残念だなや。

という声が後ろから起こった。

甲板には、出港早々から酒盛りをしている年配の男性たち十人ほどの団体があった。そばでは添乗員らしい眉毛を薄く剃っている若い男性が、缶ビールなどの飲み物につまみも用意してしきりに気を遣っている。薄陽に反射しているレモンサワーの缶の鱗模様が、目の前の白く鋭い三角波と重なって見えた。

右手に男性たちが目を向けている先には、晴れていれば鳥海山が見えているはずなのだろう。裾を長く引いて見えるはずの出羽富士こと標高二二三六メートルの鳥海山のあたりはあいにく曇っていて、秀麗な山容は望めず、山裾の端がぼんやり霞んで見えるだけだった。

飛島と鳥海山との関わりは深い。

柳田國男は、昭和四（一九二九）年に出た子供向けの『日本の伝説』の「山の背くらべ」の章の中で、〈出羽の鳥海山は、もと日本で一番高い山だと思っていました。ところが人が来て、富士山の方がなお高いといったので、口惜しくて腹を立てて、いても立ってもいられず、頭だけ遠く海の向うへ飛んで行った。それが今日の飛島であるといいます。飛島は海岸から二十マイルも離れた海の中にある島ですが、今でも鳥海山と同じ神様を祀っております。これには必ず深いわけのあることと思いますけれども、こういう変った昔話より他には、もう昔のことは何一つも伝わっておりません〉と、その伝説を紹介している。

それに先立つ明治三十六（一九〇三）年に、田山花袋は秋田から人力車に乗って羽後の海岸を南下し、酒田に一泊した翌日、最上川沿いにさかのぼって行った。その折の紀行文である「羽後の海岸」には、途中に見えた島のことを車夫に尋ねたときの答えとして〈かの島は昔鳥海山富士山とその秀姿を競ひし時、他に劣りたる所あらざりしかど、少しく其高さの低かりしを怒りて、其の絶巓飛んで海中に入りたるが為めに、飛島の名に呼ばれたるなりと〉と、柳田の話の原型とも言えそうな記述が見える。二十歳前の青春期からの文学仲間である柳田と花袋は、旅した東北の風物について語り合うこともあったかもしれない。ちなみに柳田は花袋の死にさいして、〈私などが題目の大きい小さいについて、まるで世間と掛け構いのない尺度を持ち、果たして現実の用途があるか否かを確かめなくとも、平気で記録を取って残しておくことが出来るようになったのは、善かれ悪かれ、とにかくに田山君の感化であった〉と回想していた。

先の伝説は、鳥海山がたびたび噴火を重ねたことに拠っているのだろう。二〇一一年の東日本大震災が起こったときに、貞観十一（八六九）年の貞観地震以来ということがよく言われたものだが、その貞観地震を記録していた歴史書として取り上げられたのが、清和、陽成、光孝の三天皇の代である天安二（八五八）年から仁和三（八八七）年までの三十年間のことを記した『日本三代実録』だった。そこには、貞観十三（八七一）年の鳥海山の噴火のことも出てくる。

原文は漢文なので、試みにその箇所を読み下してみる。〈従三位勲五等大物忌神社飽海《あくみ》郡の山上に在り、巌石壁立し、人跡到ること稀にして、夏冬雪を戴き、禿げて草木無し、去る四月八日山上に火有り、土石焼け、また声有り雷の如し、山より出づるところの河は、泥水が泛溢《はんいつ》し、その色は青黒く、臭気充満して、人聞くに堪えず、死魚多く浮き、擁塞《ようそく》して流れず、ふたつの大蛇《おろち》有り、長さ十丈ばかり、相連なり流れ出でて、海の口に入り、小蛇の随《したが》ふものその数を知らず〉。

おそらく大規模な溶岩流や火山泥流が発生したのを二つの大蛇と表現しているのが興味深い。津波の後、山崩れや洪水など過去の水害の痕跡を取材して歩いたときにも、蛇の名がついた災害地名と多く出くわしたものだった。鳥海山はほかにも、有史以来二十回以上の噴火があったとされ、近年では、昭和四十九（一九七四）年におよそ一五〇年ぶりに噴煙を上げ、わずかに山頂の形が変わったといわれる。平安時代には、辺境の神として鳥海山にある大物忌神の神威に注目したものか、鎮謝報祭をしないと天変地異や兵乱が起きるとして、朝廷から神階が与えられ、噴火するたびに昇叙して、天慶二（九三九）年の爆発のときには正二位にまでのぼった。蝦夷討伐のために西国から派遣された兵たちも、すさまじい噴火の様を仰ぎ見て、東北の地への畏怖をおぼえたものだろうか。

鳥海山の噴火によって飛んだ島なので飛島、というのはたしかに伝説としては面白く、鳥海山の大物忌神社に対して、飛島には小物忌神社があり、七月十四日には、双方の神社で同時に篝火を焚いて対岸の火を見合う火合わせが行われるように、飛島では鳥海山信仰が篤いと聞くが、現在では、中新世の地殻変動で日本列島がアジア大陸から引き裂かれ、その後の海底火山活動によって出来たことが科学的に解明されている。つまり飛島は、日本海を南北に伸びる海底山脈のてっぺんにあたる。

「とびしま」はひたすら沖合を進んだ。スクリューに攪拌された航跡は白く、その脇に広がる海水の色は蒼く澄んでいる。深く息を吸い込み、飛沫を含んだ潮風に心地よく顔をなぶられていると、Kさんと連れ合いも甲板に出てきて、ほんのぼんやりですけど、鳥海山が見えてますよ、とKさんが後方の空を指差して言った。そう言われてみると、水平線上の白く霞んでいるところと、真綿を引き延ばしたような雲の間に、山のかたちがうっすらと浮かび上がっている気もする。明け方に微かに見える細い月のように、そこにあるもの、と確信が持てなければとても気付かないだろう、と思いながら、鶴岡出身のKさんは、月山《がっさん》とともに鳥海山も見て育っていることに、ぼくは深く感じ入った。

——ああ、見えてきました。

しばらくして、Kさんが、今度は反対側の前方の洋上の彼方を指差し、なだらかな台地状の緑の島影が遠く見えてきた。船が進むにつれて、まな板を浮かべたような形がどんどん迫ってくる。いちばん高いところでも七十メートルに満たないということで、千万年以上の昔に海底の火山から吹き出した噴出物が海底に積み重なり、それが盛りあがりながら波や風雨に削られてできた島だということが納得される島の形だった。

「とびしま」は、定刻どおりの十時四十五分に飛島に着岸した。この船は、午後一時四十五分発酒田行きとなる。島には勝浦、中村、法木《ほうき》という集落があって、それぞれ港を持っているが、定期船が発着するのは勝浦港である。ここでも、津波被害が大きかった東日本大震災後にほうぼうの海辺で見られるようになった大規模な護岸工事が行われており、

——小学生のときに来たときは、こんなふうじゃなかった。海岸線には防潮堤もなくて、すぐに海になってたと思う。

とKさんが言った。繁殖地なので海猫がうるさいほどだと聞いてきたが、工事をしている影響か、それほどではなかった。代わりに盛大に迎えてくれたのは蟬時雨だった。

岸壁と白いアスファルトの道路を挟んで立ち並んでいる家々の合間にいくつか民宿の看板が見え、その背後は緑の濃い小高い森になっている。埠頭に車を停めて待っていた、黒と白の柄のマリメッコのエプロンをした民宿のおにいさんに荷物を渡して、さっそく島めぐりをすることになった。待ち合わせた山形駅前を出発したのは朝の六時半だったので、宿で少し休んでからと思ったが、Kさんは心配していた船酔いもなかったので元気な様子だった。

——うちは、あの黄色い建物ですから。

とおにいさんが指を差したところまでは、海岸沿いの道を歩いて五分ほどの距離と見えた。定期船の発着所の目の前には、マリンプラザと表記のあるしゃれた三角形の四階建ての建物があり、みやげ屋とレストランと乗船券販売所を兼ねていた。昼食を摂るにはまだ早いので、宿とは反対方向の海水浴場があるほうへとまずは足を運んでみることにした。

すぐ途中に、白と青に塗り分けられた工場のような建物があった。何だろうと見遣ると、そこ

は東北電力の飛島火力発電所で、島の電気をここで賄っていると知れた。それだけではなく、かつて小学校があったという場所はここだったのか、とぼくは思わず鉄柵の上に有刺鉄線が張り巡らされた内側の敷地を見回していた。

今回の旅に出る前に、〈飛島は遠かった〉と書き出されるSさんの「飛島へ」という小説を、ぼくはあらかじめ二十年ぶりに再読してきたのだった。Sさん自身が反映されていると見える主人公の一家は、終戦の翌年の春、満州から父の実家である飛島に引き揚げて来る。作中では、そこでの苦労の多い暮らしぶりが、夜光虫や海猫といった自然と、島を訪れた進駐軍の軍人や南京小僧と呼ばれたもらい子、盆踊りなどの風物をからめて、小学生の少年の視点からみずみずしい文章で細やかに描かれているのが印象的だった。主人公は、家の破綻をまぬがれるために一人犠牲となり、小学校の終業式を待って島を出て、大分の叔父の所に世話になることとなる。彼は、いま四十代の半ばとなり、老いた父母の住む飛島を三十四年ぶりに訪れるのである。

それが冒頭の述懐に込められており、そして、再訪した飛島について、〈小学校のあったところは火力発電所に変わり、その隣の神社の佇まいの外に当時の面影をとどめるものは何もなかった〉と書かれてあった。

そんなことを考えながら、そのまま歩いていくと、左手に「飛島海づり公園」という表示があって、心惹かれた。向かってみると、黄色いペンキが塗られた鉄製の櫓が組まれた桟橋から、手軽に安全に海釣りが出来るようになっていた。海の反対側は二、三十メートルほどの切り立った崖が迫っている。

震災から三年半近く経っていたが、海の近くにいると自ずと津波のことが意識された。

――津波が来たらどこに逃げればいいんだろう。

というのが、連れ合いが飛島に上陸したときに真っ先に発した言葉だった。

そんな思いでいたところに、〈津波発生時の対応〉と大書された看板が目に留まった。〈避難場所　飛島の高台〉〈避難はすばやく、駆け足で〉と書かれており、そのときには、あの崖の上に通じる道をともかく駆け上がらなければならないのか、と見上げた。

鉄の桟橋を上り下りして向かった先端には、魚の絵が描かれた黄色く六角形の筒状の施設があり、そこが浮体式海中展望塔「飛島海中体験丸」だった。〈室内定員12名〉とある扉の中に入り、階段を下っていくと、水中に潜った下甲板の円い船窓から海底の様子や泳ぐ魚の群れが観察できた。水族館とはちがった素朴な造りがなかなか気に入り、素潜りをしているような心地に浸った。海中に日が差し込み、水がきれいなのがひと目で見て取れた。緑色に少し赤みのあるホンダワラらしい海草が揺らいでいるのが見える中、泳いでいる魚たちを目にしては、あれはウマヅラハギかな、縞模様があるから石鯛だ、こっちは真鯛、アイナメに鯵もたくさんいる……、と子供に返ったように、目についた魚を銘々が口にし、イカはいないかなあ、とKさんがつぶやいた。食べ物では何と言ってもイカが好きなんです、飛島のイカさえ食べられれば、僕は本望ですから、と酒田まで運転してもらった車の中で、Kさんは盛んに口にしたものだった。

そろそろ昼食にしようと、マリンプラザまで戻ることにした。食堂のようなものは、勝浦港の近辺にしかなさそうだった。マリンプラザのレストランの入口の貼り紙にイカ丼と書いてあるのを見て、Kさんが相好を崩し、ぼくと連れ合いは隣に貼ってある活魚丼にしようと気負い込んで店に入ると、すみません、ごはんがもうないんです、という返事でがっかりさせられた。

仕方なく、隣の芝生の先にある「しまかへ」へ行くことにした。四阿のある芝生の広場の隅には句碑があり、〈梟や闇のはじめは白に似て〉という俳人の句が、七歳から飛島で育つ、北方の鬼才と称される原風景は飛島にある、という説明文とともに漆黒の石に彫られていた。広場にはまた、「我が国初の超短波実用無線電話開通記念の碑」があり、元無線少年だったぼくとしては、そちらにも興を惹かれた。碑文の説明では、昭和七（一九三二）年に、東北帝大の宇田新太郎工学博士は、自身が開発した無線通信電話機械で、飛島・酒田間で実験を行った。当時飛島は冬期間の通信、連絡が途絶えがちだったことから実験の地に選ばれたという。旅の前に目を通した資料には、大正天皇崩御は時化の最中の十二月だったために、その報が島に届けられたのは、酒田に入港して足止めを食っていた飛島の漁船の船長が、意を決して船を出して辿り着いた六日目のことだった、との記載もあった。

四月の末から九月下旬まで営業している島のカフェスペースである「しまかへ」では、すでに定期船で一緒だった団体が、テラス席を占領して、イカスミカレーやペペロンチーノスパゲティーを食べていた。ペペロンチーノってなんだ？　という声も聞こえ、添乗員の若者が、注文を取ったり、料理を運ぶのを手伝ったり、ビールをすすめたりしている。若者カップルの姿も一組あった。

三人ともイカスミカレーを頼もうとすると、ここでも、あいにくご飯がなくなった、とのことだった。稲作もごくわずかながら行われてきたようだが、藩政時代には年貢をスルメイカで納めていた飛島は、近年まで海産物との物々交換で米を得ており、いまでも米は限りがあるのだろう、と実感させられながら、ともかく出来るものを頼むことにした。Kさんとぼくは、スパゲティーセットを、連れ合いはイカのどんどん焼きを注文し、我々もビールを飲むことにした。晴れ間が広がってきて陽差しが眩しいので、パラソルの影の下にいると涼しい。大きな虻が、テーブルのまわりを何度も行き交っており、持参してきた虫除けスプレーで追い払う。

ペペロンチーノは、島名産の塩辛の味付けだということで、ニンニクとほどよい塩加減が合っていた。セットの付け合わせは、島名物のごどいものふかしたのと、イカのガーリック焼き。Kさんはやっとイカにありつけて、やっぱりおいしい、と満足顔になった。どんどん焼きも、ふんわりしていておいしい、と連れ合いも頰張った。ごどいもはホクホクした食感が栗のようだ。ごどいもは、じゃがいものことで、大正時代に北海道にイカ釣りの出稼ぎに行った漁師が、男爵を持ち帰って植えたのが始まりだという。島のやせた土壌は窒素分が少なく、かえってそれがでんぷん質を高めておいしくなったらしい。ごどいも、という素朴な名前の由来は、船底で「ゴドゴド」音がすると思ったらじゃがいもが転がっていたからとも、鍋で煮ているときの「ゴドゴド」という音が由来とも言われている。それから、カフェのことを島では「カヘ」と発音するので「しまかへ」になった、と説明してくれたスタッフは男女の若者ばかりだった。

――午後はまず、賽の河原に行ってみましょう。

Kさんは、青いタオルをリュックから取り出して頭に巻いてから立ち上がった。

午前と同じ道を辿って海水浴場のほうへと向かおうとすると、右手の森の麓に鳥居と「遠賀美神社」と彫られた石柱があり、あれが「飛島へ」で、当時の面影をとどめているとされた神社の佇まいだろう、とぼくは見遣りながら通り過ぎた。

海づり公園を横目にしながらそのまま進むと、道は右手に回り込み、海水浴場らしいこぢんまりとした浜辺が眼下に見えてきた。三方を屏風のように岩で囲まれているので、波がさえぎられるのだろう。波のない天然のプールのような海で、三十代くらいの男性二人、女性一人のグループが泳いだり、浮き輪を使って浮かんだりしていた。彼らのものらしい自転車が停められているのを目にしながら、浜辺に降りてみると、砂浜には貝殻やごみが打ち上げられている。食料品のタッパーやペットボトルの文字は、ハングルや中国語、ロシアの文字も見え、日本海の海流の動きをあらわしていた。そういえば、勝浦と反対の北東海岸にある法木の集落には、平家の落人説があり、法木は昔は伯耆《ほうき》の名で呼ばれていたということで、屋島、壇ノ浦の戦いで敗れた平家の武者たちが軍船で、現在の鳥取県西部の伯耆を船出し、強風に遭って飛島に漂着したとも言われていた。

底まで透きとおっていて小魚の姿も見える海水に手を入れてみると、思いのほかぬるかった。薄緑色の日傘を差した連れ合いは、この石きれいだ、とつぶやいて、緑色の筋の入った小石を拾い、布の手提げバッグに入れた。

——賽の河原への近道はこっちのようです。

Kさんが地図を見ながら、右手に巨大な岩がそびえているほうを指差して案内した。崖下に、岩の間に分け入るように細い道が付いていた。濡れている岩場を滑らないように気を付けながら右に左へとうねるように進んでいく。足下で逃げるたくさんのフナムシ。カニ。ぎざぎざした石が積み重なった大岩からマンモスの鼻のような形の岩が飛び出して、どうにか人がくぐれるようになっている箇所もあった。途中の潮溜まりの水が不気味な錆色をしているのを見て、おそらくこれが血の池と呼ばれているものだと思います、とKさんが説明した。

そこからほどなく、急な斜面を背に、灰色の握りこぶし大の丸い石が無数に敷き詰められ、色を失った荒涼とした空間へと出た。にわかに物寂しい心地にとらえられ、すぐに察しが付いて、ここですか、とぼくがKさんへ目を向けると、無言で頷いた。

恐山などにもある賽の河原は、冥土に至る途中にあると信じられている河原で、親に先立って死んだ子供が、この河原で父母供養のために小石を積んで塔を作ろうとするが、石を積むとすぐに鬼がきてこわしてしまう、そこへ地蔵菩薩が現れて小児を救うとされている霊場だとは聞いていた。

ところどころに石の山があり、小石が塔のように積み上げられているなかに、地蔵の祠がたち、昼でさえ妖気を感じずにはいられない。

――この石の山は、人が積んだものではなく、自然の風や海の流れで積み立てられたもので、いくら崩しても、また元通りに積まれているそうです。

というKさんの説明に、石の山や石の塔に触れることはおろか、丸い石を踏んで歩く足元さえも、石をうごかさないようにと自ずと慎重になった。

――あれが御積島《おしゃくじま》ですか。

と、ぼくは海中から絶壁の岩肌を見せてそそり立っている、特徴のある小島を指差して訊いた。そこには海猫がたくさん飛んでいるのが見えた。

――ええ、そうですね。

とKさんが答えた。

ぼくは、柳田國男が終戦の年の春、東京大空襲のなかで書き継いだという「先祖の話」で、飛島の賽の河原についても触れていたことを思い出していた。死者たちの魂は何処へ行くのかを考察した「先祖の話」は、東日本大震災後の日々のなかで、しばしば再読させられたものだった。そこで柳田は、佐渡など日本の各地に見られる賽の河原について、〈生まれからの日本思想で、仏法はただこれを地獄の説明に、借用したに過ぎぬ〉と述べていた。賽の河原の語源は、この世とあの世の境に祀られる道祖神《さえのかみ》のサエであり、石積みには日本人の原初の祈りを見出している。

そのうえで、飛島の賽の河原は、昔から島の人たちが、埋葬地とは別に、死んでから霊魂が行く処となっていたことに柳田は注意を寄せる。そして、賽の河原と相対して海中にある大きな岩を神聖の地として崇敬しており、そのまた正面には遠く鳥海山の霊峰が横たわっていることから、〈おそらく精霊がこの浜から、おいおいに渡って行くものと信じられていたのであろう〉と類推していた。その神聖なる大きな岩が、目の前の御積島なのにちがいなかった。

その島についてはまた、柳田國男が自分の学問の先覚のように敬愛していた江戸時代の菅江真澄も『菅江真澄遊覧記』（内田武志・宮本常一編訳）のなかの「秋田のかりね」という文章で、天明四（一七八四）年九月二十六日に象潟《きさかた》の小砂川で泊まった家の老主人の話をこう書きとめていた。〈沖にみえる飛島の尾がみが島には、こがねの龍が岩の面にわだかまっているように見え、その鱗まで龍そっくりである。夏の海ならさそって見にいきたいが折悪しいことだ。船みち《九里あまり》はごく近い〉。

御積島は、竜神がすむ聖地として、北前船の船乗りや漁民らの信仰を集めてきた。飛島には御積島を拝むための社があり、島民たちはこの島を「オガミ」と呼んでいたという。旧暦の九月末は新暦では十一月となり、すでに海が時化る時季となっていたのだろう、老主人の言葉を書き写す真澄自身の無念さも窺えるかのようだった。
　柳田も『飛島図誌』から、霊魂の挙動と思われる怪談話を紹介しているが、ぼくの手持ちの、村の古老が遺した本には、
〈海難で死者が出たときは、浜ぎわからお地蔵さんまでの、小石がビッショリ濡れており、村で死者のあるときは、スタスタと河原にむかって歩く足音を聞くといわれる。また泣きながら小石を積む声、積んだ小石をガラガラとくずす音などがあり、お地蔵さんの前は、いつも畳二枚ぐらいが、毎朝グッショリぬれているといわれる。また石積の塔の小石は、いくらくずしても翌朝には、もとどおり積まれているという〉
〈この河原の近くに明神の社がある。明治のなかごろ、社殿修理のため秋田の白子あたりから、七、八人の大工や瓦職人が来て仕事をはじめたが、毎日山越えしてかようのは大変と、この河原に仮小屋を建てて寝泊まりすることにした。
　職人たちは、島びとの止めるのも聞き入れず、突貫工事で小屋を建て、初日は疲れたため前後不覚でねむり何事もなかったが、あくる日は、夕食を終えて寝んだところ、真夜中にあやしい物音で目をさました。
　すすり泣く声、嗚咽の声、さては細いささやきや、のどかに歌う声などが、みちみちてあたりにこだまし、異様なさびしさが背筋をつらぬき、恐怖のあまり一睡もせずに夜をあかした。その夜は気のせいもあろうと我慢したが、つぎの夜も、そのつぎの夜も妖気のさまがつづいて、いたたまれず早々に引きあげ、ふたたび村ざとから通うことにしたという〉
（本間又右衛門『飛島　伝承ばなし』より）

などという不思議な話が書き留められてあった。

「飛島へ」では、ここは盆に精霊送りをし、主人公たち島の少年の肝試しをする恰好の場所でもあった。島民の神聖の地に、観光客が長くとどまっているのも悪いように思えて、賽の河原から御積島に向かって拝礼した後、ぼくたちは引き揚げた。

地図を見て、来た道を戻るよりも、明神の社から登る山道を行ってみることにした。コンクリートの鳥居をくぐった神社には石積みの塀があり、その狭間の鬱蒼とした小径を進む。ひっそりと佇んでいる明神の社は、御積島の遥拝殿として創建された社殿で、五月十八日の祭礼は通称、賽の河原祭りと称されているという。なおも藪道を進むと、いまが盛りというように臭木《くさぎ》が、五裂して蕊《しべ》の長い白い花をたくさん付けて、ビタミン剤のような独特のにおいを放っていた。

――わあ、臭木がいっぱいだー。

連れ合いが物欲しげな声を挙げた。

臭木は秋に、赤い萼《がく》の中に青の滴のような実を付け、萼、実ともに草木染の染料となる。彼女にとっては、左半身が不自由だった師匠とともに野山を探した思い出があり、ぼくも採取に付き合わされて馴染みある植物だった。

相変わらず蟬の声が盛んで、ニイニイ蟬が多く、熊蟬と油蟬、ときおりミンミン蟬の声が混じる。蟬の抜け殻も多く落ちており、野ぶどうにアオスジアゲハがとまっていた。萩や葛といった秋の花も咲き始めている。珍しい白葛も見かけた。島名物のトビシマカンゾウは、すでに花の時季が終わっているのか、いくら探しても残念ながら見付けることはできなかった。島の頂の尾根道から民宿へと下る近道となっていた山の斜面には、雨水を貯めて、島の水道用水として利用しているらしいダムがあった。

夕刻前に落ち着いた民宿の廊下の壁には、いくつか島での過ごし方についての注意書きが貼られており、その中に〈賽の河原の石は持ち帰らないでください〉というものもあった。

Kさん待望のイカの刺身に、カニ、サザエの壺焼き、メバルの煮付け、からかい（かすべ）の煮たの、イギスという海藻の酢の物、イギスの入った味噌汁が並べられた海鮮づくしの夕食を摂りながら、

——賽の河原の石のことが貼り紙してありましたけど……。

と連れ合いが宿のおにいさんに訊ねた。

——ええ。

——海水浴場の海岸で拾った石はかまわないでしょうか。

連れ合いはおずおずと伺いを立てた。

それまではぼくも、それぐらいはかまわないだろう、と思っていたが、

——あー、拾ってきちゃったんだ。あそこのもやめたほうがいいです、島を出る前に返してきたほうがいいです。

と断固とした即答が返ってきて、震撼させられた。

——そうしたほうがいいですよ。

とKさんもすすめた。連れ合いが浜辺で石を拾ったことは知らなかったらしい。そして、こう言葉を継いだ。

——もう七、八年は前になると思うんですが、うちの新聞にこんな記事が載ったことがあった

んです。若き日に飛島の海岸で拾った石を元の場所に戻して欲しい、という手紙とお清め料とともに、石が定期船の事務所に送られてきたというんです。その老夫婦は、最近の健康不安を、不吉な石を持ち帰った報いと考えたんでしょうね。

＊

ぼくは、若い友人から石とともに送られてきた写真をじっくり眺めてみた。

年に一度、貸しギャラリーで個展をするほどの腕前の友人が、六切のサイズに手焼きした白黒の画面には、海水浴場の小松ヶ浜、賽の河原、御積島とともに、鬱蒼としたタブノキの林を撮ったものもあった。

飛島は対馬暖流の影響を受けて、山形県内ではもっとも暖かく雪も少ない。そのために、タブノキやヤブツバキなど暖地系と、ハマナス、トビシマカンゾウなど寒地系の植物が入り交じり、しかもムベ、テイカカズラなどは日本の分布の北限となっている。あのとき、トビシマカンゾウの花には出会えなかったが、思いがけないところで目にすることができた。二日目の昼食に入った食堂の、トビウオで取った出汁をベースにした塩味の飛島ラーメンに、鮮やかな橙色を残したトビシマカンゾウの花の塩漬けが添えられてあったのだった。

旅の二日目、ぼくたちは、名前と住所を記入すれば誰でも無料で借りることができる自転車で、島を一周してみた。まず、小石を小松ヶ浜の元あった場所へと返した。昨日の夕食時にはKさんとともに酒もしこたま呑み、その勢いで夜中の海に夜光虫も見に行ったのに、夜半に寝覚めしてからはあまり寝付かれず、連れ合いも何だか寝苦しかったという。浜辺に石を戻した後、自ずと二人とも、手を合わせて瞑目する心地となったものだった。島のものは外へ持ち出さず、外からのものは持ち込まず、ということで島独自の文化や伝統を長い間守ってきたのだろう、とぼくは痛感させられた。

そして、旅の圧巻はタブノキの巨木の林だった。

見晴台がある、という標識に自転車を道脇で停めて、ぼくたちはタブノキの林の中へと入った。そこは、包まれるような樹形のせいか日中でも薄暗かった。タブノキのぶつぶつ模様のついた皮目の目立つ幹は、ときにうねっていて、南国や沖縄の樹木を思わせた。黒い実もなっていた。中に、相撲の優勝トロフィーを思わせる杯のような形をした威厳のある樹形をしている大木があり、ぼくは思わず近寄って触れてみた。

〈少年の日、タブノキの樹皮に耳を当てると、樹脈を流れる微かな水の音を聞くことができた。それはタブノキの生命の鼓動のように思えた。その鼓動はまた島の生命の脈搏でもあった〉。「飛島へ」のなかで、もっとも印象的だったシーンを重ね合わせながら、飛島へ来てよかったです、これで追悼文が書けそうです、とぼくはKさんのほうを振り向いて言った。そもそも飛島は、その年の春に亡くなったSさんの追悼文をKさんの新聞に執筆する手がかりがつかめれば、と訪れたのだった。

それはよかったです。僕も、なぜかこのタブノキの林のことはよく覚えているんです、とKさんは言った。Kさんも、「飛島へ」の主人公と同じように、小学生以来の飛島となることにぼくは気付いた。

ぼくが「飛島へ」を読んだのは、首都圏での暮らしを引き揚げて、連れ合いと同居するようになり、山形との縁が生まれた一九九四年の頃だった。はじめ同人誌に載ったその作品に、芥川賞作家も生んだ山形の同人誌のレベルの高さを初めて知らされ、同人たちと酒を酌むようにもなった。その中心にいたのが、地方紙の文化部記者を辞めて小さな出版社を立ち上げ、同人誌の発行人も務めていたSさんだった。正面から訊ねることはなかったが、寡黙な言葉の端々から、Sさんにとって飛島が得も言われぬ複雑な意味合いを持つ土地であることは伝わってきた。「飛島へ」に出てくる、お兄さんが修学旅行で手に入れてきた鉱石ラジオをイヤホンで聴いて、少年の世界が広がるエピソードは、ぼくにも身に覚えがある体験だったことは話し合った記憶がある。そして、そのときは語られなかったが、飛島の勝浦港の前の芝生の広場にある句碑の句の作者こそが、そのお兄さんのはずだった。俳人は、中学卒業後、「島抜け」のようにして酒田の高校に進学し、俳句の世界を知ることとなった、とある文章で述懐していた。Sさんの小説には、〈夜光虫は闇を喰って生きてんだど〉という、句碑の句と照応するような一節が書き留められてあった。

「あ、これいたね」

途中から写真を一緒に見ていた連れ合いが懐かしそうな声を挙げた。

タブノキの林の中で見かけて、何だろう、とぼくたちが首をひねらされた、幹に付けられた白いバッテンも写真には撮られていた。

「アリババと四十人の盗賊」で、盗賊がとびらにつけた目印の白いバッテンを思わせるそれは、近付いてみると、その上にきちんとバッテンの形に茶色の手足を開いた黒と白の斑模様の蜘蛛が乗っていて、帰ってから調べると、コガタコガネグモが天敵に対する防衛と餌の誘引のために作る白帯と呼ばれているものだった。

「写真は楽しませてもらったけれど、小石は飛島に返したほうがいいよな」

ぼくが言うと、連れ合いも、そうだね、と頷いた。

だが、他県からの移動さえも自粛を呼びかけられている現在では、自分で返すことはおろか、人に頼むことも難しそうで頭を抱える思いだった。

「どうしたらいいか、ともかく調べてみる」

と連れ合いが引き取った。

しまかへを運営している会社に電話で相談して、このような事情と状況であることから、石を郵送して、それをスタッフによって浜に返してもらえることになった。担当者の女性の若者は淡々としており、こういうことには慣れている口調だった、と連れ合いが教えた。石が欠けたりしないように丁寧にパッキングして郵送した翌日の午後、親切な若者の手によって、小石が浜辺に返される様を思い描きながら、何とはなしに家から手を合わせた。

まもなくお盆が来て、山形の内陸部で亡くなったと聞いているSさんの霊魂は、はたして飛島の賽の河原に帰ったのだろうか、とぼくは思いを馳せた。Sさんは、本土のことを「内地」と表現し、〈内地という名の眩しいような彼岸。そこは、あらゆる夢を孕み、それらを実現してくれるだろう新世界だった〉と島の少年だった日の憧れを記していた。

それにしても、年少の友人には、飛島の石のいきさつをどう伝えたらいいものだろうか？　迷信だと一笑に付されるような気もするが、その逡巡のなかで、ぼくはともかくこの話を書いた。

大年寺山

白い客船が、庭の枝垂れ桜の向こう遠くに見えてきた。冬枯れの時季なら、ひと目で海まで見通すことができるが、いまは青葉が繁っているので、葉叢の隙間を探さなければならない。月暦では小潮だが、東日本大震災で地盤沈下したせいだろうか、海の面積が広くなり、曇天に接した水平線が灰色に盛り上がっている。その上に浮かぶ船体は、向かって右から左へ、方角では南から北へと太平洋の沿岸をゆっくりと移動していく。すでに仙台湾に入っており、ちょうど名取川の河口付近に差しかかったところだ。

いつからか、大型フェリーらしいその船が小高い山の上にある自宅の居間の窓から望めると、それをしおに仕事を切り上げて、夕食前の散歩へと出かけるようになった。新型コロナ禍で家に引きこもることが多くなったこの一年余りは、その習慣がより意識された。冬場なら西の蔵王の山々のほうに太陽が沈みかける時となるが、もうじき夏至を迎えるとあって、午後の陽射しがだいぶ残っている。まだ時計のようなものがなかった頃の方が時間の観念は正確だったかも知れない。馴染んでいる本の一節を諳んじつつ、集合住宅の一階にある自宅の玄関から表へと出る。不織布のマスクも忘れずに。

左手の、この山に三本立ち並んでいるうちの真ん中の巨大なテレビ塔の尖端が、曇天を指しているのを見遣りながら路地を歩き出すとまもなく、市営バスの発着場所となっているロータリーへと出る。その境目に枝垂れ桜の老木があった。幹は根元近くで二つに岐《わ》かれ、互いに捩《よじ》れて絡まり合っている。ほとんど枯れかかって枝も伐り落とされていたが、ひこばえのように出た細枝に、今年の春も僅かながら八重の色濃い花を付けた。その老木を目にするたびに、コロナ禍が本格的な様相を見せる前の昨年の二月半ばに亡くなった同業の年長の知人のことが思い出される。春になる前の、まだ芽吹きの色もないときに、樹皮がほのかに桜色に染まって見える枯木の花の林の風情を教えてくれたその人は、回復と言い復興と言い、傷を負った樹が屈曲しながら、生長していくのに、おそらく変わらない、とも東日本大震災後の見舞いの手紙に記していたものだった。

しばし立ち止まって、疎らながら付けている青葉が育っているのを確かめるようにしてから、出た道を右に折れ、バスを待っているとも、休憩しているともつかない風情で、ベンチに座っているマスク姿の人影をみとめて、おもむろにマスクを鼻と口が隠れるようにあてがい、紐を両耳にかける。屋外であり、会話をするわけではないので、そこまでの必要はないだろうと思うが、警戒されるのはやはり好い気がしない。

去年の四月に、全国に拡大して発令され、学校まで休校となった緊急事態宣言の折から、風致地区となっているこの界隈に車でやってきては、ウォーキングにいそしむ男女の姿が目立つようになった。当初のうちは、マスクが手に入らず貴重でもあり、無言での散歩にマスクは不要としていると、擦れ違いざまに身を捩るようにして顔を背けられたり、道の反対側からでも、あからさまに顔を顰められたりすることがしばしばで、東日本大震災後の人心の変わりようとも異なる、拒絶のけはいが感じられたものだった。動物が出会い頭に、相手が敵か味方かを窺っている感もあった。一年以上経ったいまでは、マスクを着けることにもすっかり慣れてしまった。もともと家で呑むことが多い方だが、会食の類は、昨年の二月末に東京で開かれたシンポジウムの打ち上げに参加して以来、一年半ほどご無沙汰している。

それにしても、中国武漢から感染が広がった新型コロナウイルス感染症が、ここまでの事態を招くとは想像しなかった。ふた月に一度の割で、労災病院で喘息の治療とアスベスト肺の経過観察を行っている身だが、昨年の一月二十日に通院したさいには、その四日前に、武漢から帰国した神奈川県の男性の肺炎が新型コロナウイルスによるものと判明したという発表があり、薬局で薬をもらいながら、インフルエンザはようやく下火になりましたが、これからは中国で流行しているという新型ウイルスが心配ですね、と顔馴染みの薬剤師の男性が言うのを聞いたものだった。とはいえ、その口調にはまだ切迫感までは感じ取れなかった。

その四日後には、朝早い新幹線で岡山県笠岡市に向けて出発し、二〇〇六年から務めている地方文学賞の選考会に出席した。市長も出席しての宴席では、今日から中国では春節の休みに入るとあって、武漢で広がっている新型コロナウイルスの話題がしきりだった。その翌日は、所用で東京にいた。錦糸町に宿を取り、東京駅まで乗った都バスには、春節での旅行とおぼしい中国人も多く見られて混雑しており、途中から小さなキャリーバッグを手に乗り込んできて前に立ったカップルの女性のほうが、マスクをして不安そうに咳をしていた。日本人の乗客でマスクをしている者はいなかった。

そして、二月五日に、大型クルーズ船ダイヤモンド・プリンセス号の乗客乗員のうち十人から新型コロナウイルスの感染が確認されて、人々の注目が一気に集まることとなり、国内の店頭ではマスクが品薄となった。地方文学賞の授賞式を始め、あらゆる予定が中止となる中、四月に労災病院に通院したときには、店頭からは消えていたマスクが売店で箱入りで売っているのに驚かされながらもとめた。一人一つのみとされ、五十枚入りで四五〇〇円もした。

マスクをするようになったことで、思わぬ発見に恵まれることもあった。例年は、春先のスギ花粉や、いまのカモガヤの花粉が飛ぶ時季には、喘息の発作が引き起こされることがあるので、この近辺での散歩は控えるようにしていたが、どうせマスクをしているのだから、と出かけてみると、春先には、名前の通りに、ごく小さく可憐な空色の小花を付ける苔竜胆《こけりんどう》や、上向きの白い花が半開する珍しいユウシュンランを見つけることがあり、つい数日前にも、好みの野草でいつも探して歩いている蛍袋が群生しているのに出会った。この地に越してきてから、かれこれ四半世紀になるが、初めて知ったことだった。

散歩の習慣を切らさずにと心がけるようになったのは、いつもは連休中に見頃となるのが今年は開花が早かった山桜が終わった頃に、運動不足で筋力が弱っていたためか、ひどいぎっくり腰に見舞われたせいもある。

ふだんは、早朝から昼までは同じ集合住宅の別室にある仕事場に一人でこもり、家事を終わらせて午後から顔を出す連れ合いが編み機の音を立てるようになると、風呂掃除とコーヒーを淹れがてら自宅へと戻り、居間で残りの仕事を片付けるようにしている。FAX兼用のプリンターはこちらにあるので、それまでパソコンで書いた文章をプリントアウトして検討することが多い。

その日は、昼食後にふたたび向かった仕事場で、天井から提げている布シェードの照明器具を取り外し、電球を取り替えようとしたときに、急に腰砕けになったようにまるで力が入らなくなり、動けなくなってしまった。軽いぎっくり腰は、三十代の頃から数年に一度ほどの頻度で、これまでも経験してきたが、今回はかなりひどくて、次第に強まっていくいっぽうの激しい痛みに、まったく身動きが取れなくなった。横たえた身を激痛に捩らせながら、散歩の折に見かける捩れた桜の老木を想った。

連れ合いがやってくるまではまだ時間がかかりそうで、どうしたものかと思案しているところに、炬燵台の上にスマートフォンが置いてあるのに気付き、何とか畳を這って取りに向かい、ようやく自宅にいた連れ合いと連絡がついた。ふだんから灸をしているので、腰の痛みに効くツボを調べてもらい、腰痛点という、手の甲の人差し指と中指の骨が合わさるV字谷のところと、薬指と小指の骨が合わさるV字谷のところを一時間ほど押し続けてもらっているうちに、身体を動かせないまでも、じっとしているぶんには痛みが我慢できるほどになり、人心地がつけた。それでもまだ、立ち上がろうとすると腰砕けとなってしまい、トイレに立つことは無理だった。

日が傾いてきて、布団を運んでもらって今晩はここで寝るしかないか、と覚悟しつつも、恐る恐る立ち上がってみると、何とか足を運ばせることができそうなので、自宅に戻るのを試みることにした。連れ合いが肩を貸そうとしたものの、慣れていないので却ってままならず、手頃な棒を探してきてもらい、それを杖代わりにして通路の壁を伝い歩きした。硬い木の先がコンクリートに触れるのも腰に響いたが、ともあれ同じ一階なので助かった。それでも、ふだんなら三十歩、十秒とかからない距離を、蹌踉の歩みで十分もかけて歩くこととなった。ほかの住人とは会わなかった。

　かろうじて自宅に辿り着くと、まず固い椅子に浅く腰を掛けてから、連れ合いに頼んで、余っていた段ボールを腰が収まるほどの幅で細長く切ってもらい、それを腰に巻き付けた上からベルトを締めて、即席のコルセットにした。中学二年から三年生に上がるときに、椎間板ヘルニアでひと月ほど入院したことがあり、そのときに石膏で型を取って作ってもらい締めた物の見様見真似である。チャンピオンベルトだ、と子供がはしゃいでいるみたいな恰好だし、メッシュ素材だった本物のコルセットと装着感はだいぶ劣るが、ともかく腰が固定されるので、背に腹はかえられず、衝撃をやわらげるために、棒の先に雑巾を巻き付けた手製の杖も借りれば、どうにかトイレには立てそうになった。

　一週間の蟄居を余儀なくされている間、気もそぞろなことがあった。ぎっくり腰をやる前日、いつものように散歩に出かけて、バスのロータリーを過ぎたところから目を向けたときに、駐車場ごしの奥まった土地に菊桜が咲き始めていることに気付いた。この大年寺山《だいねんじやま》界隈は、染井吉野の後も、花と葉がほぼ同時に開く山桜、きりたんぽのような花を付けるウワミズザクラ、黄緑色の花を付け、それがピンク色を帯びてくる鬱金《うこん》桜など、ひと月余りは桜の種類が愉しめる。それに加えて、去年、近所の植物に詳しい人から教えられて、いちばん最後に開花を迎える菊桜もあることを初めて知った。サトザクラ系のそれは、金沢の兼六園にある珍しい桜として知られ、一つの花に多くの花弁が付き、ちょうど菊の花のように咲くことからこの名で呼ばれるという。その菊桜が、見頃を迎えてしまうのではないか、という心配だった。

　ようやく、手製のコルセットも杖もなしで、短い距離の散歩ができそうになった午後早く、白いフェリーが見えてくるのも待ちきれずに、気になっていた菊桜の元へさっそく足を向けることにした。昔はここに園芸屋を開いていた老人が駐車場に貸している土地に踏み入り、左手向こうの邸宅の、大きく切り取られた窓ごしに茶の間に見えている顔見知りの人影に遠くから頭を下げて挨拶をして、敷地の奥へと入らせてもらった。

遠目には、葉に隠れて見過ごしてしまいがちだが、菊桜の樹下に立つと、葉の間に下向きにぎっしりと、ふんわりとした淡紅色の小ぶりの丸い花を付けている様が可愛らしく見事だ。今年もこの花に会うことができた、としげしげと眺め遣っていると、持ち主のご老人が杖を突いて家から出てきた。その姿に、数日前の我が身が顧みられて、杖に身体を預けている様がさすがに堂に入っている、と妙な感心をさせられた。

菊桜を拝見させてもらっています、と礼を言うと、この菊桜は、私が十五歳のときに、兵庫県の宝塚市の園芸屋のカタログで苗を注文した、とマスクなしの老人が教えた。苗は小さくて、別のところに植えて五年ほったらかしていたが、脇から伸びた枝に花が咲いたので、それをここに挿し木してから六十五年経った。その前からだと七十年になる。もう満開に近いように見えるが、花は二段咲きして、花弁の真ん中に残っている赤みの強い蕾が、これからさらに開く。今年の花付きはよい。花弁の数は、物の本には三百から三百五十あると書いてあるが、じっさいに数えてみたら二百七十あった、といたずらっぽい顔付きになった。

許しを得、その後も菊桜の元へと日参した。春の大型連休に入った昭和の日は、例年なら、山の北西側の地すべり地域の斜面に広がる野草園が家族連れで賑わっているところだが、昨春の緊急事態宣言に続き、今年も新型コロナウイルスの感染拡大防止対策として四月十一日から臨時休園しているので、バス停に隣接した駐車場には車が一台も停まっていない。それを眺め遣りながら、菊桜のところへと向かった。今年は、野草園の中程にあって、いつも早春に開花を待ちわびている、ぎっしりと白い花を付ける辛夷《こぶし》の大木も、フェンスの外側から木々の隙間に遠望するのみだった。

ご老体が言ったとおりに、菊桜の花は奥の方の蕾も開いてますます円みを帯び、ポンポンかサクランボが吊り下がっているようにも見えてきた。戯れに、状態のよさそうな落花を一ついただいて、慎重に持ち帰り、花びらを丁寧にむしってティッシュペーパーの上に並べ、数を数えてみると二六七枚あった。

いま左手遠くに見えている菊桜は、花期がすっかり終わってこんもりとした青葉を繁らせており、その樹上に栗の大木が旺盛な白い雄花を付けている。マスクをしていても、かすかに感じられるか、とにおいを探っていると、その方角の曇天から、テッペンカケタカ、と五月下旬から聞かれるようになった杜鵑《ほととぎす》の啼き音が起こった。山の南麓は、藩政時代の頃は百代の里と呼ばれて茶園があり、鶯の初啼きが最も早く聴かれる土地だったという名残りか、いまでも鶯がよく囀り、その巣に托卵する杜鵑の啼き音も聞かれる。杜鵑の姿は今年はまだ見ていない。

道の反対側には、杉木立を背景に、落ち葉が降り積もった屋根が、藁葺きふうの古寂びた味わいになっている東屋があり、隣にロープが巡らせられた中には、〈樹齢五百年〉との標記の保存樹木の姥杉がある。周りが八メートルほどある太い幹には大きな洞が出来ていて、かつては春の大型連休が終わると渡ってくる青葉木菟《あおばずく》が営巣して、夏の終わり頃まで夜通し啼いていたものだが、東日本大震災があったのを境に、土地の風景が一変してしまったので目印を失ったのか、ホッホ、ホッホ、という特徴のある啼き声は遠くにしか起こらなくなった。

右手には、皐月がきれいに刈り込んである植え込みが続き、瓦の載った石塀の奥には、明治末期の木造屋敷を移築した茶会に使用されている数寄屋造りの建物がある。十五年ほど前に、その大広間の座敷で話をする機会があったときには、自分の声が畳や壁、天井に柔らかく吸収される感があり、話しながら自らも耳を傾ける心地となった。門はしばらく閉じられていたが、茶会も少しずつ再開されて、着物姿にマスクをした参会者もときおり見かけるようになっていた。

道はその先で、山の南東側の斜面にぶつかり、鉤の手に左へと折れる。そのあたりからは昼間でも薄暗く、鬱蒼とした杉木立や雑木の林のたたずまいとなる。林床には、ドクダミに混じって、仏炎苞の先から長い紐状の物が釣り糸の様に伸びている浦島草らしき植物が見られる。転落防止のフェンスの向こうの沢がある暗い森のほうから、ヒィー、と聞き覚えのある声が立った気がして、立ち止まって耳を傾けた。空耳かと思ったところに、鵺《ぬえ》や地獄鳥の異名を持つトラツグミの啼き声が確かにした。

フェンスに沿って端まで行くと、右手は少し開けた空間となり、下りの石段が見え始める。それは山の麓にある大年禅寺へと続いていた。この地に越してきたばかりの頃は、四十の坂に差しかかったところで体力もあり、この二百八十段余りの石段を下り上りして二往復することを散歩の日課としたものだった。

ここに来ると、〈ゴミは各自で持ち帰るようお願いします〉というプレートが取り付けてあるフェンスの端と、松の大木の根元とに挟まれた一角の地面を、見るともなく意識させられる。

あれは、越してきた翌年の早春のことだった。やけに朝からヘリコプターが低く飛ぶな、と仕事をしながら、窓から見える左手の枯木の林の上を何度も旋回しているのを眺めた。年長の知人の言葉を思い出しながら、枯木の林に春の気配を探るテレビか新聞もあったものか、と半ば感心する思いでいたところ、午前十時過ぎに刑事の来訪を受け、大年寺への石段を散歩するときに通りかかる、あまり利用されているとは思えない古い公衆トイレで、長く遺棄されていたと見える女性の胴体の一部が発見された、という事件を知らされた。女性の身元や犯行時期など、まだ詳細がわかっていないとのことで、とりあえず聞き込み捜査を行っているらしかった。

やがて、集合住宅のエントランスには、情報提供を呼び掛ける貼り紙がされた。推定される女性の特徴としては、〈年齢30〜50代、身長155〜170センチ、死後数カ月から6カ月経過〉とあり、遺棄されてから時間が経っているので、身元の特定が困難なのだろうと推察された。その横に、事件の前からあった、変質者に注意、という貼り紙が色褪せて端がめくれたままになっていた。その頃、見知った顔が多いバスの車内でも、事件の話題で持ちきりだった。あのトイレは、お墓参りのときに使うんだよねえ、去年の秋も……、ああ、怖ろしい。もうすぐ春の彼岸だものねえ、年に二回、その時期の前に汲み取るんだって業者の人が言ってた。ああ、だからこの時期に見つかったんだ。あそこは昼間でも薄暗いから、前にも首吊りがあったし、やっぱり因縁のある土地なのかねえ。

捜査は難航し、警察は身元を確定する重要な手がかりだとして、遺体には子宮と卵巣を摘出した手術痕があったことを公表して、さらに情報提供を呼び掛けた。そこから事件は、急展開を見せて解決した。ある男性が勤めていた会社から、連絡が取れないので探して欲しい、との相談が寄せられ、捜査本部で身辺を調べた結果、同居していた五十一歳の妻の行方も分からないこと、そして子宮と卵巣の摘出手術を受けていたことが決め手となり、容疑者が捕まった。遺棄した現場は、容疑者が前にタクシー運転手をしていたときの土地勘によるものだということだった。

　この場所にあった公衆トイレは撤去され、付近もだいぶ整備されて、猟奇的な事件があったことも忘却されたように、ウォーキングのコースにしている人は多く、部活でランニングをしに来ているジャージ姿の高校生たちもいた。

　長い石段は下らずに通り過ぎ、土塁の名残りを思わせる八段上った敷地からは、東屋もあって公園らしい佇まいとなる。蛍袋を見かけたのはこの場所で、いまも薄紫色の釣鐘形の花をたくさん付けていた。そばには、扇状の枝が階段状に生じている水木があり、傘形の樹形ぜんたいに緑の葉層から湧き出た雲のように咲き誇っていた白い花が終わって、緑色の実を付けはじめている。秋には、花軸が赤みを帯びて珊瑚のような枝分かれを見せるので、落ちているそれを森の珊瑚に見立てて拾ってくることもある。水木は東北ではこけしの材料となり、小正月には小枝に繭玉や小団子を刺して神棚に飾り、五穀豊穣を祈ったりする親しみのある木だった。

　水木の枝が広がった樹下には、〈茂ヶ崎城跡〉という標柱が立っている。このあたりが歴史上に登場するようになったのは、南北朝時代にさかのぼるようだ。資料が少ないので類推するのみだが、中世の豪族だった粟野氏の四代粟野重直が、足利尊氏より康永二（一三四三）年に名取郡に二千余貫文（約二万石）を給されて、翌年茂ヶ崎城（別名野手口城）に居住し、以後、寛正年間（一四六〇〜六六）あたりまでの約一二〇年間は粟野氏の居城となっていたと思われる。近所に住む古老によれば、この標柱の場所は茂ヶ崎城の二の丸跡にあたり、本丸は、この山の最高部の標高一二〇メートルのところに位置する西端のテレビ塔のあたりだったという。そこは、仕事場のベランダの向こうに十メートルほど聳えている竹林のある崖地の上で、いまは特養老人ホームの敷地になっていた。

　東屋からは、樹木の合間を縫って、広瀬川の流れとその向こうに海への眺望が得られ、ゆっくり移動する白いフェリーの船体がまだ見えていた。目の前に設置されている、さほど高くない柵には、〈熊の目撃情報がありました。十分注意して下さい〉というプレートの隣に、〈密集、密接、密閉は作らない！〉という注意書きが並べて紐で縛られてあった。

　この山の東端の麓には、日本ミツバチを養蜂しているところがあり、野草園の売店でも蜂蜜を販売しているので、ときおりもとめる。西洋ミツバチの多くは、トチやエゴノキといったように、花ごとに蜜を集めるが、日本ミツバチはいろいろな花から蜜を集めてくるため、その蜂蜜は野性味のある独特の味わいになる。ときどき、西洋ミツバチよりも小型の日本ミツバチが、家の庭の枇杷や姫柊の花にやってきていることがあり、日本ミツバチの行動範囲は巣から半径二キロ以内だと聞いているが、直線距離ではちょうどその範囲内に入っているので、うちの花の蜜も混ざっているかもしれない、と楽しみに想像しつつ。ところが昨年は、巣箱が熊の被害に遭ったということで、あまり採蜜できなかったため、売り切れとなっていた。この山では、狸やハクビシンはしょっちゅう見かけるが、熊のほかにニホンカモシカもたまに目撃されることがある。地形図を見れば、奥羽脊梁山脈から丘陵部の尾根線がここまで続いており、そこを辿ってやって来ることは充分にありそうだった。

　フェリーに向けていた視線を右手のほう、方角では南へ転じると、名取川の河口を挟んで、名取市の沿岸部閖上《ゆりあげ》の地がかろうじて樹間に見え隠れする。閖上の閖の字は、日本で作られた漢字である国字の中でも特殊な部類で、仙台藩四代藩主の伊達綱村に由来があるとされる。綱村が山上にあった大年寺に参拝した折に、山門内から遥か東の方に波打つ浜を見て、あれは何というところか、と訊ね、ゆりあげ浜であります、と近侍の者が答えると、文字はどう書くのか、と綱村は重ねて問うた。文字はありませぬ、と答えると、門の中に水が見えた故に、今後門の中に水を書いて閖上と呼ぶように、と綱村が言い、仙台藩専売の国字である閖ができたという。

これには異説もあるのだが、この東屋に立って、失われた山門の代わりに老松の樹間から海岸を眺め遣ると、およそ三二〇年前の綱村の心につながるような心地となる。東日本大震災があってからは、初代藩主の伊達政宗の代だった四〇〇年前の慶長三陸津波のさいにも、太平洋が一望されるここから海の様子を見ていた者がいたかもしれない、と思いを馳せるようになった。綱村が設けたものもあり、かつてはぎっしりと連なっていた松の防潮林は櫛の歯が欠けたように疎らとなり、震災後に嵩上げされた七・二メートルの防潮堤は、ここからは線にしか見えない。

それまで茂ヶ崎山と呼ばれていたのが、大年寺山と呼ばれるようになったのも、ひとえに綱村が、自ら縄張りをして鍬を握ってこの地を拓き、若林にあった廃寺仙英寺の遺址を移して、新たに堂塔を建設し、黄檗《おうばく》宗の高僧の鐵牛《てつぎゅう》禅師を招き両足山大年寺と号して元禄十（一六九七）年に開山したからにほかならない。黄檗宗は、臨済宗、曹洞宗とともに日本禅宗三派の一つで、承応三（一六五四）年、中国黄檗山萬福寺の住持であった隠元隆琦《いんげんりゅうき》が、日本に渡来し四代将軍徳川家綱に会い、寛文元（一六六一）年に山城国宇治に中国の故山にならって開山した黄檗山萬福寺を本山とする宗派である。

だが、本山に擬して建てられた、壮麗な仏殿をはじめとした二十余もの堂塔を数え、黄檗宗日本三大叢林の一つに挙げられた伽藍が立ち並んでいたようすがは、石段と、その登り口にある五つの屋根を持つ複雑な門構えをした惣門などにしか残っていない。明治維新後の廃仏毀釈にともない、綱村以降の仙台藩主の菩提寺としてきた伊達家が、仏教から神道を祭祀することに改めたことで、その外護を失い、荒廃してしまったのである。現在、惣門の脇にある大年禅寺は、昭和になって再興された。

江戸時代の絵図に現在の地形図を重ね合わせたものを見てみると、自宅のある集合住宅のあたりにも、以前は四天王院が目の前の鉄塔のところにあり、仕事場のベランダ前の崖の上には、第五代藩主吉村の第二女である心定院殿の霊牌を安置したという心定院があったことがわかる。崖の斜面は筍掘りが出来るほどの竹林になっており、大木となった藪椿があるのは、その名残りかもしれない。それを知ってからは、南東に面した自宅に比べると、南西に面した仕事場は日当りがいまひとつで薄暗いのが難だったが、下界からの音が遮られて閑静であり、静かに物を考えるにはふさわしい場所のようにも感じられてきた。植物を植えるさいに庭の土を掘り起こすときには、何か遺物が出てこないか、と目を凝らす心地にさせられるようにもなった。

それはともかく、南側には、山の端を縫うように東街道が通っていたこの山は、伊達政宗の頃から要衝とされていたようで、南西麓に築かれた猪や鹿の害から田畑や宅地を守る鹿除土手《ししよけ》は、仙台城外郭の防衛線を兼ねていたとも考えられている。仙台城から大年寺山に至る山間道は一般人の通行が禁止されていたとも言い、郷土史家が書いた物では、大年寺惣門付近から林の中を抜ける小道があり、これは攻め手にさとられることなく兵を移動するための軍用道だった可能性があるという。伊達家は戊辰戦争で賊軍であったことに加えて、大年寺一帯はそうした重要な場所だったために、明治政府から城や軍事基地に使われる危険性があるとみられて、寺内の仏殿などに至るまで徹底的な破壊を受けたのかもしれない。

　子供の頃は、伊達政宗の晩年の居城である若林城があったことにちなむ広瀬川そばの若林の生家から、自転車で二キロほど走って、石段の下に停め、石段を駆け登って頂に辿り着くこの山は、荒れ果てた土地で、チャンバラ遊びをしたり、肝試しをするのに恰好な場所だった。野草園があり、自然豊かな場所であることに惹かれて住み始めた四半世紀前でも、山の上に三本並んでいる中で一番東端のテレビ塔が立っているこのあたりは、特に人気もなく、放置された車をはじめ不法投棄が目立つような場所だった。それが、少しずつ公園化の整備が進み、桜などの樹木も植えられて下草も刈られ、散歩にふさわしい一帯となったのだった。

　記憶には定かでないが、日頃の散歩の足をしょっちゅうここまで延ばすようになったのは、震災の前後からだっただろうか、とその頃植樹された記憶がある公園の木々を見遣りながら思った。これにかぎらず、震災によって時間の記憶の感覚があやふやとなったことは多い。

　植樹された木の中に、三、四メートルほどになったエゴノキがあり、ちょうど花が盛りとなっていた。エゴノキは当地ではチシャノキ、チサノキなどとも呼ばれ、伊達家に起こったお家騒動、いわゆる伊達騒動に材を取った歌舞伎の伽羅先代萩《めいぼくせんだいはぎ》の見せ場の一つ、乳母政岡の飯《まま》炊きの場面にも、こちの裏のちさの木に、雀が三疋《ひき》止まって、一羽の雀が云ふことにや、と政岡の子千松が涙でしゃくりながら唄う歌詞に出てくる。

　伊達騒動の発端は、万治三（一六六〇）年に三代藩主伊達綱宗が吉原通いが過ぎるなどの不行跡のかどで、幕府から二十一歳で強制隠居を命じられ、嫡子の僅か二歳の亀千代が家督相続したことに始まる。亀千代は四代藩主となり、綱宗の叔父にあたる一関藩主伊達兵部宗勝や、亀千代の伯父にあたる岩沼藩主の田村宗良などが後見人となったが、父綱宗の時代から続く家臣の対立があって、伊達藩には混乱が続いた。しかも、寛文六（一六六六）年には、亀千代自身が毒殺されかけたこともあった。そして、伊達兵部宗勝が家老原田甲斐宗輔らと宗家横領を企てたとして、伊達安芸宗重が幕府に訴え、寛文十一（一六七一）年、大老酒井忠清邸での評定の席で、宗重は原田に斬られ、原田も討たれる。このいわゆる寛文事件の事後処理では、刃傷沙汰を起こした原田家はもとより、両後見人が処罰され、特に宗勝の一関藩は改易となったが、まだ数え十三歳だった亀千代は幼少のためお構い無しとされた。この事件については後世、伊達安芸忠臣説、原田甲斐忠臣説ともに採る者があり、昔読んだ山本周五郎の『樅ノ木は残った』は、甲斐忠臣説の立場で書かれていた。

伽羅先代萩では、鎌倉時代の人名に脚色されて描かれているが、政岡が自分で飯を炊いて幼君鶴喜代《つるきよ》を養い、子の千松は梶原景時の奥方栄御前が持参した毒入りの菓子を試食したため、悪人一味の八汐《やしお》に殺される。そのおかげで幼君が守られるという話は、幼君だった亀千代こと綱村の毒殺未遂が元になっていると思われる。それがあって、綱村ゆかりの地に、伽羅先代萩に出てくるエゴノキが植えられたものだろうか。はじめて先代萩を観たのはいつだったか、いまでは定かではないが、鈴生りの白い小花を微かに揺らしているエゴノキの花を目にしていると、政岡に叱られ、涙声になっている千松の声だけは、遠いが、確かな響きとなって蘇ってくる。

緩やかに上る道を公園の中程まで行くと、ここにも東屋があり、前面は水道局の敷地なので、海への眺望はより開かれている。予期したとおり、木のベンチには今日も、コロナ禍の散歩の中でしょっちゅう顔を合わせるようになった先客の姿があった。やはり、白いフェリーが見える時間に合わせて出かけて来て、見えなくなるまで海を眺めているのが好きなのだという。おかっぱ頭でふくよかな印象を受けるいくぶん年長の彼女とは、ときどき植物や野鳥の情報を交換し合う。新聞記者だった彼女の養父は、退職して戦後この山に住み始めた草分けの一人で、開墾した農耕地で自給自足の生活をはじめ、昭和二十九（一九五四）年に開園した野草園の造成のときには、無条件で耕作権を解消して、市の嘱託として農学校や少年院の生徒たちと一緒に作業を手伝ったと聞いている。

昨年の春の大型連休の時季に、ここから見えている草叢に苔竜胆が出ていることを教えてくれたのも彼女だった。空色の小花は、背の低い草の中に埋もれるように咲いており、花の下の茎や葉は間違いなく竜胆だった。小さすぎて教わらなかったらわからなかった、これまでも踏みつけてしまっていたかもしれない、と思わされた。菊桜があることも教わった。その代わりというように、ふた月後の梅雨時には、大年寺の墓地の脇の路頭に、白い卵の殻から鮮やかな赤い玉が覗いているようなタマゴタケを見つけたことを報告した。一見有毒と見えるが、強いうまみのある食用キノコだと聞いたことがあるものの、このあたりは東日本大震災の原発事故による放射能でまだ線量が高いところがあり、キノコは放射性セシウムを吸収しやすいということで、食するのは控えたけれど。

遠目に姿をみとめたらしく、マスクを着けた彼女に近寄り、今年も青葉木菟が来ましたね、と声をかけた。数日前の夕食時に、啼き声が聞こえた気がしてテレビを消してベランダに立つと、左手の森の方から三度ばかし聞こえて止んだ。

ええ、でも遠くでしか聞こえませんね、それよりも画眉鳥《がびちょう》がにぎやかで、と彼女は答え、最近はずいぶん鶯の啼き真似をしてます、と目に笑みを滲ませた。

ほんとうに、画眉鳥は鶯よりも大きな声で囀ってますよね、この前は小綬鶏《こじゅけい》の啼き真似をしているのも聞きました。そう話しているところに、北の方角から、テッペンカケタカ、カケタカ、と杜鵑の啼き音が起こった。さすがにまだ、杜鵑の啼き真似は出来ないみたいだ。

そうですね、と彼女はにこやかに応じてから、そういえば、今日は綱村公の命日だったんですね、さっきまで墓所で慰霊祭が行われてました、と杜鵑の啼き音がした方を見遣って教えた。

そうか今日だったのか、とひとりごち、じゃあちょっと行ってみます、と言い置いて、奥の墓地の方へと足を延ばすことにした。

今年の春も、這いつくばるようにして苔竜胆を見つけることができた草叢は、丈がぐんぐん伸びて、膝の上まで生い茂っている。カモガヤも穂を風にそよがせている。百日紅や多羅葉の樹もあった。その中で、今日の慰霊祭に合わせてのことだろう、二〇一八年の綱村の三百年遠忌の折に、方々に植樹された樹木の周りだけが、人が近付けるようにと草が刈られて薙ぎ倒されてあった。植樹されているのは、仙姫桜に塩竈桜、そして大年禅寺から分けられたという、黄檗宗にちなむ黄檗《きはだ》だった。黄檗は、樹皮の内側が黄色で、鮮やかな黄色の染料となるので連れ合いが草木染をするのに用いることがあり、馴染みのある木だったが、黄檗宗と同じ漢字だということに気付いたのは、ここの標記を見てのことだった。

仙姫桜は、伊達綱村の正室、万寿寺殿《まんじゅじどの》の俗称である仙姫にちなんだ桜である。仙姫は、春日局の孫であり江戸幕府老中で小田原藩主だった稲葉正則の娘で、父の正則による綱村の後見を目的として、幕命により綱村と婚約し、延宝五（一六七七）年に結婚した。そのときに、幼名を亀千代のち総次郎、元服して綱基と名乗っていた名を綱村に改めたとされる。仙姫桜は、稲葉正則が寛文九（一六六九）年に父母と祖母を弔うために小田原に黄檗宗の長興山紹太寺を建立した際に植えられたと伝えられている天然記念物の枝垂れ桜を、組織培養でクローン増殖した苗木を贈られたものだという。苗木は五本あり、健やかに生長して春にはまばらながらに花を付けたものもあれば、痩せたままで枯れてしまわないか心配なものも見受けられた。

蟄居を命じられた父綱宗と幼少で生別し、陰謀が渦巻く中で孤独に育った綱村にとって、幕府の老中直々のお目付役であり、後に岳父ともなった稲葉正則が頼りとなる後ろ盾となったことは想像に難くなく、黄檗宗への帰依もその影響だったにちがいない。綱村が大年寺に招いた鐵牛和尚は、もともと稲葉正則が開基した小田原の紹太寺や向島の弘福寺の僧だった。稲葉正則も、母が早世したため春日局に養育され、幼少で家督を相続したので、大伯父の斎藤利宗の補佐を受け、元服後も従兄に当たる堀田正盛が後見を務めたことから、綱村の境遇に対する理解もあったのかもしれない。そして、茶の湯を学び、学問、宗教に通じた正則の人柄は、綱村に大きな影響を与えたと思われる。

塩竈桜も三年前に植樹されたものだが、本場の鹽竈神社の原木からの苗を植樹したものだからか、樹勢は良好で、この春も同じサトザクラ系の菊桜には及ばぬながら、花弁が三十五から五十個あるという淡紅色の花をそこそこに若葉とともに付けていた。鹽竈神社は、神仏への信仰が篤かった綱村が修築したもので、奥州一宮鹽竈神社に関しては諸説あった縁起を諸学者の意見をまとめて新たに創らせ、別宮に主祭神たる鹽土老翁神《しおつちのおじのかみ》・左宮に武甕槌神《たけみかづちのかみ》・右宮に経津主神《ふつぬしのかみ》を安置し、従来は現在の別宮の場所にあった貴船社と只州宮を現在の仙台市泉区の古内に遷座するなどして保護した。現在の鹽竈神社の社殿は、上記の縁起に沿って元禄八（一六九五）年に綱村が造営を開始し、宝永元（一七〇四）年に吉村の時代に完成した。

さらに、綱村と塩竈とはゆかりが深い。政宗の時代に始まった、仙台湾の海岸線に沿って造られた運河である貞山堀の改修を行い、その一環として造られた御舟入堀が実運用されると、多くの荷は仙台の蒲生御舟入堀へと回り、港町塩竈の荷揚げが極端に減少した。港町の衰退は鹽竈神社の門前町である塩竈にとっては、神社の祭礼にも影響を及ぼす。そこで、綱村は、貞享二（一六八五）年に、商人荷物五十集《いさば》船並びに御国他国材木船の分一円塩竈へ着岸致し候様、という特令を下した。それによって塩竈の港は商船漁船の入港で賑わうようになり、海産物を始めとする物資流通の拠点として大いに発展を遂げ、人口も増えた。綱村が、塩竈の恩人、とも称される由縁である。

綱村は、大年寺のほかにも、榴岡《つつじがおか》に生母追善のために釈迦堂を、先に亡くなった夫人の仙姫の菩提寺として万寿寺を建立するいっぽう、亀岡八幡宮を造営した。また、仙台藩領だった平泉の中尊寺をあつく保護し、北上川を望む高館《たかだち》にある義経堂を天和三（一六八三）年に建てた。芭蕉が「おくのほそ道」を辿ったのは元禄二（一六八九）年のことだから、義経堂に参ったに相違なく、芭蕉が歩いたみちのくのうち、仙台藩の領内で目にした風物は綱村時代のものだったことになる。

綱村の墓がある墓所には、綱村はじめ、五代藩主吉村、十代斉宗、十二代斉邦の藩主四人と正室三人の墓所と、それぞれを偲んで親族や家臣が献上した石灯籠九十五基が、墓碑をとりまくようにずらりと立っており、無尽灯廟《むじんとうびょう》と名付けられていた。ずっと非公開で、道が悪かったこともあり、以前はここまで足を運ぶ者は少なかったが、市に所有が移ってからは整備されて、冬期を除いた土曜日と日曜、祝日は一般にも公開されるようになった。今日も墓所の周りを歩く人の姿がちらほら見えた。

　大年寺山の北西に対峙している、政宗以後の三代までの藩主が眠っている壮麗な御霊屋を持つ経ヶ峯の墓所とは対照的に、無尽灯廟はもともとは瓦葺の簡素な覆屋が建てられているだけだったという。それは、寺社寺院の造営や、専制的な改革が藩財政を逼迫させることとなった、という批判によって、元禄十六（一七〇三）年に養嗣子で従弟の伊達吉村に後を譲って数え四十五歳で隠居し、ここに墓所を設けるようにという遺言をのこして享年六十一で亡くなった綱村の、先規に従い毎世廟を建てなば後世子孫何を以て保たん、我死せば墓石を建て、瓦葺の屋根を覆うまでにすべし、との遺志によるものだった。戒名は、大年寺殿肯山全提大居士。

〈無尽灯廟は、令和3年2月13日に発生した地震により倒壊したため、修復し安全が確保できるまで当面の間、公開を中止させていただきます〉という札が下がり、ずっと閂《かんぬき》に錠がかかっていた扉が、今日は開いており、中で慰霊祭の後片付けをしているらしい女性の人影があった。土が築かれて一段高くなっている墓所の中は、正面に四代綱村が鎮座し、左手に五代吉村と夫人、十二代斉邦と夫人、右手に十代斉宗と夫人が並ぶ、三メートルはありそうな大きな墓石は無事に立っていたが、石灯籠は三分の一ほどが倒壊し散乱したままだった。

　十年前の震災の折にも、それまでは墓所に整然と立ち並んでいた石灯籠がことごとく崩れ落ち、それから二年かけてようやく修復されて、再公開されるようになった。それも束の間、今年の二月の地震では、地震の規模に比例するかのように前回の半分ほどの数の石灯籠が再倒壊したのだった。その揺れの最中は、寝床に入ったばかりで、十年前を想起させる切迫の瞬間があったが、本やCDの散乱と器の破損ぐらいで済んだのは幸いだった。

綱村の墓石の前に供花や供物がされているのを遠目に見遣って、コロナ禍に加え墓所が混乱しているこの状況の中でも綱村の慰霊祭は行われたのか、と感じ入っていると、マスクをして片付けをしている女性と目が合った。

こんにちは、と挨拶し、今年は下のお寺での法要もあったのですか、と訊ねると、ええおかげさまで、今年は何とかできました、と女性が答えた。昨年は、コロナ禍で大年禅寺での法要は中止された、と聞いていた。また倒れてしまいましたね、とそこかしこに散乱している石灯籠に目を向かわせていると、この墓所での慰霊祭は、昨年も、十年前の震災の年も行いました、母の代からずっとお手伝いさせていただいております、と女性が言った。

四半世紀も近くに住んでいながら、一度も綱村の慰霊祭の日にここに来ることはなかった。コロナ禍の折だったから、遭遇することになったのかもしれない。

墓所の周りは小楢などの樹木に鬱蒼と囲まれており、北東側の崖地の方では、死出《しで》の田長《たおさ》こと杜鵑が相変わらずしきりと啼いている。右手の藪越しに海を目にしながら、墓の裏へと回った。白い客船は、姿を消していた。綱村の墓の後背には、仙台の中心街が眼下に広がり、その先にうっすらと見える山を越えた向こう遠くに、塩竈の地がある。

帰り際、常緑樹の多羅葉の前を通りかかった。以前、鹽竈神社の境内で、多羅葉の樹齢五百年の大樹に見入ったことがある。そのゆかりの苗木がこの公園に植樹されたのだろうか。それとも、葉裏を傷付けると痕が変色するので、経文を書く多羅樹になぞらえてこの名があり、寺社によく植えられたというから、かつての大年寺にあった樹の末裔だろうか、と想像した。青いままに落ちている長細い楕円形をした葉を拾って、爪で〈だいねんじ〉と引っ掻いてみると、しだいに黒い文字が浮き上がった。

黄金山

水の中の砂を掬う。直径三十センチほどのパンニング皿と呼ばれるプラスチックの皿を、できるだけ深く砂の中に差し入れる。石で出来たかなり長い流し台の水はなかなか冷たい。

水面すれすれのところで、皿を揺すったり、右へ左へとハンドルを切るように回し、遠心力で小石や砂だけを少しずつ水に流していく。金の比重はとても大きいから、砂金は皿の底に沈む。パンニング皿の片側には溝がついているので、余分な小石や砂を取り除くさいに、一緒に流れて行かずにそこに引っかかる。

砂金を採る昔ながらの「椀がけ法」の仕組みはわかったが、実際にやってみると、これがなかなか難しい。最初にやり方を教えてくれた、体験コーナーの指導員の男性は、慣れた手付きであっという間に土砂をほとんど取り除くと、パンニング皿を水の中から上げて、上下にゆっくりと動かした。二、三度繰り返すと、ほら、と指差して見せた。そこには、黒っぽい砂に混じって、ごく小さいながらも、きらりと光るものがあり、これが砂金です、と男性が教えた。芥子粒のように細かいが、黒い皿の上で確かに金色に光っている。あー、これだ、とぼくは思った。

自分でも、と思い、試みるが、砂金を含んだ土砂ごとすべて流れ出してしまいそうで、慎重になる。パンニング皿をゆっくり回していると、砂金は重くて沈んでいくので、もっと大きく動かして砂を取り除いて大丈夫ですよ、と指導員の男性に教えられるが、なかなかコツがつかめない。どうにか大部分の土砂が取り除けたので、パンニング皿を上下に動かし、目を凝らして砂金を探す……、が見つからない。今度こそ、と水中の砂を掬う。

ずっと中腰の姿勢なので、春先にやったぎっくり腰がぶり返しそうで心配になるけれど、それよりも夢中になるのを抑えられない。これがゴールドラッシュを招いた金の魔力というものか、とぼくは気付きはじめていた。

＊

十一月半ばの土曜日、じつにひさしぶりに、仙台駅から東北本線下りの小牛田《こごた》行きの在来線に乗った。二年目となっても相変わらず終息する見通しの立たないコロナ禍にあって、なるべく外出を控えていたこともあるが、もともとこの路線に乗ることは稀で、東北地方の北部へ向かうときには、まずは東北新幹線で最寄り駅まで行ってから、在来線に乗り換えることがほとんどだった。また、東日本大震災以降、津波に被災した奥松島の野蒜や石巻などに赴くことはしばしばあったが、そのときには当初は車やバスを利用し、四年経って線路が復旧してからは沿岸部を走る仙石線を利用した。

朝の九時四十八分に仙台駅を発った列車の車窓からは、東仙台駅を過ぎたあたりから仙台平野の刈り田の風景が広がった。野鳥の飛来地として知られる干潟のある蒲生《がもう》が河口となっている七北田川を渡ると岩切駅で、芭蕉が「おくのほそ道」の旅で通り、〈かの画図にまかせてたどり行けば、おくの細道の山際に十苻《とふ》の菅《すげ》あり。今も年々《としどし》十苻の菅菰《すがごも》を調《ととのへ》て国守に献ずといへり〉と記した土地である。昔、この辺りは湿地帯で菅が生い茂っており、特にここの菅はとても長かったので、敷物を作ったときに編み目が十筋もつくれたという。

　そして、古代の陸奥国府は多賀城にあったが、その役割は十一世紀には終えており、中世の陸奥国の統治機関だった多賀国府はこの岩切にあった。さらに、水運の基幹河川である冠《かむり》川（七北田川）が太平洋と内陸をつなぎ、陸路では中世の陸奥の幹線道路である奥大道が南北に走り、そこへ多賀城、塩竈に行く東西の小道――まさしく、おくの細道が交わる交通の要衝でもあった。その名残のように、ここまで併走してきた高架の東北新幹線は北の利府の山のほうへと分かれ、東北本線も支線の利府行きと分岐する。そこから列車は、陸前山王、国府多賀城と山際を東へと進んで行った。

　塩釜から、ほっぺたを赤くした女の子が車内に乗り込んできた。かつては自分もそうで、東北では林檎のように頬をてからせて外で遊び回っている子供たちが多かったものだが、近頃ではとんと見受けなくなってしまった。だが、年配の女性に手を引かれている女の子は、すぐさま扉に近い座席の端にぐったりと腰を落とした。隣に座った祖母と見える女性が、心配そうに覗き込む。その手には、女の子の持ち物らしい、アプリケが縫い付けられたピンク色のキルティングバッグが握られている。

　通路を挟んで横並びになった座席に座っていたぼくは、通路向かいの、塩釜から乗って来た女の子から目を離せない心地となっていた。相変わらず具合が悪そうで、ほっぺたが赤いのも熱のせいにちがいない。仙石線の本塩釜駅は海近くにあるが、東北本線の塩釜駅はいくぶん高台に位置しており、近くには総合病院の建物が見受けられたので、小学校で具合が悪くなってお祖母さんに迎えに来てもらい、病院で診察を受けた帰りだろうか、と察せられた。マスクをして小さく咳き込む背中を、祖母らしい人が声をかけながらやさしく摩っている。

　八月中旬にワクチンの二回接種を終わらせたこともあり、このところはコロナの感染がずいぶんと収まっているので、いまのうちに、前々から一度訪れようと思っていた日本で最初の産金地とされる涌谷《わくや》へと、思い切って足を運ぶことにしたのだった。新型コロナウイルスに感染していなければよいけれど、と向かいの女の子を見遣りながら、やはりまだ県内といえども、旅をするのは時期尚早だっただろうか、とぼくは少し後悔した。

　それとともに、このところ気になって読み返していた志賀直哉の「流行感冒」という短篇が思い出された。大正八（一九一九）年に発表されて、当時世界的な流行となったスペイン風邪を題材としており、現在の状況との類似点が見られる作品である。千葉県我孫子に住む小説家の「私」は、妻と娘の左枝子、二人の女中と暮らしている。「私」は、左枝子の前の子を病気で亡くしていることもあって、娘の健康に対して過敏となっている。折しも、大正七（一九一八）年の秋、スペイン風邪が流行り、小学校の運動会で感染者が多く出たりもする。「私」は気を付けていたものの、出入りする植木屋をとおして感染してしまい、結局一家は「石」という女中以外は皆感染してしまう。じつは「私」は、少し軽率な行為も多い「石」の嘘に腹を立て、感染を心配して暇をやろうとしたこともあった。だが、献身的に皆の面倒を見る「石」を見て反省し、結婚するまで家で奉公してもらうことになった――という筋である。

　主人公の神経症的な恐怖は、喘息とともにアスベスト肺の定期診察を受けている呼吸器科の主治医から、新型コロナウイルスに感染したさいには重症化リスクがあるので、くれぐれも用心するように、と言われている身には、他人事とは思えないところがあった。電車やバスに乗るときには、咳き込んだときのために、気管支拡張スプレーや咳止め薬が欠かせない。そのいっぽうで、少女を疑いの目で見てしまう自身に嫌悪も覚えた。この相反する感情は、この二年間ずっと付き纏っていた。

列車は鹽竈神社を過ぎたところから右手に大きくカーブして、やがて海が迫って見えてくると、石巻へと向かう仙石線の線路としばらく並行して走った。志賀直哉は、父直温が第一銀行石巻支店に勤務していたことがあるので、石巻で生まれ、満二歳まで育った東北にゆかりのある作家だった。そのことも、列車の中で志賀直哉の短篇に自ずと思いが向かった一因かもしれない。

志賀直哉は、後年の「稲村雑談」の中で、〈僕は父が銀行の仕事で宮城県の石巻に行つてゐた時に生れたので、出生地を石巻と書くから、よく、教科書の註などで、宮城県人にされるが、石巻には三つまでしかゐず、後に行つて見て、知つてはゐるが、自分がゐた時の記憶は全くない〉と至極あっさりと書いているが、短篇「実母の手紙」に、〈――直やも日増しに智慧もつき、いろ〳〵おぼえ申し候、あかめなどおぼえ候、ねん〳〵こと申し候て、からだをゆすり居り候。河岸（北上川）にて遊び、つれ帰り候と、どこまでも、又、行くとあばれ申し候。日々皆様と大わらひ致し居り候〉と母親銀が姑へ出した手紙が引用されて書いてあるように、北上川右岸の港の見える土手は、物心つく以前の幼い直哉の好きな遊び場だったことが、母に甘える、癇の強い幼児の面影と共に窺える。

そして、志賀直哉門下の阿川弘之の評伝『志賀直哉』には、その石巻の景観と尾道のそれとがよく似ているという指摘があり、〈石巻の風物は直哉の意識の深いところへ、記憶されない記憶となつて残り、二十数年後尾道港の狭水道を前にした時、何が甦つたのか自分でも分らぬかたちで突然甦るのではあるまいか〉と阿川は想像しているが、ぼくも十六年前に尾道を旅したときに、それと同じ思いを抱いたものだった。その石巻の景観も十年前の津波によって、ずいぶん変貌してしまったけれども。

そんなことを考えているうちに、列車はふたたび仙石線から山寄りに離れて松島駅に着き、女の子がまた手を引かれて降りて行った。それをぼくは、単なる風邪でありますように、と祈る思いで見送った。

愛宕駅を過ぎ、次の品井沼という駅名の標記を、ぼくは思いがけないもののように眺めた。そんな駅があることをすっかり忘れていた。広大な刈り田を車窓から見渡しながら、おぼろげな記憶を辿ると、ここにはかつて巨大な遊水池があり、元禄時代に伊達藩の直轄工事によって松島湾への排水が行われ、干拓事業が進められたというのだったか。それを初めて知ったのは、たしか小学生のときで、品井沼の干拓について書かれた子供向けの冊子を読んだことが郷土史に興味を持つようになったきっかけだった、とあらためて振り返らされた。

品井沼の干拓によって広大な水田地帯となった鹿島台、晩酌に常飲している地酒の一ノ蔵の蔵元がある松山町を過ぎる。稲藁がアポロチョコのような円錐形に積まれている刈り田のところどころに鴨が群がっており、鷺や白鳥の姿も見えた。

列車は四分遅れで小牛田駅に着いた。ぎりぎりの接続となるので案じられた気仙沼線の柳津行きが、向かいのホームに一両編成の車輛で待っていてくれた。柳津から気仙沼までは、震災以降、バスを運行させる新交通システムのBRTが走行するようになった。

反対側のホームの向こうに、陸羽東線の鳴子温泉行きの列車が停まっているのを見遣って、青年時代の志賀直哉も、父直温とともに東北本線で仙台まで来て一泊した後、今日と同じ道筋で小牛田まで行っていることを思い返した。直哉はここから乗合馬車で鳴子温泉へ向かい、父の勧めでさらに新庄から山形へと回って、四つ歳上で退役大尉の叔父に会いに行き、そのことを昭和二（一九二七）年発表の「山形」という短篇に書いている。父直温は、宮城県に新しく買った小さな銅山を見に行かないか、と足尾銅山問題以来不和になっていた直哉を誘い、一緒に鳴子の熊沢銅山を見学してもいた。

複雑な地質と火山活動で形成された山々を持つみちのくは、多様な鉱物の産出地として古来より知られていた。そちらが銅なら、こちらは金だ、と戯《ざ》れながら、ぼくは鳴子と反対方向の三陸の海のほうへと向かう列車に乗り込んだ。


小牛田から二駅で着いた涌谷駅のホームに降り立ったのは、一人だけだった。こんなにさびれた駅だっただろうか、とぼくは辺りを見回した。線路を挟んだ向こうのホームの先の空き地に、雑草刈り機を使っているタオルを頭に巻いた男性の姿があり、そばの大きな柿の木の実が晩秋の陽差しを浴びていた。

駅はいつのまにか無人駅となっており、仙台駅の改札はICカードで通ったので、降車のさいに、後で精算する用紙をワンマンの車輛の運転手にわざわざ書いてもらわなければならなかった。

この前は、震災からもうすぐ三年経つという冬に、石巻で北上川の河原に生い茂っている葦を利用した茅葺屋根の工事や、国宝・重要文化財の保存修理を行っている人に話を聞いた後、石巻線で小牛田まで来てさらに陸羽東線で鳴子温泉にまで足を延ばしたさいにこの駅を通った、とぼくは記憶を辿り、七年前のときはまだ、これほどではなかったような気がするけれど、と首を傾げた。

それよりも、大寒の時期に当たっていたあのときは、雪が降りしきるなかの北上川の土手を走ってもらうことになった貸し切りタクシーの運転手が、しきりと咳き込んでおり、熱もありそうなので業務が終わったら医者に行くことにするわ、と話していたことが忘れられない。今にして思うと、マスクはしておらず、カーナビにあった住所の建物は北上川を遡った津波に流されており、新しい社屋を探すのに苦労している間、雪のために車内の窓はずっと閉め切ったままだった。その後、ぼくは鳴子で温泉につかったものの、風邪を引いてしまったようで、帰宅してから発熱もしたので医者にかかると、インフルエンザだと診断された。そのことを振り返ると、断言は出来ないまでも、この駅を通っていたときにはすでに、インフルエンザウイルスと闘っている身だったかもしれない、と今の時節柄では痛切に思い起こされた。温泉で、自分も知らないうちに、他人にうつしていた可能性もある……。

元改札があったところを抜けた小さな待合室には、無人の木のベンチがあり、窓口がふさがれたらしい壁には、〈2021年3月12日（金）をもちまして、窓口の業務を終了することとなりました〉という貼り紙がしてあった。もともと涌谷は、涌谷伊達家による二万二六〇〇石の城下町で、特に四代伊達安芸宗重は、原田甲斐に討たれた伊達騒動の中心人物としても知られている。明治以降も、石巻別街道と佐沼街道が交差し、江合川の舟運もあって、米、繭、木材などの集散地として栄え、このあたりの行政や商業の中心地だった。それがいまは、御多分に洩れず過疎化が進んでいるのだろう。

駅舎を出ると、駅前のロータリーには人気がなく、タクシーが二台停まっているだけだった。あらかじめ町のホームページで調べたところでは、天平時代に日本で初めて砂金が発見された地に鎮座する黄金山《こがねやま》神社までは、三・三キロ、車で十分ほどの道のりだということなので、気持ちのよい秋空でもあることだし、ダウンロードして印刷しておいた地図を片手に、町の様子を眺めながらぶらぶら歩いて行くことにした。

駅前から続く古びた商店街はシャッターが閉じられている店が目立ち、コロナ禍の影響だろう、看板が出ている飲食店もまったく開いていない。駅を背にして、すぐ左手奥に見えるパチンコ店の黄色い建物も営業を止めて久しいようだ。駅前のガソリンスタンドも閉まっている。二年前に、人口減少の影響による自主財源の減少や社会保障費、病院事業等への繰出しが増加していることから財政健全化対策を講じなければ、将来、財政再生団体になる可能性があり、「財政非常事態宣言」を発令してまもなく、当時の町長が死亡し、自殺の可能性が取り沙汰されている、と新聞記事で読んだことを思い起こさずにはいられなかった。

それでもぼくは、道を歩きながら、由緒ありそうな古い看板や、建物の太い柱、タイル貼りの玄関などが残っている元店舗のたたずまいなどに、かつての盛況の名残を少しでも見出したい、という思いになっていた。

橋の袂近くの家の前で、鉢植えに水をやっている中年の女性がいたので、念のために黄金山神社の場所を聞くと、このまま橋を渡って、ずうっとずうっと真っ直ぐ行くと、角に大きなコンビニがある大きな通りにぶつかっから、そこを左に、またずうっとずうっと行くと天平ろまん館の赤い建物が見えてきて、その先に目印の大きな鳥居が見えてくっから、と教えてくれた。なに、歩いて行くのすか、と訊かれて、ええ、と頷くと、マスク越しでもわかるような、少し驚いた声で、けっこう距離あっかも、と言い加えた。そのあいだ、玄関脇の陽があたる棚の上で、肥えたぶちの猫が気持ちよさそうにひなたぼっこしていた。

江合川に架けられた工事中の涌谷大橋を渡りはじめると、右手の堤防に、何やら赤いラインが引かれた印が目に留まった。遠目に、〈平成27年9月11日〉という文字だけがどうにか読み取れ、津波の浸水地でもよく目にした、と思いながら、二〇一五年の九月十日から十一日にかけての豪雨で、このあたりでは床下・床上浸水が多数発生した、関東・東北豪雨災害のときの水位を示していると察せられた。いまはどこに住んでいようとも災害に遭遇することは避けられない、との思いと、度重なる水害を治水によって宥め馴らすことで稲穂が実る水田を維持してきた、という思いとが同時に来た。視線を広い河川敷へと転じると、薄の白い穂と背高泡立草の黄色い花が目立って群生していた。江合川は、荒雄岳に発し、鳴子ダムを経て大崎平野へと流入し、石巻市で旧北上川に注ぐ。橋向こうの左手には小高い丘があり、手持ちの地図に拠れば、そこが涌谷城趾のある城山公園のようだった。

橋を渡り終えてすぐのところにあった横断歩道を渡るときに、小さなトカゲのかなぎっちょも、敷石の隙間をちょろちょろと一緒に渡ってきて、川のほうへと這って行った。かなぎっちょは金運を招くとされ、金蛇とも呼ぶので、金にゆかりのある土地の、しかも路上で見かけるのは、いささか暗合めいて感じられた。

我が家の味噌の寒仕込みで大豆を炊いているときに漂っているのと同じにおいがする、と思いながら歩いて行くと、果たして道の反対側に味噌の醸造所が見えてきた。その先に今度は、結婚式場らしい大きな建物があった。営業しているのかどうか定かではなく、看板がはげかかっており、裏手には干し柿が吊るされている。さらにしばらく進んでいくと、右手の奥まったところに墓所が見え、そこが伊達安芸宗重を祀る霊屋がある見龍寺らしかった。

左手の道路に面した角に、セブンイレブンのポール看板が立っている広い駐車場が見えてきた。T字路の向こうは涌谷高校だった。トラックなどが通り、交通量の多い国道三四六号を左手に折れて、歩道を歩いた。左手に、色付いた紅葉などが植えられた庭と武家屋敷らしい藁葺き屋根の建物が見え、見学している数人の人影があった。

道の脇に、沼地や白菜や葱の畑、豆柿や桐の木、山茶花の生け垣、側溝のところにぎっしりと咲いている杜鵑草《ほととぎす》……などを目にしながら歩いて行くと、「ヒッヒッヒッ」というジョウビタキらしい啼き声がしきりとした。「カッカッ」と嘴を鳴らしているような音も立てているほうを探すと、電線に止まって、尾を細かく振ってはお辞儀をするような動作を繰り返している。黒い翼の中央にある白斑を袴の紋に見立てて、みちのくでは〝紋付き鳥〟とも呼ぶ鳥だ。

やがて遠くに、朱塗りの柱がひときわ目立つ天平ろまん館らしい建物が見えて来て、その先に金色の大きな鳥居も姿をあらわした。

〈須賣呂伎能　御代佐可延牟等　阿頭麻奈流　美知能久夜麻爾　金花佐久〉

黄金山神社は大鳥居から参道をしばらく歩き、黄金沢に沿った狭い谷間の奥にあった。杉木立に囲まれた素朴な社殿の右に建っている万葉歌碑には、聖武天皇とともに金の産出の喜びを詠う大伴家持の万葉歌が刻まれていた。万葉集に出てくる陸奥の地は、ほかはすべて現在の福島県に属する場所なので、ここが万葉北限の地だという。

現代の仮名交じり表記では、〈天皇《すめろき》の御代《みよ》栄えむと東《あづま》なる陸奥山《みちのくやま》に黄金《くがね》花咲く〉となり、「天皇の御代がますます栄えまさんしるしとして、東国のみちのく山に黄金が花と咲きます」の意となる。昭和二十九（一九五四）年に国文学者の山田孝雄《よしお》の揮毫により建立されたときに、読みやすいように仮名交じりで書いてもらいたい、と周囲が望んだのに対して、読み方が後世変動するかもしれないので、国語学者として原文通りに書く、という厳しい意見を通したことを、歌人で万葉集の研究でも知られる扇畑忠雄が回想していた。扇畑氏とは、夫人で歌人の扇畑利枝氏との縁で、晩年にわずかながらぼくもその謦咳に接することができた。

大伴家持の歌は、天平二十一（七四九）年二月、陸奥国守たる百済王敬福《くだらのこにきしきょうふく》が、陸奥国小田郡より黄金九百両を産出と奏上したので、聖武天皇が大変喜ばれたことを、越中守として任地にあって伝え聞き、言祝いだ長歌に対する反歌三首の中の一首である。ちなみに長歌には、〈鶏が鳴く　東の国の　陸奥の　小田なる山に　金《くがね》ありと〉とも述べられている。

当時、奈良の都では東大寺の大仏（盧舎那仏像）建立が行われていたが、その始まりは、天平七（七三五）年から同九年にかけて、九州から全国に広がり、平城京でも多くの感染者を出した天然痘の大流行にあったとされる。国政を担っていた藤原四兄弟（藤原不比等の四人の息子）も全員が感染によって相次いで病死した。そのために、天然痘の流行に責任を感じた聖武天皇は、仏教への帰依を深め、東大寺および盧舎那仏像の建造を命じたほか、日本各地に国分寺を建立させた。だが、天平十九（七四七）年に大仏の鋳造を開始したものの、問題は大仏に鍍金する金が国内で産出するかだった。金不足で造立が進まず、大陸からの調達も検討されていたときに、みちのくより初めて金が献上されたとの報が届いたのである。聖武天皇はこれを記念して、七四九年四月十四日に年号を天平感宝と改元したほどで、百済王敬福はじめ産金に関係のあった人々に破格の恩賞を賜った。

その黄金の産地こそが、ここ宮城県遠田郡涌谷町黄金迫の黄金山神社付近であることが、昭和になってからの発掘調査などで瞭かとなった。〈みちのく山〉あるいは〈陸奥の小田なる山〉と称される山がどこにあるのかは、古来諸説があり、この神社が荒廃していた事情もあって、江戸時代には、仙台の儒者佐久間洞巌や新井白石が唱えた、牡鹿半島先の太平洋上に浮かぶ金華山を以てこれに当てる説が有力だった。芭蕉も「おくのほそ道」の旅の中で石巻に来て、〈「こがね花咲く」と詠みて奉りたる金華山海上に見わたし〉と、当時の言い伝えをそのまま伝えている。また、菅江真澄も万葉集には深い関心を持っていたとされ、家持の産金の歌に詠まれた〈陸奥の小田なる山〉を再三にわたって津軽の耕田山（八甲田山）になぞらえようとしている。

それに反して、いにしえの小田郡と遠田郡との関係を考慮し、平安時代にまとめられた延喜式神名帳に〈小田郡一座小　黄金山神社〉として記載されている黄金山神社がこの地にあるべきことを主張したのが、伊勢国の国学者沖安海《やすみ》という人である。商用を兼ねてたびたびこの地を訪れていた安海は文化七（一八一〇）年に、礎石だけが残って荒廃していた神社跡を実地調査し、〈今の遠田郡湧谷村に黄金狭間といへる所のありて、皇国にはじめて黄金の出たるところなりといひ伝へたり。又其処に黄金の宮とて、いと古き杉どものしげく生立たる中に社の跡也とおぼしきが唯敷石のみわづかに残りて在を云々。これなむ官帳に黄金山神社としるされたる其跡なるべく思はるる〉と「陸奥国小田郡黄金山神社考」と草した一節に述べている。さらに、安海は金三十両を神社に献納してその再建を促し、天保八（一八三七）年に竣功したのが、現在の拝殿だという。そのときは、神体は背後の黄金山そのものだったので、本殿を必要としなかった（本殿は明治四十二（一九〇九）年に愛宕神社から移建された）。この沖安海の説は、後年、日本初の近代的国語辞典『言海』の編纂者として知られる大槻文彦によって支持され、境内には大槻撰文による「日本黄金始出地碑」もあった。

明治二十二（一八八九）年には、神社周辺で「天平」の文字がヘラ描きされた瓦片が採取されたり、昭和十九（一九四四）年には、大雨で出水があったさいに、拝殿の下を流れる宮前川（通称黄金沢）から、「天□（下の文字が欠けていたが平と考えられる）」の文字がヘラ描きされた宝珠瓦片が確認されるなどして、当地を再検証する気運が高まったことを受けて、昭和三十二（一九五七）年の晩秋に、東北大学の考古学教室による発掘調査が行われた。その結果、拝殿付近で奈良時代造営の建物の南北約十メートル、東西六・五メートルにわたる基壇跡と、根石四基が発見されたほか、多賀城や陸奥国分寺のものと類似した文様を持つ瓦も発見されて、ここに産金を記念し、仏に感謝する仏堂のようなものが建てられていたであろうことが裏付けられ、昭和四十二（一九六七）年に国指定の史跡として登録されたのだった。

ぼくは、しゃがんで拝殿の下を覗き込むようにして礎石を確かめたり、社を回ってみたりした。それから、今でも、わずかながら砂金が採れるという黄金沢のか細い流れを見下ろした。天平時代にここがゴールドラッシュの賑わいを見せていたであろう光景を想像してみようとしたが、うまくはいかなかった。人気はなく、参道を来るときに、縁結びかパワースポットにでもなっているのか、観光客らしい若いカップルと擦れ違っただけだった。

　隣の朱塗りの柱が目立つ天平ろまん館の展示を観る前に、昼時となったので館内にあるレストランで食事を摂ることにした。店内の壁に貼られたメニューを見ると、このあたりの郷土料理として知られるはっとが名物のようだ。まず、入り口で手指消毒をしてから、自動販売機で、最もシンプルそうな醤油味のはっとの食券を買うと、奥から七十年配のエプロンをかけたおばちゃんが出てきて、食券半分を切り取る。念のため、というように、額に非接触型の体温計を当てられて、36度1分です、どこでもどうぞ、と招き入れられて、小上がり五卓とテーブル席五卓があるなかで、店のいちばん奥の四人掛けのテーブル席に座った。目の前には、アクリル板の仕切りがある。隣とのスペースが広めに取ってある店内はほかに客がおらず、いくぶんほっとする。思えば、ずいぶんひさしぶりの外食となる。

　しばらく待っていると、右手奥の厨房から、ばたん、どしん、と何かを打ち付ける音が聞こえてきた。そばを練って叩いているような、と思い、そうか、はっとにする小麦粉を練って打ち付けている音か、客が少ないので作り置きがなかったのだろう、と察した。はっとは、小麦粉に水を加え、耳たぶ程度のかたさになるまでよく練り、適当な時間寝かせてから、指で薄く伸ばしてゆでる。歴史は藩政時代までさかのぼり、伊達藩内で有数の米どころだったこの地方では、買米制によって年貢を納めた後の米も藩に献上していたため、農民は満足に米を食べることができずにいた。そこで農民たちは、麦飯のほか、畑でつくった小麦を粉にして練って茹で上げ「はっと」として食べていたとされる。工夫によって、食べ方は餅のように多様で、汁物にしたはっと汁のほか、あんこやずんだなどと和えることもあり、好んで食されることとなった。はっとの名の由来は、農民が米作りをおろそかにするのではないか、と心配した領主が、祝いの日以外に食べることを法度《はっと》とするようになったから、ともいわれていた。

さらにずいぶん待ち、やっと運ばれてきたはっとは、鶏肉、きのこ、ごぼう、にんじんが入っており、出汁がきいている上品な薄味でうまかった。すいとんを伸ばしたようなはっとも食べたことがあるが、ここのは向こうが透けるほど薄く伸ばされており、どちらかといえば腰のあるわんたん、といったふうで、汁の中をゆらゆら浮いていて噛むと歯応えがあった。やるもんだ、と思わず心の中で声が出た。

帰り際、見送りに出てきたおばちゃんにおいしかったことを伝えると、それはよかった、あたしは地元じゃなくて大崎から手伝いだから、とあまり方言がなく話した。そんなところにも過疎化の影響があるように、ぼくには感じられた。

展示はまず、聖武天皇に献上した九百両の金の重さからだった。約十三キログラムの同じ重さの砂が入った容れ物を持つと、ずっしりと重い。金の比重は約19・3で、ほかの金属の鉄（7・9）や銅（8・9）よりもはるかに重く、鉛（11・4）がそれに次ぐぐらいで、銀は10・5。ちなみに、水が1・0なのは昔習ったが、生コンクリートは2・4、砂は1・9、粘土は2・6、木材は水よりも小さい。さらに金は錆びにくく、普通の酸には溶けない。水銀に溶ける性質を利用して、銅に鍍金することによって未来永劫の輝きをもたらすことができる。しかも引っ張ればいくらでも伸び、叩くとどんどん薄くなるので金箔になる。

発掘された瓦や土師器、須恵器の破片などの実物も興味深かったが、中でもっともぼくの目を引いたのは、百済王敬福に関する説明で、渡来人たちは砂金についての多くの知識を有しており、朝鮮半島の産金地に類似する山と山の狭間である地形や、モチ石と呼ばれる砂金を含んだ石英塊のある地質から、当地に砂金を探し当てることができたのだという。多賀城に置かれた陸奥の国府と鎮守府に任官した陸奥守に、渡来系の百済王の一族を配置したのは、たしかに計画的なものだったにちがいない、とぼくは想像した。館内にはほかに、年配の男女三人が、砂金をどうやって大仏に鍍金したかを説明するビデオを熱心に観ている姿があるだけだった。

砂金採り体験が、いまは〈割引料金　30分550円〉という表記を見て、シーズンオフのせいか、コロナ禍で入場者が少ないためかは定かではないが、待ち時間もないとのことで、応援がてらやってみることにした。隣接している公園を流れる小川で行うのかと思ったら、指導員らしい三十代と見える男性に案内されたのは、出入り口から朱色の柱のある廊下でつながった屋外の屋根のある場所にあった、石で出来た長い流し台だった。川釣りをするつもりが釣り堀となったような戸惑いを覚えながらも、「椀がけ」という技法で砂金を採り出すやり方を、ともかく教わることにしたのだった。

＊

三、四回と繰り返したが、相変わらず砂金は採れない。

パンニング皿を少し斜めに傾ける回し方を、指導員の男性に説明されて、見様見真似でやってみる。どこかスポーツみたいだ、と口にすると、実際に砂金採りはスポーツになっていて、時間内で採った砂金の数を競う大会がある、欧米や北欧などでも行われていて、じつは自分も北海道であった世界砂金採り大会で優勝したことがある、という。どうりで手付きが見事なわけだ、と感心して見遣ると、マスクごしにだが笑みを浮かべたのがわかった。

少しコツがつかめたのか、今度は土砂がうまく取り除けて、パンニング皿に残ったのが、黒っぽくて細かい砂だけとなった。ああ、いいですね、この黒いのは、砂よりも重い砂鉄なので、うまくできてる証拠です、この下にさらに砂金が沈んでることが多いんです。そう言われて、さっき展示で見た、金の比重が鉄よりもずっと大きいことを思い浮かべながら、さらに砂鉄を少しだけ流してやり、薄く残った砂鉄を手のひらでならすようにして、目を凝らして砂金を探す。今度こそは、と期待したが、見つからない。

それでも、砂鉄と言われて、忘れていた感覚が身の裡に流れるのをぼくは覚えていた。これと似たようなことをした記憶が確かにある気がする……。不思議な思いに包まれながら、もう一度水中の砂を掬い、砂鉄や砂金は底に沈んでいくことを確信しながら、パンニング皿を回して遠心力で土砂を流していく。黒っぽい砂鉄だけが選り分けられたところに少しだけ水を入れて、皿を上下にゆっくり動かして砂鉄を皿の下の方へと選り分けていく。そのとき、上の溝に光るものが――。

――ほら、砂金があったべ。

三つ歳上の従兄が教えた。

――ほんとだ、すごーい。

半信半疑だったぼくは、目を輝かせた。

小学校が休みになると、母方の実家に預けられたぼくは、従兄と遊ぶことが多かった。川で泳いだり、土器拾いをしたり。あるとき従兄は、机の引き出しから小さなプラスチックの透明なケースを取り出して、これ、何だかわがっか、と見せた。そこには、水の中に金色に光る粒が沈んでいた。ぼくが首を傾げていると、砂金だど、と自慢するように従兄は言った。川で採ったんだ。金て採れるの、とぼくが訊くと、採れっちゃ、んでもちょっとコツがいっけど、ともったいぶって答えた。

ぼくも採りたい、とせがんで、二人で近くの川へと向かった。スコップとバケツ、園芸用のプラスチックの皿を拝借して。

——流れが早い場所だと、砂鉄も砂金も流れて行ってしまうべ。だから、流れがない場所で土砂をすくうといいべ。大きな石の下を掘るのもいい。それから、岸に生えている草を引っこ抜いて、そこさついてきた土を探すと、意外と見つかることもあっと。

そう教わったとおりに、川の土砂をすくっては、皿を少しずつ揺さぶるようにして、まずは底に溜まった砂鉄を集めるようにした。川で、さらに砂鉄と砂金とに選り分けるのは大変なので、その作業は家で行うことにして、砂鉄の多い砂をバケツに入れて持ち帰った。従兄は、磁石を使って砂鉄を選り分け、残った砂から砂金を探すのに熱中した。きらきら光るものが見えて、はやる気持ちで従兄に教えると、それを水の入ったプラスチックのケースに入れてゆすっては、ひらひら動くのをみせて、これは雲母だべ、と見分けた。金なら重いからすぐにストンと落ちんだっちゃ。

そうしながら、ごくまれに砂金が見つかることもあり、ぼくはますます熱中した。一人で行っては、川に足を滑らせてはまってしまい、ずぶ濡れになって帰っては、「よく川にはまる子だっちゃねえ」と伯父さんや伯母さんにさんざんあきれられたものだった。そして、採集した砂金はぼくも持ち帰った。

夏休みの自由研究で、ぼくは従兄と拾った土器のかけらや矢尻、石包丁などの石器に加えて、砂金も提出した。それらはめずらしいので小学校で預かりたいと言われたまま、卒業してからは、どうなったのか定かではなくなってしまった。そして、平成十二（二〇〇〇）年に宮城県の考古学者による旧石器捏造事件が起こってからは、土器や石器拾いに夢中になっていた頃をどこか心の中で封印するような思いとなっていたのかもしれない。砂金採りの記憶もまた。

従兄は、震災後の生き心地がつかない日々の中で、五十代で亡くなっていた。従兄の母親が亡くなったときに、通夜ぶるまいの席で隣同士になると、近況を報告し合うことになり、仙台市内でデザイン事務所を共同経営していたが立ちゆかなくなり、近いうちにつてを頼って北陸へ赴くという話をした後、しきりに子供の頃を懐かしみ、あの頃は楽しかったなあ、と淋しく笑った。それが会った最後となった。

従兄が生まれたのとほとんど時を同じくして、ここが日本最初の産金の地として注目されるようになり、国の史跡に認定されたときには、ぼくは小学生で、県庁に勤めていた父が興奮していたことは、よく思い出すことができる。従兄との砂金採りもそんな時代の中で行われたことにはちがいない。さらに、記憶は芋づる式となる。村の子供会で夏休みに松島へスイカ割りに行ったときにも、ぼくは従兄にくっ附いて行き、そのときにマイクロバスで通りがかった品井沼の干拓のことを教えてくれたのも彼だったことを。品井沼に流れ込む吉田川の上流に、従兄の家と農地はあった。

結局、ぼくは三十分の制限時間の中で、胡麻粒くらいの砂金を三つ採ることができ、水を入れた小さなサンプリングボトルに入れて土産にすることができた。かわいた指先に砂金をくっつけ、ボトルの中の水へ触れると、はらりと砂金が落ちていった。

ぼくは従兄に呼びかける。昭和のみちのくの子供たちにも、ゴールドラッシュがあったんだな、と。

月山道

十人ほどの乗客を乗せて、仙台駅近くの高速バスセンターから朝九時発の酒田行きの高速バスは出発した。

ぼくと連れ合いは、車内の中頃のシートに並んで腰を下ろした。ほかには、学生と見える若い女性や背広を着たサラリーマン、作業着姿の男性などが、マスクを着け硬い表情をして、車内のほうぼうに散らばるように座っていた。五月半ばの現在、未だ新型コロナウイルスの感染がすっかり落ち着いているとは言えない状況だが、それぞれ止むに止まれぬ移動を行う事情があるのだろう、とぼくは察した。

東北道から山形道、月山《がっさん》道、そしてふたたび山形道を通り、鶴岡を経由して酒田までは三時間半ほどの所要時間となる。先週、三月十六日の深夜に起きて最大震度六強を記録した福島県沖地震の損害を調査しに来た地震保険の調査員は、静岡県から応援に来ていると言い、この前は酒田市まで調査に行きました、とちょうど話していたものだった。

ぼくが、この時期にもかかわらず酒田へ行こうと思い立ったのには理由があった。それにも三月の地震が関係していた。

春の大型連休に入る直前から、集合住宅の一階にある自宅のトイレの流れが悪くなったような気がしてはいたが、それほど気に留めないでいた。コロナ禍で買い物の回数が減っていたこともあり、いつのまにかトイレットペーパーの買い置きが底をついてしまい、慌ててもとめたのが、常用しているシングルではなく、比較すると詰まりやすいとされるふんわりしたダブルだったので、そのせいかと思い、使いすぎないように連れ合いと注意しあったぐらいだった。

それが、連休の後半になって、風呂場の掃除をしようと浴槽の水を抜くと、流れにくくなった排水が床に溜まって脱衣所へとあふれそうになった。さらに、台所の流しの排水口からも、ゴボゴボという音が鳴り出した。

そこで、ドラッグストアでパイプ洗浄剤を買ってきて、風呂場と洗面所、台所の排水管の詰まりと汚れを掃除してみた。やや流れがスムーズになったか、と思ったのも束の間、今度はトイレを使うと、流れが完全に詰まってしまった。これは大変だと、いわゆる〝スッポン〟こと、長い柄にゴムでできたカップ状の吸引器具が付いたラバーカップを使ったり、トイレットペーパーが溶けるようにお湯を流してみたりしたものの、いっこうに流れはよくならない。そのうちにまた、風呂場や台所の排水口から異音が起こった。

ぼくは、二十代の頃に首都圏で電気工をしており、設備業者と一緒に仕事をすることもあったので、ここのように古い集合住宅の場合は、台所や風呂、洗濯などの雑排水とトイレの汚水とが、屋外にある汚水枡の手前で合流している仕組みとなっているのを知っていた。なので、万が一、汚水が台所に逆流してきたら大変だと、連休明け早々に業者に診てもらうことにした。管理組合では数年前から「安心お助け隊」というサービスに加入している。電気設備や玄関の施錠などのトラブルのほかに、〈水回りのトラブル　トイレ・洗面所の排水詰まり　安心お助け隊は、24時間365日お客様を安心サポート　駆け付け対応無料〉と書いてあるサービスガイドブックのコールセンターの番号に、連れ合いが電話をかけた。

さっそく、その日の午後早くに、「安心お助け隊」から派遣されたという三十代後半と見える設備業者の男性が調査に来てくれた。状況を説明すると、

――たいていは、トイレの紙詰まりだったり、台所で油が溜まってたり、風呂場で髪の毛がからまってたりで、一箇所のみの排水詰まりなんです。風呂、台所、トイレの三箇所の逆流は、ふつうは起こらないので、どこか排水管が破損している可能性もありますねえ。

と険しい表情で言われて、ぼくはぎくりとさせられた。

もしそうだとしたら、床材を剝がし、コンクリートのスラブを斫《はつ》って、配管を繋ぎ直さなければならず、大工事となってしまう。そのことを小声で連れ合いに告げると、えっ、また、と表情を曇らせた。床は、度重なった地震による壁の亀裂の補修も兼ねて、五年前のリフォームで張り替えていた。

とりあえず、汚水排水管の先にある屋外の汚水枡を見てみることになった。汚水枡は居室の縦の階ごとに設けられており、駐車場の、玄関から最も近い所にある汚水枡の鋳鉄の重い丸蓋を開けた。とたんに、マスク越しにも臭気がにおってくる。

――じゃあ、トイレの水を流してみてください。

と声をかけられて、連れ合いがトイレへ向かい、水を流した。

……が、汚水枡の中の建物側に二つある横穴を注視していても、一向にどちらからも流れてこ

ない。次に、台所や洗面所の水を出しても同じ。建物に向かって左側の穴からは、じわっと、滴《したた》ってくるようにも見えるが、とても水流とは言えない。

——できたら、すぐ上の二階か三階の部屋で水を流してもらえるとありがたいんですが。

と頼まれて、連れ合いが今度は非常階段を上って二階の居室へと向かった。インターホンで呼び出して、折良く在宅していた中学生の息子に、トイレの水を流してもらうことができた。やがて、左の方の穴から、ちょろちょろと水が流れ出してきて、こちらの配管は問題ないと知れた。玄関から出てきて、ひさしぶりに顔を合わせた彼に、手間を取らせた礼を言ってから、ずいぶん背が伸びたねえ、と声をかけると、はい、おかげさまですくすく伸びました、と笑顔が返ってきた。

——となると、左側の配管は大丈夫、繋がっているみたいなので、右側がお宅の配管になるみたいですね。ふつう排水管は、一階の住居部分の配管と、二階から上の住居の分が一緒になった配管とに分かれているものなんです。

——やはり、うちの排水管だけがどこかで詰まってるか、それとも破損していると……。

——その公算が大ですねえ。

設備業者の男性とぼくは顔を見合わせた。

——でも、排水管って、そう簡単に破損するもんじゃありませんよね。

そのときはまだ、ダブルのトイレットペーパーを使ったために排水管を詰まらせた可能性のほうが高いと思っていた。

ええ、それはそうですが、と設備業者の男性は頷いた後で、

――強いて考えられるとしたら地震でしょうか。震度五クラスの大きな地震の後に、排水管が損傷したという事故は結構あるものなんです。東日本大震災のときも、外観はそれほど被害は無さそうなのに、排水管や給水管が損傷して住めなくなってしまった建物がいくつかありました。

そう言われてみて、仕事先の編集プロダクションの事務所が、三・一一で、入っていたビルの排水管が破損してしまい、移転を余儀なくされたことがあったのを思い出した。そのときは、大変だなと思ったが、こうして自分が体験してみて、初めて実感としてわかった。

それからぼくは、すぐそばの、前から気になっていた、建物の際と駐車場のアスファルトとの境に、十一年前の東日本大震災で大きな亀裂が入り、応急の補修をしたにもかかわらず、その後も度重なった大きな地震の度に、また亀裂が入り、アスファルトの地面も沈下している箇所に向かい、指差して示した。ここは、L字形に立っている建物の、海に面した方の端なので、地震の震源地の海から伝わってくる揺れで、建物が捻れるような力が最も加わることが推察された。

――こんなに大きな亀裂と段差ができるほどの力が加わったとしたら、たしかにこの下の配管も持たないかも……。

地中に思いを馳せるように、設備業者の男性は言い、ぼくも排水管の在り処を探る心地となった。事態は切迫していたいっぽうで、電気工をしていた頃にも、給水ポンプや汚水ポンプの修理などで設備業者と一緒になったさいに、こんなふうにして故障や不具合が起きた原因を探り合うことがあったな、とぼくは少し懐かしい気持ちにもなっていた。

いちおうというように、ラバーカップよりも強力な業務用のローポンプをトイレの便器に使ってみたりしてくれたものの、事態はいっこうに変わらなかった。これ以上調べるには、汚水枡の穴から配管の中へ内視鏡カメラを入れてみなくてはならない。だが、それをするには、結構な追加料金が発生してしまうので、管理組合とも相談してみた方がいい、ということになり、今日のところはここまで、となった。どこかで排水が漏れ出しているかもしれないので、とうぶん自宅では一切の水を流さないほうがいいだろう、とも。

——一階だったからまだいいかもしれません。

道具をしまいながら設備業者の男性が言い、汚水混じりの排水が、階下の部屋へと漏れ出していく様を想像して、ぼくは深く頷かされた。電気工をしていたときに、公営住宅の二階の部屋で漏水が起き、びしょ濡れになってしまった一階の部屋の漏電調査に向かったことがあった。

途中から顔を覗かせた管理人さんには、管理会社の担当者に電話してもらい、ぼくは管理組合の理事長の部屋へ向かい、相談することにした。幸い理事長は在宅しており、それなら定期的に排水管洗浄を行っている出入りの業者のほうが詳しいだろう、ということで調査を依頼することに決まった。

その夜は、布団や食器など最低限の生活用品を同じ建物にある仕事場へと運び、寝泊まりした。ちなみに、染めと編みの作家である連れ合いとの共同の仕事場は、同じ一階で、L字形の繋ぎ目付近にあり、海に面していない棟なので、地震の揺れの向きによるのか、二〇一一年の三・一一のときも、その後二〇二一年二月十三日、三月二十日、五月一日、そして今年の三月十六日に起こった、いずれも最大震度五以上の大きな地震のさいも、照明器具の破損や壁の小さな亀裂などは生じたものの、自宅に比べればはるかに被害が少なく済んだ。

自宅より狭いながらも、この部屋があったからまだよかった、なかったら、ホテルかどこか仮住まい先を探さなければならないところだった、と連れ合いと話し合った。

――それにしても、もし排水管が壊れてたとしたら、排水はどこに流れてたんだろう。連休中も、洗濯機をずいぶん回してしまったし……。

――たぶん、この建物の下の土壌へとずっと流れ出して行ってたんじゃないかな。

そう答えながらも、ぼくはあまり具体的には考えたくなかった。それより気がかりなのは、配管が損傷している箇所が、住居の専有部分の床下なのか、玄関を出た先の共用部分なのかだった。共用部分なら、管理組合の費用で修繕することを理事長は請け合ってくれたが、専有部分だったとしたら、床を剝がして、張り替えなどを伴う工事を自費で行わなければならなくなるかもしれない。そんなことを思い巡らすと、書棚に囲まれて窮屈で慣れない寝場所だったせいもあるが、その夜は、ぼくも連れ合いもあまり眠れなかった。

翌日、出入りの設備業者からやってきたのは、二年ごとの排水管洗浄で見覚えがある作業員とは違い、簡易の防護服に身を包んだ、四十代後半と見える落ち着いた男性と三十代らしい細身の男性のコンビだった。ゴーストバスターズの隊員みたいだった、と連れ合いが後で振り返った。

――じゃあ、さっそく内視鏡入れてみます。

二人は手慣れた動作で、蓋を開けた汚水枡の穴から内視鏡のカメラを通し、画面で確認していった。それはまさしく、ぼくも何度か受けたことがある大腸の内視鏡検査さながらだった。ほどなく、一・五メートルほど管が入ったところで、モニターの画面を注視していた年上の方の男性が、はい、そこで止めて、と相方に声を発した。それから、管を何度か行きつ戻りつをさせた後で、

——ああ、間違いなく配管が破損してる、というよりも破断だな、これは。

頷き合っている二人とともに、ぼくもモニターを見せてもらうと、確かに配管が完全に切断されて、すっかり上下にずれてしまっていた。土中で行き場を失った排水は、固形物はどんどん配管に溜まり続け、その隙間から漏れ出た液体は建物の土壌へとだだ漏れ状態となっていたことだろう、とぼくは想像した。年長の男性がスケールでざっと測定してみて、距離からすると、共用部の外廊下の腰壁の内側すぐの床下あたりでしょうか、とおおよその見当をつけた。

——原因は何でしょうか。昨日調べてもらったときは、三月の地震の影響かもしれない、と言っていたんですが。

——ありえますね。ここの排水管洗浄は、最近では二〇二〇年の二月に行っていて、そのときは問題なかったようですが、その後に四度も大きな地震がありましたからね。最初は、配管の繋ぎ目にでも亀裂が入ったぐらいだったのが、少しずつ拡がって、この三月の地震でとうとう完全に破断に至ってしまった、ということも考えられます。ほかにもこういうケースはありますので、まず地震が原因で間違いないと思いますね。

ぼくは、昨年の二月、三月、五月のとき以上に揺れて、家の中のほうぼうで物が倒れたり割れたりする音を聞きながら寝室の床にうずくまっている最中には、十一年前を想わせる切迫した瞬間もあった二か月前の地震の激しい揺れを身内に蘇らせた。津波の大きな被害が無かったのは幸いだったが、連れ合いの編み機の修理で世話になっている相馬在住の七十代の知人によれば、震源地が福島沖と近かったためか、三・一一のときよりも揺れが激しく、周りの家全てで瓦屋根が落ちてしまったという。

地震の翌日、ぼくが家の片付けの合間に、近所の伊達綱村などの墓所がある「無尽灯廟」へと足を向けてみると、昨年二月の地震で倒壊した後、一年かけて復旧されつつあった石灯籠がまた倒れており、無力感を覚えさせられたものだった。

次に、念のため、住居の中から破断しているところまでの排水管も異状がないか調べてみることになった。

――トイレの便座を外して、そこから内視鏡の管を入れますので、お宅に上がらせてもらいます。

と細身の男性のほうが俊敏な動作で非常扉へと向かい、連れ合いが玄関の中へと案内した。トイレのほかに洗濯機の排水口からも内視鏡のカメラを入れてみて検査したところ、破損しているような箇所は無く、専有部分に関しては問題がなかったことに、ぼくはふうっと息を吐き、連れ合いも、よかったあ、と声を発した。

それはよかったが、修繕工事が済むまで、自宅で水が流せないことに変わりはない。三・一一のときに、三週間ほど断水したさいも不如意を味わったけれど、まだ溜め置いていた水を生活用水に使うことができ、一週間後には給水車も来てくれたのに比べて、水が流せないということは、台所も洗面所も洗濯機もトイレも、一切の水が使えなくなるということで、よりいっそうの不便を蒙ることを身をもって知ることとなった。原発に対して、トイレのないマンション、といわれたことなども頭を過ぎった。

調査結果が判明して、ふたたび相談に訪れた理事長の話では、これから早急に業者に見積もりを出してもらうが、共用部分の修理には理事会を招集しての承認が必要となり、それから工事に取りかかれるので、早くとも今月一杯はかかりそうだという。これから三週間は、手狭な仕事場での仮住まいを余儀なくされることとなったので、一時避難の意味合いも込めて、ぼくは前々からコロナが落ち着いたら再訪しようと考えていた、吹浦《ふくら》や象潟《きさかた》などの東北の日本海側へと、感染対策をしっかりした上で連れ合いとともに旅することにしたのだった。

新型コロナの日本全国の感染者数は、第六波が二月五日のおよそ一〇万四二〇〇人をピークに減少傾向となったものの、減少速度は緩やかで、五月十六日の段階でも、七日間平均三万七千人ほどと依然高止まりしていた。そのいっぽうで、最長十連休となったゴールデンウィーク中の旅行は、三年ぶりに行動制限がかからなかった。

高速バスは、仙台宮城ＩＣから入った東北自動車道をまず南下し、村田ジャンクションで分岐して西に折れて山形道の方へと進んだ。好天に恵まれ、里山には、みちのくで多く見かける樹木である桐の木の紫色の花が見かけられた。

高校を卒業してから十五年ほどの首都圏暮らしをしていたぼくが、アスベスト禍に遭って、それまでの電気工の仕事が続けられなくなり、療養のために故郷に舞い戻ったばかりの頃、若葉と入り交じって咲いている桐の花を見て、東北に戻ってきたことを実感したものだった。

母方の田舎では、娘が生まれると生長が早い桐の木を植える風習があり、それを自分の木だといって責任を持たせて丹精させ、嫁ぐときに木を伐って小さな簞笥や下駄として持たせてやる、自分もいくつかの駒下駄を持たされて嫁いできた、という話を、ぼくは子供の頃から何度も母親から聞かされていた。ずっと聞き流していた母親のそんな話に、素直に興味が向かうような年齢に達したということもあったのだろう、以来、五弁で筒形、紫色の花が下向きに垂れて咲く桐の花に出会うたびに、ほのぼのとした夢のような趣があると感じ入るようになった。

すっかり青葉が濃くなった山肌のところどころには、同じく紫色の山藤の花が絡みつくようにして咲いていた。ぼくが生まれ育った仙台市内の家の庭にも、藤があった。父親が苗から育て、大きくなると藤棚をこさえて丹精していたものだった。毎年多くの花房を付けて楽しませてくれたその藤が、ある年の秋に狂い咲きした。すると、その翌年の春から、藤はまったく花を付けなくなってしまい、父親によって伐られてしまった。幼いながらに心に留めたそのときの無念といのちの不思議さは、ぼくの心に強く刻み込まれていた。

山間の小さな田で、田植えをしている光景もあった。

山を背に右手に視界が開けて、高速バスは村田町から蔵王連峰の東麓に位置する川崎町に入った。宮城県内でも寒冷で積雪の多いそこは、二十八年前から三年余り過ごした土地である。山形での草木染の修業を終えて独立した連れ合いが、初めて工房を開いたところでもあった。田植えの済んだ水田が広がり、その手前に前川が流れている。病院通いを続けていた日々の中で、身体慣らしに午後遅くその川べりを散歩するのが日課だった。夏によく木陰で憩った、枝を横に大きく伸ばした合歓《ねむ》の大木を遠目に探したが、残念ながら見つけることはできなかった。

ここまで来ると、蔵王連峰の北蔵王に位置する標高一四八五メートルの雁戸山《がんどさん》が、南雁戸山とで双耳峰をなす馴染みのある姿で、高速バスの大きく取られた前方の窓の正面に聳え立った。名前からすると、鞍部を雁の群れが編隊を組んで飛翔するというイメージが湧くが、地元の人によれば、稜線がギザギザした急峻なヤセ尾根となっているところから、粗い目のノコギリのガンドウから来ているということだった。

かつて住んでいたのは、元町営住宅の一軒だった築四十五年の古家だった。並びの四軒の家々は二階が上げられ、敷地一杯に建て直されていたが、平屋のままの小さな家は、連れ合いを早くに亡くした老人が一人暮らしていた家で、ぼくたちが借りることになった三年前に老人が亡くなってからは、ずっと手がかけられていないも同然だった。

不動産屋に連れられて初めて訪れたとき、家の周囲はどこもかしこも、敷地の西側に風除けとして植えられたらしい杉の大木の枯葉が堆《うずたか》く積もっていた。家の外側の羽目板は所々朽ちて剝がれており、まさに荒ら家といった佇まいだった。家の中に足を踏み入れると、途端に糞尿と黴の臭気に顔を顰めさせられた。トイレよりも便所というのがふさわしい小部屋の扉を恐る恐る開けると、便槽から這い登ってきた蛆虫たちが湿り気を帯びた床に散乱していた。台所に向かうと、流しの排水管の繫ぎ目から排水が漏れているのをそのままにしていたらしく、床がすっかり腐り切っている状態だった。

初めて田舎暮らしをすることになったぼくたちは、急遽汲み取りに来てもらった便所の掃除や、台所の流しの排水管をホームセンターで部品を買ってきて自前で修理する、といった処置に真っ先に手を着け、後は住みながら少しずつ手を加えることにした。それから、仕事の合間を縫って、庭の杉の枯葉を集めては燃やした。すると、春になって少しずつ、前住者の老人が丹精して作っていたらしい庭の相貌が顔を覗かせてきたのだった。まず福寿草が咲き、次いで片栗が咲いた。春蘭、叡山すみれ、おだまき……と次々と花が咲き、家の周囲はぼくの好きな水仙で囲まれた。

家の脇には物置小屋があり、そこは昼間でも暗かった。そこでぼくは、昔取った杵柄とばかりに、電気を引いて照明を点けた。灯りの下に、鍬や鋤、鉈や手斧、鋸といった道具や園芸用の細竹、肥料、蛆虫退治の薬品など数々の生活用品が現われ、ぼくたちはありがたく老人の置き土産を頂戴することにしたのだった。連れ合いは、知ってか知らずか、肥え撒き用の柄杓で庭の草花に水をやっていた。……

　集合住宅の汚水排水管の破損、という事故の渦中にいる身としては、その頃のことが切実に思い返されるところがあった。いまのコンクリートの建物の暮らしが、土から離れて、土の湿気と臭気の鬱陶しさからまぬがれたものであることをあらためて突きつけられたように感じ、古家からも仰ぎ見ることができた雁戸山と再会したぼくは、初心を喚び起こされる思いがしていた。四半世紀を超える歳月を振り返ると、〈月日は百代の過客にして〉という芭蕉のことばが思い起こされて、歳月もまた旅であることを実感させられた。

　右手に間近に見えてきた、台形を少し歪めたような特徴のある山のかたちに、ししなご山、と思わず微笑とともに心の中で言葉が洩れた。昔、鹿やイノシシがイナゴのようにたくさんいた山だからその名が付いたんだって、と連れ合いがアルバイトで家庭教師をしていた中学生の女の子から聞いて教えてくれたことがあった。結婚して子供も生まれた、と年賀状で知らせて寄越したあの子も、四十代の母親になっていることだろう……。連れ合いも気が付いて、マスク越しでもわかるように懐かしげに指差し、ぼくたちは会話はせずに二度三度と頷き合った。

　高速バスはどんどんと蔵王の山中へと登って行った。走っているのはトラックが多く、追い越したり追い抜かれたりした。ガタンガタン、と道路の眠気防止の舗装なのか、地震で路面が歪んだのか、揺れが以前より多いように感じた。こけしの材となる水木の白い花が、枝を大きく横に張り出した独特の樹形を目立たせていたり、高いところで朴《ほお》の白い花が大きな葉に乗るように咲いているのを見遣っては、互いに指差して教え合った。

やがて、下りは全長三二八六メートルある笹谷トンネルへと入って行った。左右の視界がふさがれ、オレンジがかった照明が両脇に点るコンクリートの管の中を進むと、ぼくは数日前に見た、排水管に入れた内視鏡のモニター画像を否が応でも思い出さずにはいられなかった。配管の破断は、ここでならさしずめトンネル崩落事故のようなものだろう。一九九六年に北海道の豊浜トンネルで、岩盤が崩落して走行中だった路線バスと乗用車一台が直撃を受け、二十人が死亡した事故や、近いところでは、二〇一二年に山梨県の笹子トンネルで天井板のコンクリート板が一三八メートルの区間にわたって落下し、走行中の車複数台が巻き込まれて九名が死亡した事故の記憶が蘇る。

灯りが見えてきた出口を抜けて山形県へと入ると、とたんに緑が眩しい初夏の陽光に、目を細めさせられた。まもなく、関沢ＩＣで国道二八六号線へと分かれていく方の道路にも、ぼくたちには痛切な思い出があった。

修業を終えた連れ合いの荷物を、山形のアパートから川崎町の引っ越し先へと何度も往復して運んださいに、布団などの最後の荷物を積んだ連れ合いの軽自動車が、山形側から二八六号線を登って笹谷トンネルに入る直前、アクセルペダルを踏んでも、ペコンペコンとエンジンを吹かせなくなってしまった。急停車した車の後ろの大型のダンプカーがクラクションを鳴らしながら、辛うじてハンドルを切って追突を避けた。怒鳴りながら降りてきたダンプカーの運転手は、それでも事情がわかると、ぼくとともに路肩まで軽自動車を押して動かすのを手伝ってくれた。

アクセルワイヤーが切れたんだな、トンネルの中でなくて、ほんとに命拾いしたべや、と運転手に言われた連れ合いは、手が震えてうまくハンドルが切れなかった。レッカー車が来るまで、車内を探して見つけた三角停止表示板を車の後方に置き、冬の陽が落ちた中、二人でガードレールの外側で寒さを堪えながら待ち続けた。……

いくつか小さなトンネルを過ぎて、左手の下方に山形市内が見えてくると、ぼくたちが懐かしい思いで目を向けるのが、左手に見える三角おむすびの形をした標高四七一メートルの千歳山だった。その麓にある、焼き物の里としても知られる平清水の地に草木染の工房を構えていた師匠に、東京の映画配給会社を辞めた連れ合いは弟子入りして修業を始めた。

師匠は、その五年前に脳溢血で倒れ、左半身が不自由になっていたので、用事で出かけるときには運転手として、また介助役として付き添うことも弟子入りの条件だった。車も必要となり、大学時代に免許を取ってから、ずっとペーパードライバーだった連れ合いは、講習を受け、なけなしの貯金をはたいて中古の赤い軽自動車を購入した。

一日かけて小さな旅をするときには、ぼくも体調がよければ一緒することがあった。芭蕉も「おくのほそ道」の旅で立ち寄った福島県の飯坂の医王寺に、源義経と共に戦った佐藤一族ゆかりの乙和の椿を染めくさにいただきに上がったり、出羽三山への参拝口である岩根沢に、戦争直後に疎開した詩人の丸山薫のことを知る人を訪ねたり、最上川の舟運により紅花の集散地として栄えた河北町に、舟運で財をなした谷地の旦那衆の土蔵にのこされた京文化を伝える享保雛を観に行ったり、そして今日向かう酒田市の隣の遊佐《ゆざ》町吹浦にも、鶴岡市の生まれで、終戦後の昭和二十一（一九四六）年に当地に移住し、同志らと共に集団農場を拓いて、そこが終焉の地となった石原莞爾の墓を訪ねたりした。

山形蔵王ＩＣを過ぎた高速バスは、連れ合いが住んでいた思い出の多い山形市街には入らずに、山裾をいったん北上してから北西へと大きく曲がり、日本一の芋煮会で知られる馬見ヶ崎川を渡った。川べりにはニセアカシアの房状の白い花が盛んに咲いており、前面の車窓には、大きくなだらかな山容の月山が遠く淡く見えてきた。


サクランボで知られる寒河江を抜けて西川町へと入ると、バスは次第に山中へと分け入り、岩根沢へと差しかかった。以前は、山形市のある村山地方と鶴岡、酒田の庄内を結ぶ一般国道の国道一一二号を通って訪れていたので、高速道路の山形道から見る景色は、記憶と微妙に異なった。寒河江ダムのある月山湖が右手の向こうに現れたが、国道一一二号を来たときには、左手の間近に見えていたはずだった。湖の外れの寒河江川に架かった長い高架橋を渡ってすぐの月山ＩＣで山形道はいったん終点となり、そこからは、湯殿山ＩＣからふたたび山形道に入るまでの国道一一二号バイパスの区間を指す通称月山道を行くことになる。

ぼくは、この月山道を車で五、六度は通ったことがあるはずだが、じつは出羽三山のうち、月山へ登ったこともなければ、車で近くまで行ける羽黒山や湯殿山へも参拝したことがなかった。芭蕉も菅江真澄も訪れており、いずれは、と願っては来たが、肺の持病があるので、山歩きには不安が伴い、ずっと行かぬままとなっていた。

――ほんの初心者のチャラい山伏なんで、詳しくはないんですが、出羽三山の修験道では、羽黒山は現在の世を表す山とされていて、月山は祖霊が鎮まる過去の世を表す山、そして湯殿山は、未来の世を表す山で、山伏が生まれかわりを果たす聖地なんだそうです。

東日本大震災後に山伏修行をするようになったという知人から、コロナ禍になる前に酒を呑んだときに、その体験談を興味深く聞いたことがあった。

グラフィックデザイナーの彼とは、連れ合いの個展のＤＭのデザインを頼むようになって知り合い、十五年ほどになる。そして三・一一の当日、地震に遭う前に最後に会った知人が彼だった。

その日、ぼくの家には、個展を仙台で開くために来日した女性のフェルト作家と、そのご主人の五十代の英国人夫婦が滞在していた。クラフトにも興味があるという彼も出席してくれた個展のオープニングを前日に無事に終えることができて、英国人夫婦をねぎらうために、近場の作並温泉へ日帰り入浴することにした。その折に、仙山線に乗ろうと向かっていた仙台駅近くの路上で、偶然彼に出くわした。彼は、仙台市内に夫婦で出した輸入雑貨の店を持っており、店に顔を出した後、県南の沿岸部にある自宅にこれから戻るところだという。オープニングに出席してくれたお礼や、その感想などを立ち話した後、それじゃあまた、と別れた。

温泉の露天風呂で被災したぼくたちは、翌日、這う這うの体で自宅に戻り、四日後には、何とか電話で連絡がついた東京と名古屋の知人の助けを借りてチケットを取り、東北新幹線が不通だったので、長距離バスで新潟まで、そこから上越新幹線で上京するというルートで、夫妻を羽田発ロンドン行きのＢＡのフライトに乗せることができた。

フェルト作家の夫人から届いた、帰国した報告のメールには、震災の直前に別れた彼は、たしか沿岸部に住んでいると聞いたと思うが、無事だろうか、と付記されてあった。そのときはぼくたちも、彼の消息はまだつかめないでいた。彼が住む町は、津波で大きな被害を受け、両親と住んでいる自宅があると聞いていたのは、かなり海に近いと思われる土地だった。

共通の知人から、自宅は流されたものの、彼ら夫婦も両親も命は無事だった、という安否がもたらされて、ぼくたちは胸を撫で下ろした。だが、仙台の店もたたむことになり、自宅の再建に追われているようで、連れ合いが震災の翌年に銀座で開いた個展のDMは、メールのやりとりでデザインしてもらったものの、顔を合わせる機会にはしばらく恵まれなかった。

二〇一八年秋に、連れ合いはフェルト作家の彼女と二人展を開くことになり、ぼくたちは英国を訪れた。そのときにも懐かしそうに彼の話が出て、運命が急変する前に出会った因縁は、ずっと後を引くようだった。ぼくたちは、帰国してから連絡を取り、土産話を携えてひさしぶりに彼ら夫婦に仙台で会い、中華料理店で卓を囲むことにした。すっかりご無沙汰してしまった挨拶を交わした後、話は、あの震災当日に互いが別れた後のことになった。

海辺の町の自宅へ戻った彼は、地震に遭い、車で避難しようとしたが、手間取ってしまったこともあり、発進した車の後ろから津波が襲ってきた。津波に巻き込まれて危うく流されそうになったものの、何とか逃れた。後ろの車は流されてしまった。そのときは無我夢中だったが、後になって恐怖が来た……。

あまり詳しくは聞かなかったが、そんな内容がぽつぽつと言葉少なに語られた。そして、気分を変えるように近況が語られる中で、山伏修行の話が出たのだった。

——山伏って、あの法螺貝なんかを吹く?

連れ合いが驚いたように訊ねると、

——ええ。ぼくも何とか吹けるようになりました。白装束に身を包んで杖を突きながら歩いていると、観光客に珍しそうに眺められたり、擦れ違う人が立ち止まって頭を下げてくれたりするんです。

と彼は、照れと誇らしさが入り交じったような顔付きで答え、説明を続けた。

――最初は長い石段を歩き続けるのもつらかったんですが、だんだんペースがつかめるようになると呼吸も楽になってきて、先輩に言わせると、山と自分の気が混ざったからなんだそうです。修行中の飯は、一汁一菜と言い渡されて、少しのご飯と、お汁、それに漬物だけ。それも、早飯で食べなければならないんです。何でも山伏修行は、この世の十界行を体験することになっているそうで、食事は、十界のうちの餓鬼界を体験するために、がっついて食べるんです。そして、修行のなかで、何といってもいちばん苦しいのが、地獄界を体験する南蛮燻しですね。これは、大量の唐辛子を燻して、煙責めに遭わせる修行で三日間続くんです。

――それは聞いただけで咽せそうで、喘息持ちの自分にはとても無理だなあ。

とぼくは言った。

――煙でまったく周りが見えなくなるんです。目を開けていられなくて、なるべく息を吸わないようにしていても、喉や肺が焼けるようにヒリヒリして。咽せると、吸うしかないでしょ。するとまた苦しくて咽せる。ほんとうに窒息するかと思いましたよ。それでも、すこーしずつ慣れてくるんですね。ともかく咽せないように、細ーく細ーく息をすることができるようになって、何とか耐えました。中には、鼻血を出してる修行者もいましたね。それから、修行中は畜生界を経験するために、歯を磨くのも顔を洗うのも禁止で、汗臭くなっていても、そのまま布団を敷いて寝るんです。でも、くたくたに疲れてるから、すぐ熟睡しましたけど。

――修行を終えて帰ってきたときは、何だか生まれ返ったみたいにすっきりして見えました。と、いまは海辺の町でハーブを育てているという夫人も言葉を添えた。

――修行の満願の日には、神社の石段を一気に駆け下りるんですが、そのときに、産声を発するんです。山伏にとって、死者の白装束を着て出羽三山に入るのは、いったん死んで母親の胎内にもぐるということらしくて、そこで修行して、生まれ変わるというんです。だから、そのしるしにオギャーともウアアッともつかぬ声を叫ぶんです。大の大人がオギャーだなんて可笑しいと思うかもしれませんが、そのときは修行を終えたよろこびもあって、自然に声が出ました。いろいろ思わされて、ちょっと、じーんと来るものもあって……。そして、胎児が通る産道でもある神社の参道を駆け下りたあとは、産湯を使う意味の火渡りをして生まれ変わり、修行が終了するんです。……

ぼくは、どんどん登っていく高速バスの車内で、正面の車窓に雪を被った標高一九八四メートルの月山を見ながら、そんな彼の話を浮かべては、その向こうに位置する羽黒山へも思いを向けた。

標高を増すにつれて、道脇の斜面にも、残雪が見られるようになった。雪が岩肌の窪みにへばりついている様は、牛か豹の皮膚の模様を想わせた。やがて全長二六二〇メートルの月山第一トンネルの入口が見えてきた。

間もなくトンネルに入ると、視界が遮られたせいか、にわかにぼくは過去へと引き戻され、初めて月山道を辿ったときの三十年近くも前の記憶を手繰り寄せた。そうして、連れ合いの運転する軽自動車で運ばれたあのときは、Ａの診察を初めて受けたばかりだった、と気が付くと、心がしんとした。

——おまえのそれは、鬱病だよ、反応性鬱ってやつだな。

ぼくと連れ合いから話を聞いたAは即座に言った。

高校時代からの友人でもあったAはその頃、宮城県の県北の町立病院に勤務しており、土曜日だけは母親が開業している仙台市内の北の外れにある実家のA医院を手伝っていた。医学生だったときに、大学の授業で習ったと言い、ぼくの胸膜炎の原因がアスベストかもしれないと最初に教えてくれたのもAだった。

前日の夜、ぼくはAの留守番電話に、相談がある、という声を吹き込んでいたというが、まるでその記憶はなかった。

ぼくは、喘息の大発作とアスベスト禍による胸膜炎を再発させて入院し、退院してからも肺のレントゲンの影がなかなか取れず、大学病院に通院する身だった。先妻と離婚して家を出て、仙台市内に借りた四畳半のアパートでの静養を余儀なくされ、電気工の仕事ができなくなったことや、小説が書けないことで、経済的な不安もあって眠れなくなり、医師からもらった睡眠導入剤を常用するようになっていた。酒を一緒に飲むと、物忘れやおかしな行動をしてしまう副作用があると注意されていたが、飲酒を止めることはできなかった。

前夜、Aに電話をした後、ぼくは手持ちのありったけの睡眠導入剤を飲んでしまったらしかった。その後にかけたと思われる電話でのやりとりに、まだ一緒になる前だった連れ合いは異状を感じて、深夜に山形のアパートから軽自動車を飛ばして駆け付けた。そこで、白々とした蠟人形のような無表情で眠っているぼくを見つけ、そばに三通の遺書があるのに気付いたという。それらの記憶は、意識を取り戻したぼくからは消えていた。

ぼくは、電話をかけた記憶がないことを詫び、どうやら自殺未遂を起こしてしまったらしいことをAに打ち明けた。するとAは、ともかく自宅の医院に診察に来るように言った。連れ合いの軽自動車で出発したものの、ぼくが首都圏で暮らしている間に、仙台の道も随分と変わっており、途中で少し迷った。通りがかりの人に道を聞こうとしても、顎がカクカクして、吃ってうまく話せなかった。見知らぬ人と話すのも恐く、連れ合いが途中から替わってくれた。どうにか医院まで辿り着くと、出てきたAは、もともと高校、大学と柔道部で体格が良かったのが、いっそう貫禄が増したように見えた。

——……やっぱり。

Aの診断に、連れ合いはつぶやいた。

——おれも大学のときに罹ったことがあるから、よくわかるんだ。

とAは言った。

二浪して北大の医学部に入ったが、解剖実習の頃からそうなったという。そういえば、電気工になる前、ぼくが高校を卒業してすぐ週刊誌の記者をしていた頃には、札幌の取材があると、決まってAのアパートに泊まった。その頃、飛び込みをしそうで地下鉄に乗るのが恐い、と聞かされた覚えが確かにあった。だが、大変だな、と思っただけだった自分を、そのときのぼくはひどく恥じた。

——まあ、自殺を図ったって言っても、本当に死ぬ気の奴は、首吊りか、飛び込み、飛び降りと決まってるんだよ。薬服む奴、それから手首切る奴、これはどっかで他人に救けられたいって思ってるんだよな、だから、薬を服んで意識がなくなってから彼女に電話をかけたっていうのも、ＳＯＳのサインだったんだよ。

ぼくも連れ合いも、頷きながら、Ａの説明に聞き入った。

――鬱病で一番怖いのはな、それまで人前で元気そうに振る舞っていても、何かが引き金になって、ふっと自殺を図ってしまうことなんだよな。一回やると、繰り返すことが多いしな。

自分もそれが恐い、とぼくは正直に言った。トイレに入ることを考えるだけでも、とにかく一人になるのが恐くてならなかった。

――このところ、イライラしてたか？

という質問には、連れ合いが、はいと告げた。

――悪夢はみるか？

ぼくは頷いた。蛇がうじゃうじゃしている中に放置されている夢をよく見た。子供になって母親に叱責される夢や、包丁を突き付けられるような夢も、幾度となく反復された。

Ａは、抗鬱剤と精神安定剤、それから、鬱病にもっとも悪いのは、寝不足だからな、と言って睡眠導入剤も処方した。それから、どうしても不安だったら、入院できるところを紹介するけれども、ずっと見てていられる人がいるのなら、それがいちばんいいんだけれど、と連れ合いのほうを見た。

――わかりました。私がずっと附いてます。

連れ合いが言い、心配げな目を向けたぼくに、工房は大丈夫、まだ夏休みをとっていなかったから、先生に事情を話して休みをもらうから、と言い加えた。

ことだ。

――あんまり頑張ろうってだけは思うなよ、病気なんだからこの機会に少しのんびりしろって

帰りぎわに、車の所まで送ってくれたAが、開けた窓ガラスの外から声をかけた。

いったんぼくのアパートに戻って、赤い軽自動車の後部座席に、ワープロとFAXを毛布で包んで詰め込み、それから連れ合いの山形のアパートに行くことにした。高速道路は怖かったので、下の道を走ってくれるように頼み、いつもの国道二八六号線（笹谷街道）とは違う国道四八号線（関山街道）を通ってもらった。その道は、ずっと広瀬川に沿って遡るように通っていた。笹谷トンネルが開通したのは、ぼくが上京した後だったから、子供の頃から山形方面に行くのに馴染みが深いのは、途中に作並温泉などがあるこの路線の方だった。連れ合いが運転する車に乗って、助手席の背もたれを倒して横になったぼくは、窓の外の風景にぼんやり目を遣りながらただ運ばれているのは安易で、心が安まった。

翌日、師匠に夏休みの許可を得た連れ合いと庄内へ向かうことにした。連れ合いは、師匠から紹介された、山寺にある商業施設の広報誌の記事を書くアルバイトをしており、ちょうどその取材で、鶴岡市でシナノキの皮から作られる科布《しなふ》で帽子を作っているデザイナーの工房を訪ねる用事があった。いつでも車内で寝ることができるようにと、軽自動車の後部座席には布団を積んで出かけた。……

東北に冷害をもたらした一九九三年のあの夏は、結局梅雨が明けることなく、月山道も小雨が降っていた、とぼくは振り返った。隣の連れ合いを見遣ると、ひさしぶりの旅で気疲れしているのだろう、トンネルに入ってからは目を閉じていた。

やがてA医院を引き継いだAのところには、鬱の発作に襲われるたびに世話になり、半日かかる抗鬱剤の点滴を一週間通院して受け続けた。連れ合いは、川崎町に越してからは、医院まで往復二時間以上かかる道のりを運転し、点滴の間は、手編みをしたり、染め布を接ぎ合わせる作業を待合室でしていた。

ぼくの鬱の症状が寛解し、抗鬱剤と睡眠導入剤の服用が止むまでには十五年かかった。その後も、Aにはかかりつけの主治医として、高血圧と高尿酸血症の治療をしてもらっていた。Aはずっと独身で、四十を過ぎた頃からクルッと名付けたビーグル犬を飼うようになり、家族のように可愛がっていた。ぼくが診察に訪れるたびに、クルッは住居部分との仕切りの透明な扉の向こうで、尻尾を振って愛想のよい顔を見せてくれたものだった。

三・一一から三年経った時期に、Aから医院を閉じることにした、と告げられた。地震で屋根が損傷し、雨が降るたびに待合室の床にバケツが置かれるようになり、屋根を修繕する費用も馬鹿にならなくて、と前からAはこぼしていた。自宅は車で二十分ほどの分譲地に三十代で建てて独立し、医院には通って来るようになっており、母親も亡くなって医院の住居部分に住む者はいなくなっていた。ほかにも、こちらからは窺い知れない心労があるようで、診察に訪れるたびに目にするAの体調は、素人目にも、あまり芳しくないことが見て取れた。Aも酒好きで、酒量が増えていることだけは察せられた。年賀状だけのやりとりが数年続いた後、今年限りで失礼させていただきます、という文面が届き、それっきりとなっていた。……

月山に穿たれたトンネルをようやく抜けたらしく、目蓋に光を感じて、ぼくは途中から閉じていた目を開け、細めた。初めて通ったときにも、知らず知らずのうちに、自分は月山の胎内に入っていたのか、とぼくは気付いた。

連れ合いも目を開けて、左右を窺うようにした。右手に、標高一五〇四メートルの湯殿山が見えてきた。その中腹にある湯殿山神社は、〈語られぬ湯殿にぬらす袂かな〉と芭蕉が詠んだように、古来「語るなかれ」と戒められた聖地で、参拝は土足厳禁であり、御神体は温泉の湧き出る巨岩だと聞いている。撮影禁止になっていて、それが何とも言えない形をしているんです、と山伏修行をしていた彼は意味ありげに言っていた。

「トンネルの中で、Aのことを考えてた」

とぼくは声をひそめて言った。

連れ合いは、ぼくの方を見てから、そうか、とだけつぶやいて頷いた。

昨年の秋、連れ合いのスマートフォンに、Aから電話がかかってきた。連れ合いの編み機の音がうるさいときには、ぼくは自宅の居間のソファに場所を移して執筆することがあり、その日もそうだった。仕事場にいた連れ合いが急に自宅に戻ってきて、大変だあ、Aさんから電話がかかってきたけど、何だか様子がおかしいの、と告げた。

——Aさん、お元気ですか、って聞いたら、元気じゃないって言われて……、携帯いじってたら番号があったので、懐かしくなってかけたって。ちょっと呂律が回っていない感じで、すぐに切れてしまったので、かけ直すと、電話に出られません、っていう音声になってしまった。もう一回かけても駄目だったけど、またかかってくるかもしれないと思って。

それを聞いて、ぼくも胸騒ぎを覚えているところに、着信があった。いま、どこからですか？えっ、そうなんですか、もう会えないんですか……、と涙目になった連れ合いがスマートフォンをぼくに渡した。

――仕事中じゃなかったか、突然で済まんな。

スマートフォンを耳に当てると、いくぶん早口の特徴のあるAの声が聞こえてきた。弱々しくくぐもった声で、どこか、がらんとした広い部屋にいるような音の雰囲気だった。

――すっかり骨と皮になってしまったよ。膵臓癌の末期なんだ……もう長くないのは、これでも医者の端くれだからわかってるさ。……いまは街中に引っ越したマンションに一人でいる。クルツも死んでしまってな。自宅ホスピスみたいに介護を受けて、モルヒネで痛みをコントロールしてもらってる。……いつもは薬で寝てるから、目が覚めてる時間は少ないんだ。まだ話ができるうちにと思って、携帯の電話帳を見てみたら、話がしたいと思ったのは、たった三人だった。そんなもんなんだな……。

ぼくが、見舞いに行くよ、と場所を訊ねても、コロナだし、それよりもこんな姿を他人の記憶に残させたくないからな、とAは教えてはくれなかった。そして、高二のときに、家庭内暴力を起こしていた兄から逃れるために、下宿先を探すのを手伝ってもらったのが最初だったよな、としみじみとした口調になった。……

バスは、渓谷に架かった橋をいくつか渡り、湯殿山トンネルに入った。

――湯殿山は、未来の世を表す山で、山伏が生まれかわりを果たす聖地なんだそうです。

と山伏修行をした彼の言葉が蘇った。

出口の明かりが遠くかすかに見えているトンネルの中を進みながら、ぼくは、Aのいのちの流れが、辛うじてでも断ち切れていないことを祈りたかった。

苗代島

波音に混じって、風が巻いているような音が絶え間なく聞こえている。夜半に目が覚めたぼくは、はじめは波が荒い日本海の海鳴りかと思った。やがて、昼間に吹浦《ふくら》の海岸で砂丘の向こうに目にした風力発電の巨大な風車が風を切って回っている音らしい、と気付いた。大地震の最前に感じる地鳴りにも似て、地の底が唸りざわめいているようなその音を、眠れぬままに聞いていると、自ずとぼくの想いは、昨年の秋に電話が突然かかってきて、末期の膵臓癌だと最後の別れを告げられた後、生死がさだかではない高校時代からの友人のAのことへと結ぼれていった。

隣の布団の連れ合いは、小さな鼾を掻いてぐっすりと寝入っていた。コロナ禍のさなかの旅であり、ひさしぶりの外泊でもあったので、気疲れしたのだろう。それに加えて、集合住宅の自宅の汚水排水配管が破断してしまい、五月の連休明けから、仕事場での不如意な仮住まいが続いていた心労も重なっていたはずだ。それでも、感染に気を付けながらでも、ゆったりと温泉に浸かることができたのは何よりだった。メバルとスズキの刺身、カレイの焼き物、黒鯛の煮付けにタラのチャンジャも付いた、魚づくしの夕食が部屋食だったのもありがたかった。宿のおかみは、重そうなお盆を苦にせず、二階の客間までの急な階段を昇った。

昨日は、仙台から高速バスで西へ西へと向かい、山形道と月山道を抜けて酒田に着き、本間美術館や日和山に足を運んで駅前のホテルに一泊した。今日は、午過ぎの羽越本線の普通列車で北上した。天気は好く、十三分ほどの乗車時間のあいだ、車窓の前面から右手に移るようにして、裾野を長く引いた秀麗な鳥海山の山容がずっと見えていた。五月半ばとあっても、頂上の方にはまだ雪があった。三つ目の駅の遊佐《ゆざ》で降り、そこから、前日に午後一時から二時間のコースで予約しておいた観光タクシーに乗った。目的地には一つ先の吹浦駅の方が近いが、そこだとタクシーの便が悪いということだった。

遊佐駅で少し待ち、やって来た運転手は、六十代前半と見える女性で、互いに馴染んだ頃になると、五十代までは建設業にいて、道路工事や山や河川の工事でトラックを運転していたが、荷物が重いのと、運転席や荷台へのステップを昇るのがしんどくなって、この仕事に替わったと話した。だから運転はまるきり苦にならない、とも。ダッシュボード上のネームプレートを見ると、鳥海山にちなんだとおぼしいTという名字で、そのことに触れると、山名とはちがって読みは訓読みだが、実家は代々、鳥海山の修験宿だったという。

まず、地元の人々に古くから信仰の対象とされてきたと聞く、丸池様と呼ばれる場所へ行ってもらった。秋には鮭が遡上するという牛渡川《うしわたり》を渡り、川沿いで車を停めた。鳥海山の伏流水が湧いている川は、とても透き通っており、梅花藻《ばいかも》がゆらゆら揺れていた。梅のようだという白い花は、まだ付けていなかった。

小川の脇には、鮭の加工場があり、いまの時期は閉じているようだが、

――毎年、鮭といくらを買いに来ます。いくらは一キロ六千円。高いんだか安いんだかわから

ないけど、たぶん安いと思う。

と運転手のTさんが教えた。

少し山のほうへ歩いて踏み入ると、杉木立とうねった原始林に囲まれて丸池様はあった。丸い池の光があたっているところは、観光ガイドに書いてあった通りに、幻想的なエメラルドグリーンで、光の加減によって微妙に色を変えていた。看板の説明を読むと、〈この池は、県内唯一といわれる湧水のみを、水源としています。直径約二〇m、水深三m五〇cm　水はあくまで冷たく澄んでおり、水中の倒木さえもなかなか朽ちはてず、まるで龍のごとく池底にひそんでいます〉という。あたりはひんやりとしていた。

廻りにはロープが張られていて、池自体が信仰の対象となっていることが窺われた。杉木立が鬱蒼としている中に小さな祠もあり、ここが鳥海山大物忌神社の境内地であることをあらためて想わせた。覆いかぶさるように繋っている木々も丸い池を守っているようだった。透明な池をずっと見ていると、底の方からボコボコと水が湧いているのが見てとれた。

その後、石原莞爾の墓へと向かった。ずっと以前、連れ合いが草木染の修業をしていたときに、軽自動車を運転して師匠を連れてきたことがあり、そのときはぼくも同道した。

――古い方と新しい方とがあるようですが、どちらに行きますか。

と運転手のTさんに訊かれて、連れ合いとぼくは顔を見合わせた。できれば、二〇〇五年に亡くなった師匠を偲ぶためにも、前に訪れた墓所の方を再訪したいが、あれはどっちだったのだろう……。

――さあ、三十年ほども前だったので、どうだったか。

連れ合いが首をひねりながら答えると、

――それじゃあ、まず古い方へ行ってみましょうか。

とTさんは言い、新しい方ならわかるんですが、古い方は、わたしもよく知らないんです、と
タクシー無線で場所を確認してくれた。

別荘地のような建物がある道を入っていくと、しばらくして旧墓所の案内板が出ているのを見つけた。そこで車を停めて運転手のTさんには待っていてもらい、雑木林の林道を歩いて向かうことにした。Tさんは、車から降りたぼくたちがあたりを歩いている間だけ、マスクを外して休憩していた。

松のほかに落葉樹も生い茂る林床には、ナルコユリやホウチャクソウが、いくつも釣鐘状の白く小さな花をつけているのが見えた。そこにも案内板が二箇所ほどに出ていたのでわかったが、ずいぶん行った先にあったのは、盛り土の上に「南無妙法蓮華経」と刻まれた簡素な墓碑だった。

――ここじゃなかったと思う。先生が杖を突いてここまで歩けるわけがないもの。

連れ合いが言い、記憶を辿っていたぼくも、確かにそうだな、と頷いた。

タクシーに戻り、あらためて新墓所へと向かってもらうと、すぐ近い位置にはあるものの、間に国道七号線の吹浦バイパスが通っているので、ぐるっと遠回りしなきゃならないんです、とハンドルを握ったTさんが説明した。バイパスを飛ばして走ると、強い風がサイドガラスに吹き付けてきた。

――吹浦と言うだけあって、このあたりは風が強くて、海岸から砂が飛んでくるので、昔の写真には、家の中で傘を差して食事しているものがありました。それから、この時期は防潮林の松

の黄色い花粉も車に付くとやっかいで。

ああ、松の花粉だったのか、とぼくと連れ合いは納得した。昨日の酒田でも、道路の溝に溜まっている黄色い粉状のものを見かけては、黄砂だろうか、スギ花粉だろうか、と首を傾げさせられたからだ。

やがて新墓所に近付くと、ああ、ここだった、と記憶が蘇った。国道を左折して細い急な坂道を上がっていくと、松林が見えてくる。旧墓所同様の円形墳墓型の墓の周りは整備されていて、毎日掃き清められているようだった。墓碑の前には百合がいくつも植えてある。敷地の隅には、記帳するプレハブの小屋も設けられていた。だんだんと事情が思い出されてきた。バイパスの着工にともない、旧墓所のある松林は保安林となり、県から墓地としての認可が下りなくなってしまったので、同志の人々が寄付を募って土地を購入し、新たに墓所を設けたのだった。

あのとき、童のようなおかっぱ頭をした師匠は、連れ合いに支えられるようにして墓碑の前に立つと、数珠を手に瞑目して長く手を合わせていた。元陸軍中将石原莞爾は、鶴岡市の生まれで、仙台陸軍地方幼年学校に学んだこともあり、陸軍大学校を出た後、昭和三（一九二八）年に関東軍作戦主任参謀として満州に赴任した。終戦後の昭和二十一（一九四六）年に飽海郡高瀬村（現在の遊佐町）に移住し、同志らとともに集団農場を拓いて共同生活を送り、ここが終焉の地となった。詳しく聞くことはなかったが、若い頃の師匠は、石原莞爾が戦後に目指した「都市解体」「農工一体」「簡素生活」の村づくりの理念に共鳴した時期があったようだった。

――まだ時間があるようなので、せっかく鳥海山の近くに来たんですから、どうです、三十分で行って帰れますよ。

と、Tさんが鳥海ブルーラインを上ってみることを熱心に提案した。十六羅漢岩を再訪したいのと、芭蕉が「おくのほそ道」の旅で辿り、難所で知られる三崎の旧街道も廻りたい、という希望を伝えると、そこも最後には立ち寄れるというので、せっかくの誘いに応じることにした。自分は鳥海山のことなら詳しいんで、とTさんは少し嬉しそうな口調になった。

――鳥海山の標高は何メートルかご存知ですか？

と訊かれ、ぼくも連れ合いも首をひねっていると、二二三六メートル、夫婦で見ろ、って覚えるんです、とTさんが笑いながら教えた。

鳥海ブルーラインは、海抜ゼロから一気に一一〇〇メートルにかけのぼる観光道路とあって、Tさんはスピードを出してぐんぐんと上って行った。一合目（木落）、二合目（陣屋）、三合目（駒止）という標識を過ぎると、険しい九十九折りの道となった。右へ左へと身体が大きく振れそうになり、高度のせいか息苦しさも覚えるが、さすがにTさんの運転は物慣れていた。擦れ違う車もほとんどなく、途中の神子石《みこいし》付近はブナの原生林が広がり、根元には残雪があった。そのなかに見えるコブシに似たタムシバの白い花を珍しいもののように見入った。

二二三六メートルの鳥海山の四合目にあたる大平山荘の駐車場でTさんは車を停めた。ここまでは山形県側で、その先は秋田県となり象潟《きさかた》のあるにかほ市へ通じている。促されて車を降り、展望台へと向かった。風が強く、連れ合いは小さく叫んで慌てて帽子を押さえた。

ここでちょうど標高一〇〇〇メートルだという展望台からの眺望は見事だった。いままで平地から仰ぎ見ていた鳥海山の一部に立っていることが不思議に思えた。日本海の彼方に、飛島がかすかに見えた。水平線上にわずかに盛り上がっているだけで、ほとんど平らだった。海の手前には、水が張られたばかりの田んぼが光っていた。左手の向こうに目を遣ると、酒田の方から吹浦にかけて、松並木がずっと続いているのも眺められた。

先ほど吹浦バイパスを走っていたときのTさんの言葉が蘇った。当地は風が強く、常に庄内砂丘の砂を舞い上げるために、昔から当地では砂防対策が急務で、北前船の寄港地だった酒田の豪商で大地主だった本間家が率先して黒松の植林を進めたと聞いている。昨日訪れた日和山公園の地面も砂でザラザラしていた。そこには、『甲午震災記念碑』があり、〈明治二十七年（一八九四）十月二十二日午後五時三十五分庄内地方は大震災にみまわれた。夕飯の時刻でもあったので火災も発生し、未曾有の大惨事となった。酒田町の過半数に当たる一七四七棟の家屋が全焼し、百六十人を超える死者がでた。庄内全体で死者七百人を超し、焼失家屋も二千五百棟を超した〉という記述があった。

さらに酒田では、ぼくにもテレビニュースで視た覚えがある昭和五十一（一九七六）年にも大火があり、日和山公園まで乗せてもらったタクシーの運転手とも、道路が広くなるきっかけとなったという、そのときの話となった。あのときは風が強くて、火の粉があっちこっちに飛んで、他の家の消火をしていたら自分の家が焼けていた、ということもあったようです、と言うのを聞きながら、どんな土地にでも災厄の記憶はあるものだ、と改めて感じ入ったことだった。

そんなやりとりを振り返りながら、展望台から松並木を眺め遣っていると、十一年前の東日本大震災の折に、地震から二日後のよく晴れた朝に起き出すと、いつもの習慣で窓辺に立ち、海の方角を見遣ったときに、青々としていたはずの防潮林の松林の列なりが櫛の歯がこぼれたように数えるばかりとなっており、その手前にあった知人たちも住んでいる集落が跡形もなく消え去っていることに気付かされ、頭が真っ白となったときの感覚も蘇るようだった。……

寝床で今日の旅程を反芻しているぼくに、相変わらず、波音とともにゴーッ、ゴーッという低い音が聞こえている。鴎の一声が挙がった。宿のすぐそばの線路を通過する貨物列車らしい音も起こった。

当初は、酒田から羽越本線で秋田県の象潟まで直接向かうつもりだった。芭蕉は、元禄二（一六八九）年の「おくのほそ道」の旅で、太平洋側の松島とともに、日本海側の入江に九十九島が浮かぶ好一対の風光の象潟を、旅の目的地としていたとされる。そして、象潟の印象を松島と比べて、〈松島は笑ふが如く、象潟はうらむがごとし〉と記し、〈象潟や雨に西施《せいし》がねぶの花〉の句を詠んだ。松島は何度も訪れているが、象潟を知らないのは、せっかくみちのくに住む者として、片見月のような気がかりがあった。

もっとも、芭蕉が去って百十五年後の文化元（一八〇四）年六月四日（新暦では七月十日）に起きた象潟地震で、入江は隆起して陸地となり、風景が一変してしまったので、芭蕉の旅を追体験することは実際のところ不可能となった。だが、それはそれで、東日本大震災を経験してからは、津波にも襲われたという、かつての大地震の痕跡をこの目で見てみたい、という思いにもなった。じつは、象潟の海では、水泳部だった高校時代に、競泳の東北大会が秋田で開催されたときに、大会後に足を延ばして、仲間たちと素潜りをして遊んだことがある。だが、海が底まで透きとおってきれいだった記憶はあるが、その年頃では、芭蕉のことも、象潟地震の歴史のことも、まったく念頭になかったのも仕方がない。

それを山形県側の遊佐町の吹浦に立ち寄る気になったのは、芭蕉も、旧暦の六月十五日に小雨のなか酒田を出立するが、道が悪く、雨脚も強まったので、六里来たところの吹浦に泊まった、と曾良随行日記にあるのにしたがった、というわけではなく、川端康成の「自然」という短篇小説を読んだからだった。

歿後五十年にあたっている今年は、川端文学についての文章をもとめられることもあり、つまみ読みするように全三十七巻の全集を繙くことが多かった。昭和二十七（一九五二）年に発表された「自然」の冒頭近くには、〈今年の六月、山形の旅先きで、私はその温泉に寄つてみようと思ひ立つた。死んだ友人のよく行つた温泉が、山形県の海岸にあつたと、思ひ出したからだ。東京に帰るのが一日おくれるが、旅のついでだ。〉とあった。語り手と同じく作家だった死んだ友人がよく泊まった部屋に逗留している旅役者から、戦争中から戦後に及ぶ数奇な身の上話を聞かされる、といった内容で、もとより創作であるので、川端が当地を訪れた時期は定かではないものの、作の舞台は、〈死んだ友人〉こと、横光利一が愛した庄内の海辺の宿であることは確かと思われた。

横光は、鶴岡の女性、日向千代と再婚して以来、妻の郷里の庄内をしばしば訪れて滞在し、その風物を描いている。昭和二十（一九四五）年五月二十四日、二十五日の東京空襲に遭って鶴岡市に疎開した横光は、八月十二日に近郊の上郷村（現鶴岡市）の農家の一室に冉疎開する。その日々を日記体で綴った小説『夜の靴』は、八月十五日から始まっており、ポツダム宣言受諾を知らされた主人公は、〈なだれ下った夏菊の懸崖が焔の色で燃えている。その背後の山が無言のどよめきを上げ、今にも崩れかかって来そうな西日の底で、幾つもの火の丸が狂めき返っている〉

のを見ている。そして、敗戦後の衰弱の中、昭和二十二（一九四七）年十二月三十日に横光は亡くなり、葬儀で川端は、〈横光君　僕は日本の山河を魂として君の後を生きてゆく〉と弔辞を述べたのだった。

その横光への鎮魂の一篇ともいうべき「自然」で、庄内の浜を訪れた「私」が、〈私の車が松林を抜けて海岸に出ると、なるほど砂丘がつらなつてゐる。今通つて来た松林や畑も砂地で、ゆるやかな起伏があつたから、もとは砂丘だつたのかもしれない。あるひは松林や畑にまで、浜の砂が寄せて来たのかもしれない。〉と想像するところに、ぼくは目を留めた。そして、かつて連れ合いと師匠とともに訪れた石原莞爾の墓所のあたりの地形がまさしくそうだったことを思い起こすと、強い風によって運ばれた砂もあっただろうが、もしかするとあそこも、江戸時代後期に起きて、津波と沿岸部に隆起をもたらしたという象潟地震の影響があるのかもしれない、とぼくは気付いた。そう思って調べてみると、やはり吹浦でも、震度は七、もしくは六強だったと推定され、地震と津波の被害は大きかったようで、吹浦川流域の遊佐郷では、地震による家屋破壊率は八〇％に達し、〈水大いに溢れて田畑を損す〉という津波を思わせる郷土資料の記述も見つかった。吹浦での津波の高さの下限を四メートル程度とみなしている研究もあった。

ぼくが泊まったのは、湯ノ田温泉に一軒だけ残った宿で、「飽海郡誌」によれば、このあたりは、かつては〈風景佳絶ナルヲ以テ遠近来浴スルモノ頗ル多ク県内著名ノ浴場タリ〉と謳われたというが、さびれた感じも悪くなかった。温泉の由来は、象潟地震によって湧出したという伝承も宿にはあるようだが、大正時代に編纂された「飽海郡誌」では、〈発見ノ年代詳カナラズ往時酒田ノ人玉木金右衛門ナルモノ浴場ヲ設ケシモ荒天ノ際毎ニ激浪ヲ被ムリ為メニ之ヲ廃棄セリ然ルニ文化元年ノ劇震ニ地盤隆起シ其患ヲ免レシヲ以テ文政十一年吹浦島崎両村協議ノ上浴場設置ヲ請願聴サル〉とあり、放棄されていた温泉が、象潟地震によって地盤が隆起したことが逆に幸いして、ふたたび利用されるようになったものらしい。

ほかに人がいなかった岩風呂からの、海に沈む大きな夕日の眺めは絶景だった。川端が実際に訪れた庄内の宿は、もっと賑やかな鶴岡市の湯野浜温泉のようなところだったかもしれないが、「自然」の主人公の「私」が、〈砂丘と夕日とが美しい〉と話していた死んだ友人を偲んで訪れるのは、こんな宿こそがふさわしいように、寝床でのぼくには思えていた。蔵王連峰に沈む夕日しか知らなかったぼくに、日本海の水平線に沈む夕日が雄大できれいだと教えてくれたのがAだった。

翌朝、ぼくたちは羽越本線で吹浦から象潟へと向かった。吹浦駅まで車で送ってくれた宿のおかみさんに、魚料理を満喫した礼を述べてから、戦後すぐの頃に川端康成が投宿したことなどを聞いていないかと訊ねてみたが、さあ、と首を傾げて、森敦さんならよく泊まられましたけど、という答えだった。

吹浦駅前の広場には銅像が立っており、近付いてみると、遊佐町出身の佐藤政養という日本で最初に「鉄道助（鉄道次官）」を務め、初の鉄道路線となる新橋―横浜間の鉄道敷設に尽力した人物を顕彰するものだった。銅像の脇には、松に添えて柏の木も植えられている。駅前旅館の雨樋から松が生えていた。

無人駅なので、乗車駅証明書発行機で発券してから電車に乗った。吹浦駅を九時五十四分に出発した列車は、泊まった宿のすぐそばを通過し、やがて三崎に差しかかった。昨日、タクシーで最後に訪れてもらった県境のそこは、およそ三千年前に鳥海山の猿穴と呼ばれる火口付近から流れ出した安山岩の溶岩流による断崖絶壁の海岸だった。芭蕉や伊能忠敬も歩き、日本海側の街道随一の難所として知られたということだが、いまは遊歩道が整備された公園となっており、気軽に歩けるようになっていた。それでも、溶岩流の厚さは六十メートル以上あるということで、海面を覗き込むと身が竦むようだった。

象潟駅には十時十一分に着いた。駅名を告げる車内アナウンスがあり、徐行しはじめたあたりから、右手の窓外に松がこんもりと茂っているのを、あれも九十九島だろうか、と見遣った。象潟駅は有人駅で、改札で電車代を渡すときに、さんねむ温泉の車が来てますよ、と駅員に声をかけられた。

駅前のロータリーを見回してみたが、記憶のよすがはなく、およそ四十五年ぶりの象潟再訪は、ほとんど初めて訪れる地と変わりなかった。七十年配の男性が運転するワゴン車で着いた宿に荷物を預け、歩いて五分のところにある道の駅、象潟「ねむの丘」へと向かった。そこには展望台があるという。二十歳の頃、週刊誌の記者をしていたときに、取材した京都の歴史学者に、初めてだったり馴染みの薄い土地を訪れたときには、出来れば高い所にのぼって、周囲を俯瞰してみるといい、と教えられ、京都タワーに昇ることを勧められた。そのことを昨日の鳥海山の大平山荘の展望台でひさしぶりに思い出したのだった。

展望塔と表示されている六階へエレベーターで上ると、西に日本海、東に鳥海山と手前の九十九島が三百六十度見渡すことができた。〈田植えが始まる前の田んぼに水を張った約1週間は1

804年の象潟地震が起きる前の海に浮かぶ島々に似たとても貴重な風景を見ることができます〉とパンフレットには書かれており、一部で田植えが始まっているところもあるものの、ちょうどいまがその時季にぎりぎり間に合った、と知った。それを計って来たわけではなく、その偶然をぼくは喜んだ。

水田を潟に、点在している松の茂る小丘を島に見立てれば、湾に二六〇余りの島々が浮かぶ松島よりも規模は小さいながら、確かに酒田の本間美術館で目にした、「地震により隆起する前の象潟を描いた絵」を彷彿とさせる景色が眼下に広がった。山裾に風力発電の風車が立ち、頂上付近には雪をいただいて聳えている鳥海山を前にして立つ。羽越本線の線路を辿って、まず象潟駅の位置を確かめる。その手前の線路ぎわに見えるもっとも大きな島、というよりこんもりとした森が、案内図によれば、芭蕉がその方丈から象潟の景色を賞めたとされる蚶満寺《かんまんじ》のある象潟島のようだ。さらに、舟遊びをして上陸したという、能因閑居の跡と伝わる能因島は、と探すと、象潟駅の北東近くの小川のそばに見つかった。

芭蕉は簡潔な文章で象潟を綴っているが、遅れて九十五年後の天明四（一七八四）年九月に旅した菅江真澄は、『菅江真澄遊覧記』のなかの「秋田のかりね」のなかで、もっと詳しく書きあらわしている。この浦の眺めにはただ心がいっぱいになって、涙ばかりこぼれて、ひたすら故郷のことを思った、ともあるので、三河の人だったと推察される真澄にとってけ、格別の景色だったにちがいない。

〈中橋という川岸より小舟をさしてだし、妙見島、稲荷島に行く人が小橋を渡るのを入道島のかげからほのかに見やりながらいくと、岸で釣をしていた男女がやがて棹を捨て、しじみ、黒貝、うば貝などを拾いあるいている〉〈漁師たちが舟を寄せ、利鎌を腰からとって海藻をかりとるところは、からす島、椎島、まがくし、今津島という。松のむら立つところに鷺のいるのは、雪でも降ったかと見まがうほどだったが、この舟の近づくのにおどろかされて、みな飛びたった〉〈たくさんの島の中でおや島というべきものは、苗代島、ひら島、なら島、弁天島、蛭子島などで、多くの島かげに鵜がくちばしをそろえて魚を食い、羽をひろげて岩の上にならんでいた〉という記述をもとに、案内図の島名と照らし合わせながら、ぼくは往時の光景を想い描いてみた。字の当て方がちがっていても島の呼び名はだいたい合っていたが、変わってしまったものもあるようで、いくら目を凝らして探しても見つからない名前もあった。

いよいよ九十九島めぐりをする前に、道の駅の店に寄ってみた。正岡子規は、明治二十六（一八九三）年に、病める身で医者にいさめられながらも、芭蕉の「おくのほそ道」を辿る東北巡歴を決行して「はて知らずの記」を残した。その旅で、八月十日に象潟に向かう途中、行き暮れて手前の大須郷（現在はにかほ市象潟町）の粗末な旅人宿に泊まった。その翌日訪れた象潟のことは〈象潟は昔の姿にあらず〉と失望をあらわにしたが、宿で思いがけず出された岩牡蠣のことは忘れられなかったようで、八年後、亡くなるほぼ一年前の『仰臥漫録』には、〈客は自分一人である、などと考えていると膳が来た　驚いた　酢牡蠣がある　椀の蓋を取るとこれも牡蠣だ　うまいうまい　非常にうまい　新しい牡蠣だ　実に思いがけない一軒家の御馳走であった〉と手放しに絶賛している。その象潟の岩牡蠣が食べられないかと思ったのである。

鳥海山のミネラル豊富な伏流水が湧く海は、プランクトンを育み、さらに湧水の冷たさが産卵を抑制する。真牡蠣は夏に産卵するので味が落ちてしまい、栄養を貯め込む秋、冬が旬となる。

いっぽう岩牡蠣は長期間にわたって産卵するために、夏でも身が大きく栄養が抜けず美味なのだと聞く。「象潟港・金浦港　浜直売」と書いてある直売所を覗いたが、岩牡蠣は見あたらず、店の人に訊ねると、岩牡蠣は六月になってからだ、ということで残念だった。ぼくが高校生で来たときは、夏だったが、海辺の売店でさざえの壺焼きがうまかった記憶はおぼろげにあるものの、岩牡蠣は食べなかったと思う。夏に牡蠣を食べる習慣がなかったし、そもそも高くて手が出なかっただろう。まあ、すべて都合よく運ぶわけではないか、とぼくは思い直した。

道の駅の広い駐車場のところどころには、目に親しみのある合歓の木が植えられていた。まだ、わずかにしか芽吹いていないのは、我が家の庭にある実生から育った合歓の木と同じだった。芽吹きが遅いので〝寝坊助の木〟と呼んでいるが、芽吹き始めれば、いっさんに葉を付けはじめ、若葉を越してすぐに青葉となるはずで、薄紅色の合歓の花の並木を想像した。

駐車場を過ぎたところにあったコンビニエンスストアで、島めぐりの途中で食べようと、昼のおにぎりとお茶を買ってから、羽越本線と並行して走る車通りの多い国道七号を渡った。少しだけ南に歩き、「蚶満寺」「九十九島」の案内板が出ていたところを左に折れると、すぐ踏切だった。単線の線路を越えた向こうは松並木で、「皇宮山　蚶満寺」と書かれた大きな石柱が立っていた。「蚶」の文字が削られ欠けていた。「おくのほそ道」では、神功皇后が百済侵攻の帰途に当地に漂着したという伝説にちなんだ「干満珠寺」と記されている。

人気のない参道を進むと、古色を帯びた木造切妻造瓦葺の八脚の山門があり、門をくぐると、仁王像が左右から睨んでいる。素朴な造りで、どこかしら優しさも持った顔をしていた。拝観受付所には人がおらず、そばに、ボランティアで案内をします、という看板と自転車が置かれてあった。コロナ禍で減少しているとはいえ、観光客の絶えない松島と比べると、ずいぶん寂れている印象だった。

その並びに〈天然記念物　象潟〉と書かれた高札が出ていた。およそ二五〇〇年前に鳥海山が大きく崩れて岩なだれが発生し、海に流れ込んだ岩の固まり（流れ山）は多くの島々となり、やがて島々をかこむように砂嘴《さし》が発達して一帯は入り江となった。さらに大地震によってこの地域は隆起して陸地となり、往古の潟は一変して現在の稲田と化した。その火山活動、地震による土地の変化を示す自然記録として学術上の価値が極めて高いため、昭和九（一九三四）年に国の天然記念物に指定されたとあり、象潟の変遷が適確に辿れた。そもそもの象潟の始まりは、紀元前の鳥海山の噴火だったのか、とぼくは遅まきながら気付かされた。そういえば、象潟地震の三年前の享和元（一八〇一）年にも、鳥海山は大爆発をしており、さらにさかのぼって平安期の貞観地震の二年後の貞観十三（八七一）年にも噴火を起こしたことが『日本三代実録』には記されていたことをぼくは思い出し、大地震と噴火には関連があるのだろうか、と不安を覚えた。

料金箱のようなものも見当たらないので、仕方なくそのまま、樹木が覆い被さって薄暗い細路を抜けると、境内に出た。七十年配の小柄な男性が、四十代の観光客らしいリュックを背負った女性に説明をしており、ボランティアのガイドだと知れた。

寒中の夜中に花を咲かせ、寺の周辺で凶事が起こる前後に夜泣きするという言い伝えが残る、樹齢は七百年という、幹が数本に分かれてくねっている「夜泣きの椿」。北条時頼が植えたと伝えられ、旺盛に繁っているものの花が咲かない「咲かずのツツジ」。モチの巨木の上方の幹が分かれた間に、ちょこんと地蔵様があり、ある時、ある者が地蔵様を木の根元に下ろしたが、翌朝見てみるとまた元の所に登っていたと伝えられる「木登り地蔵」……などの不思議な話を、遠巻きに聞いていると、やがて女性は立ち去って、男性がぼくたちの方に向き直った。

ぼくが拝観料のことを訊ねると、こちらへ、と本堂の方へと案内して、中に声を入れた。近くには猫がいて昼寝をしていた。間もなく出てきた、だいこくか娘らしい女性に、連れ合いが一人三百円の拝観料を手渡すのを待って、男性が、どちらからですか、と訊ねた。仙台から、と答えると、じゃあ松島の紅蓮さんの近くからだ、と人懐っこそうな笑顔になった。そして、案内されたのが、少し歪んだ家の形をした石に、梅と尼の姿が刻まれた紅蓮尼の碑だった。

鎌倉時代に紅蓮尼が作ったと言われる、松島の伝統製菓のこうれん煎餅は知っているが、象潟とどういうつながりがあるのかは、正直知らなかった。どうしてここに、と怪訝そうな顔をしたぼくに、こうれん煎餅は松島ですが、紅蓮は象潟の生まれなんです、と言ってから、ガイドの男性がこんな説明をした。松島の瑞巌寺近くに住む蜂谷掃部《かもん》という富豪が、伊勢参り途中で象潟の商人森隼人と親しくなった。別れ際、このまま別れてしまうには惜しいと、掃部の息子の小太郎と森の娘の谷を結婚させて親戚の関係を結ぶことにした。ところが、掃部が巡礼の旅から戻ると、小太郎はすでに病で亡くなっていた。それを知らない谷は花嫁姿で掃部のもとを訪れ、小太郎が亡くなっていることを知ると、両親同士が許した以上夫婦であり、命が尽きるまで仏に仕え尽くしたい、と松島に残り、掃部夫妻に尽くした。やがて、名を紅蓮と改め尼となり、供えられた米で煎餅を焼いて村の人々に施した。これが、松島こうれんと呼ばれて、現代まで伝えられている。

それを聞いて、ぼくは、そういえば松島の瑞巌寺の境内にも、紅蓮尼を葬った比翼塚があったことを思い出した。そこには、せめて墓碑だけでもと、小太郎も葬られていたのだろう。松島と象潟は夫婦町になってるんですよ、と男性は付け加えた。石碑には、二首の歌もあり、流麗なつづき文字を読むのに難渋していると、〈移し植えし花の主ははかなきに軒端の梅は咲かずともあれ〉〈咲けかしな今は主とながむべし軒端の梅のあらん限りは〉と男性は読んで、亡くなっていた夫と結婚した紅蓮が、梅の花が咲くと思い出して寂しいから咲かないでくれ、と願ったら咲かなかったけれど、もっと寂しくなったので、やっぱり咲いてくれ、と願ったら咲いたんです、と説明した。

ところで、と男性は口調をあらためて、

——芭蕉が訪れてから、今年はちょうど三百三十三年目にあたっているんです。

と言った。

へえ、そうだったのか、とぼくはまた驚かされることになった。芭蕉の「おくのほそ道」の旅は、一六八九年だから……、と頭の中で計算していると、

——それで、これを作ったんです、どうぞ。

差し出されたのは袋に入った茶色い煎餅で、〈「象潟や雨に西施がねぶの花」芭蕉来象三三三年記念〉と焼き印がされていた。ぼくは、ありがたく受け取った。

境内の端へと向かうと、そこにはかつて海との境目だったことを示す舟着き場の跡と舟つなぎの石が残されていた。芭蕉は、能因島を訪れた後、ここに上陸したとされる。そばには、西行が〈象潟の桜はなみに埋もれて花の上こぐあまの釣舟〉と詠んだゆかりの桜の木があった。

境内の一隅には、大きなタブノキがそびえていた。クスノキ科だが、芳香はないので犬楠ともいう。前に飛島を訪れたときに、鬱蒼としたタブノキの林を目にしたのが懐かしい。この土地も

対馬暖流の影響を受けて、秋田県内ではもっとも暖かいという。本堂のそばには、小さなバナナをつけた芭蕉ゆかりの芭蕉の木もあった。タブノキの脇に立つと、そこからは鳥海山が晴天に恵まれ、背後に全容をあきらかにしていた。

――鳥海山の高さは何メートルか知ってますか。

と訊かれて、

――夫婦で見ろ、で二二三六メートルですよね。

すかさずぼくが答えると、知ってましたか、と男性は残念そうな顔になった。

――此寺の方丈に座して簾を捲《まけ》ば、風景一眼の中《うち》に尽て、南に鳥海、天をさゝへ、其陰うつりて江にあり、と芭蕉は記しています。

と男性が諳んじると、

――このタブノキも天を支えているよう。

と、連れ合いが両手をひろげるようにして感想を洩らし、ああ、ほんとうですね、その言葉いただきです、と男性が応じて笑いが起こった。

名ガイドぶりにお礼を述べて、寺を去るときに、男性は、カラー写真がいくつも印刷されている二つ折りになった名刺もくれた。まず、Tさんという名前の下には〈1938年生まれ〉とあり、御年八十三か四であることに驚かされた。さらに〈蚶満寺ボランティア案内人〉のほかに、〈マラソン・ロードレースを80歳まで走り　200以上の全レース時間内完走　入賞なし〉という紹介文もあった。見かけたときからぼくは、身体付きと人懐っこい表情から、知人の誰かに似ている気がしていたが、それを目にして、やはりマラソンを趣味にしていたUさんだ、と思い当たった。Uさんは、二十歳の頃に従事していた電話工事のときに吸い込んだアスベストが原因で中皮腫を発症し、震災の前年に六十代初めの若さで亡くなっていた。

　ぼくたちは、ぽつぽつと田植えが済んでいる水田の畦道を歩いて、古墳のようにも見えなくはない、松の茂る小丘となって点在している、かつての島々を巡りはじめた。まずは、ガイドのTさんのおすすめだという、駒留島と花見島を目指すことにした。吉永小百合が出演した「大人の休日倶楽部」のCMではその二つの島で撮影が行われたということだった。

　最初に到着したのが駒留島で、島に上がれるようになっていたので、その頂の見晴らしのよいところで昼を食べようと思った。だが、おにぎりを取り出すやいなや、蚶満寺にも注意するように貼り紙があったアシナガバチがあたりを飛び始めたので、慌てて仕舞い立ち去ることにした。

　視界が開けている畦道が交差したところで、草の上に座ってそそくさと食べ、すぐにまた歩き出した。展望台からは、島々の位置関係は一目でたどれたが、畦を歩いていると、方角も定かでなくなり、迷路に入り込んだように、どの島がどの島だか区別がつかなくなる心地におちいった。卯木《うつぎ》の薄ピンクの花が咲いている島、柿の木が数本植えてある島、紫色の桐の花が咲いている島、草に覆われている島……。

　道の駅でもらった地図と、ところどころに出ている案内板を頼りに、とりあえず島めぐりコースとなっている島々はめぐった。特別に木道が設置されており、ハチがいないことを確かめてから登った花見島の頂からの九十九島ごしの鳥海山の景色は、田の水に鳥海山が映る様も見られて、確かに見映えがした。

　かつての島々を眺め渡しながら、ぼくは、芭蕉や菅江真澄が見たであろう風景と重ね合わせてみては、風景は、いつかそれが喪われてしまう予感があるから、なつかしさを生むのだろうか、という感慨を抱いた。東北の太平洋側の津波の被災地を歩いたときにも、震災前を知っている土地であればあるほど、かつての風景の記憶を重ね合わせては、そんな思いに捉えられたものだった。芭蕉もまた、能因法師や西行が辿った土地を旅し、厄災を生きた古人の心につながろうとしたのだろう。象潟に故郷を思い、存命中に象潟地震に遭っている菅江真澄は、死ぬまで秋田に住んでいたにもかかわらず、地震で変貌した象潟をふたたび訪れた記録はなかった。十一年前の震災のときに、沿岸部に住んでいて家を流された知人が、決してその土地を見ようとせずに亡くなったことを思い合わせて、ぼくは真澄の心の裡に思いを馳せた。

それでもまだ、十五ほどの島をめぐっただけだった。中には、個人所有の島なのか、島につながる畦道が見当たらないところもある。遠目から、らくだのような瘤が三つ繋がっている島を見かけ、たわむれに〝めがね島〟と呼んで、何故かいちばんに気に入った。

南北約二キロ、東西約一キロの範囲に点在している島々を歩いて巡ったのでは、日が暮れてしまう。ここからだいぶ離れている所にある郷土資料館にも足を運びたい。どうしたものか、と思案していると、そうだ、さんねむ温泉の玄関に貸し自転車が置いてあった、あの自転車で回れば、と連れ合いが提案した。それはいいな、とぼくは応じた。ひさしぶりに自転車に乗って田んぼを渡る風に吹かれるのも気持ちがよさそうだ。

さっそく、急いでいったん宿に戻って、自転車を借りた。貸し出しは無料だという。サドルが一番下まで下がっていたのをちょうどいい位置にまで引き上げてから出発した。最初は下り坂で、スピードが出た。島めぐりコースになっているところは、舗装されていたり比較的道がよかったが、そのほかのところは、砂利道で、地面が耕耘機や軽自動車の轍で凸凹になっており、下草にもハンドルを取られそうになる田の畦を自転車で走るには、なかなかコツがいった。

ぼくは小さい頃、伯父の家に預けられていた頃に田の畦でよく自転車を走らせたので少しは慣れていた。もっとも、従兄たちを急いで追いかけているときに、車輪をすべらせて田んぼにはまってしまったことは何度かあった。そのたびに、よく川や田んぼにはまる子だねえ、とからかわれ、駄目にしてしまった田んぼの縁近くの苗を植え替えるのを手伝わされたけれども。いっぽう連れ合いは、田の畦を走るのは初めてのようで、苦闘しているようだった。何度もサドルの位置を調整するが、うまく走らせることができず、田や用水路にはまりそうになるたびに、足で漕いだり、自転車から降りて引いていた。ぼくは何度も立ち止まって、彼女を待った。ほかに島めぐりをしているような観光客の姿はなかった。

そうして再度向かった〝めがね島〟だったが、周囲をひとまわりしてみても、島に続いている道は見つけることができなかった。何度も地図で確認してみて、大きさといい、たぶん菅江真澄がおや島の一つに挙げていた苗代島ではないか、とぼくは推察した。上陸への思いを残しながらも、ぼくたちはそこからは離れている能因島のほうへと向かうことにした。今度は、小川の象潟川に沿った道は舗装されており、快適だった。地元の年配の人たちが、腕を大きく振ってウォーキングをしている。合歓の木が植えられていて、芽吹きを通り越して葉が繁っているのもある。道の左右に、丹波島、女天島、兵庫島、絵松島、みさご島、猪島、桜島、十王島……を見ながら進み、いったん羽越本線の線路を越えて、国道七号を左に曲がったところにあった妙見島は、何と象潟小学校の駐車場の隣だった。そこから戻るようにして、また羽越本線を越え、もう一つの小川の三本堰川に沿った道を走ると、新しそうな住宅地の近くに能因島はあった。上れるようになっていたので上陸し、喉が渇いたので木陰でお茶を飲んだ。

次いで訪れたにかほ市象潟郷土資料館では、「象潟　九十九島展」が開かれており、今の景色が残されているのは、象潟地震後に本荘藩が残った島々を切り崩して開田を進めていたのに、蚶満寺二十四世覚林が旧跡の保護を訴え、命がけで島々を残したからであり、覚林は後に江戸で捕らえられ獄死している、という説明が心に留まった。館外には、紀元前の縄文時代に起きた鳥海山の山体崩壊の際に土砂により地中奥深くに埋没した杉の埋もれ木の展示もあり、年輪年代測定法で年輪を調べた結果、紀元前四六六年と特定されたということだった。

そこから宿に戻る道は、島めぐりは終えて、国道七号よりも海寄りの道を行くことにした。二つの小川、象潟川と三本堰川が合流するところに、朱色の欄干橋こと象潟橋があった。芭蕉は激しい雨の中、昼に象潟のこのあたりに着いた。曾良の随行日記によれば、当地の佐々木孫左衛門を探し訪ねて休み、衣類を借りて濡れた衣を干し、饂飩を喰う。それで人心地が付いた。その日は熊野神社の祭礼で、女客があったので、向かいの宿に泊まることになる。その夕、芭蕉らは欄干橋から、〈雨暮景色ヲミル〉。二泊して酒田へ戻る日の早朝には〈鳥海山ノ晴嵐ヲ見ル〉。今でも、橋の上から鳥海山がよく見えた。橋のたもとには、古びた円柱形の船つなぎ石があり、芭蕉たちが島めぐりを楽しんだ舟はここから出たのか、とぼくは見遣った。

芭蕉が祭りを見た熊野神社もすぐそばで、人気がなく薄暗い参道には、オニヤブソテツが目立った。つやつやした葉は硬そうで手が切れそうだが、触ってみると案外柔らかかった。藪椿の木も多かった。鬱蒼とした境内には巨石が至る所にあり、菅江真澄が参詣したときは、岸から三熊野の神を祀った岩根にのぼり、潟を見慣れた目には、打ち寄せる荒波が恐ろしく思われた、と記されてあったのを思い返した。

象潟駅からほど近く、潟だった象潟の南西に位置するこのあたりの集落は、芭蕉の句に〈汐越《しほごし》や鶴脛《はぎ》ぬれて海涼し〉とあるように、汐越と言った。郷土資料館でもとめた『二百年前に象潟で起きたこと』という地方出版の本には、「古文書から読み解く象潟地震」の章があり、それによると、この汐越村は、象潟地震の際には震源から近かったこともあり、震度七の揺れによる家屋倒壊に加えて、六・六メートルの津波にも襲われたことが古文書による調査から推察されていた。例えば「宝暦現来集」には、〈鹽（汐）越村までは津浪を震い上げ、三〇〇軒余り行方しれず〉とあり、当時の汐越村の家屋数は約五〇〇軒とあるので、烈震によって家屋が傾いていたとしても六割近くが津波に流されたことになる。また、「浄蓮寺記録」では、〈象潟干潟となり潰、恐ろしきことどもなり、塩越残らず潰、また蚶満寺始め一ヶ寺も残らず潰、町方も5、6軒残り皆潰、浄専（※ママ　作者註）寺にては坊守と小僧両人即死、町方即死100人余、怪我人数知れず〉と、このあたりは壊滅状態だったことが窺える。ほかに、「文化元年六月子吉郷の被害覚」という文書には〈塩越象潟景色・蚶満寺地中、金浦磯辺所々の潤残らずあい潰、その辺り泥水湧出事おそろしき事に候、此辺りも田二番草取りかかる季節時節にありしが、稲ゆすり込まれ、苗代の如くなり候処〉と田の被害が記されているものもあった。

そこからは、自転車でさんねむ温泉はすぐだった。日がずいぶん傾きかけているなか、建物に着くと、すぐ隣にも島があることに気付いた。最後の上陸か、と思いながら頂へと登ると、途中に「鶴おり島」と刻まれた小さな石の標識があった。

慣れぬ田の畦での自転車漕ぎで、足がぱんぱんで痙りそうなので、ゆっくり温泉に浸かりたい、という連れ合いは先に自転車を返して部屋に入り、ぼくはもう少し、日本海に日が沈むまで、外にいることにした。ここに着いてすぐに訪れた道の駅の敷地に、海が見える芝生の丘があったのを思い出して、ぼくは自転車で向かった。日没は近づいており、少し気が急いた。ねむの丘の麓に自転車を停めて、東屋へ向かう。日の入りにはどうにか間に合い、日本海の向こうに見える平べったい飛島の横に、太陽が今まさに沈もうとしているところだった。離れた遊歩道に、カップルの姿が一組見えるだけで、近くにはほかに人気はなかった。

——秋休みの旅行だけどさ、日本海側を回ってみるのはどうだい。糸魚川《いといがわ》で見たんだけど、海の水平線に沈む夕日はすごくきれいなんだぜ。

とAが口を開いた。

高校二年生の残暑の頃だった。ぼくが通学していた高校には修学旅行がなかった。バスガイドを泣かせた先例があるとか、やんちゃな生徒の管理をとても教師が受け持てないからなどという理由が、もっともらしく先輩から受け渡されていた。事の真偽はともかく、その行われない修学旅行の代わりに、前期の試験が終わった秋の休みに、五人ほどのメンバーで旅行をすることになり、旅行の場所はどこにする、とぼくたちは昼休みに相談していた。

——そうだな、まず東京まで行って、そこから中央本線で松本まで行って、大糸線に乗り換えて糸魚川まで。そこから北陸本線で日本海を富山、金沢と回って、京都までっていうのはどうだ。

旅好きで、鉄道にも詳しく、この夏休みにも北海道の知床をひとり旅してきたというSがすかさず応じた。それで、特に希望がなかった他の面々は同意した。

その旅の途中、Aは、糸魚川に親戚がいるので、ちょっとだけ会ってきたい、と言った。それでぼくたちは、糸魚川の海岸で夕日を眺めながら彼を待つことにしたのだった。波消しのテトラポッドに上って、初めて眺めた日本海に沈む夕日は確かに壮大で、皆で興奮しあった。海に向かって叫ぶやつもいた。だが、Aは、日が沈みきってしだいに辺りが薄暗くなり、寒さも覚える頃になっても戻ってこなかった。Aのやつ、遅いな、と苛立つ声も起こった。

柔道部だったAは、大柄だったが、気は優しくて繊細なところがあり、言葉遣いも、――はどうだい、――だぜ、といったふうに、仙台訛りのぼくたちとはちがっていた。親しくなって、子供の頃、共に医者だった両親が一緒にアメリカに留学したときに川崎市の川崎大師近くの親戚の家に預けられていた時期があったことを知らされてからは、そのせいだろう、とぼくは想像した。高校二年のときにクラスが一緒になって知り合う前には、医大で教授をしていた父親が、ある事件に巻き込まれて大学を追われる、ということもあったようだが、ぼくは詳しく訊くことはしなかった。そんな家庭が混乱している時期に、この糸魚川の親戚のところに相談に来たことがあったのかもしれない。それで今日も、深刻な話になっているのではないか。そんなふうに想像したぼくは、ともかく、ここでAが来るまで待とう、と思った。……

やがて、日はすっかり沈み、最後の輝きを見せていた紅色の残照も薄れていき、あたりはにわかに暗くなりはじめた。カップルの姿もいつのまにかなくなり、岸に打ち寄せる波の音だけが聞こえている。あの頃は、携帯やスマホなんかなかったものな。そう思いながら、

――すっかり待たせちゃったな、悪い悪い。

と、あのときのように、薄暗がりのなかにAがのそっと現れるようで、ぼくはそこを立ち去り

かねていた。

風も出てきて、急に冷えてきた。ぼくは宿に戻ることにした。自転車を返しながら、こんな近くにも島があったんですね、とぼくは鶴おり島のほうを指差して、宿の若い男性の従業員に話しかけた。

——地元の者にとっては、九十九島は、小学校の敷地内にあったり、菩提寺も島の上に建っていたりしていて、当たり前に日常の中にあるのでふだんはあまり意識してないですね。でも、田植えのいまの時期は、島のまわりの田んぼに水が張られて、島が水に浮いているように見えるのでとてもきれいです。この景色が好きな地元民は多いと思います。

——ちょうどこの時季に来ることができてよかったです。ところで、象潟が江戸時代の地震で隆起したことは皆さん知っているんですか。

——それは知ってます。地元の資料館に九十九島のジオラマがあって、小学校で学習しますから。でも、島の名前が全部わかる人はなかなかいないと思います。

——それじゃあ、苗代島って、わかりますか。瘤が三つつながってるみたいに見える、めがねみたいな島なんですけど。

気負い込んでぼくは訊いた。

——ああ、大きな島ですよね、わかります。ここの温泉はあそこから引いてるんです。

——えっ、そうなんですか。

ぼくは、ここでもまた驚かされることとなった。

彼によれば、温泉は、約二キロ離れた、あの〝めがね島〟こと苗代島から引かれているという。

——じゃあ、羽越本線の線路もくぐっているんだ。

——ええ、そうなりますね。

——温泉はいつからなんでしょうか。もしかして象潟地震で湧き出たとか。

「おくのほそ道」には、象潟の温泉のことは出ていなかった、と思いながらぼくは訊いた。

——さあ、そこまでは知らないです。

と言って、彼はフロントへと戻って行った。

ぼくは、温泉の導管が、苗代島から九十九島の景色の土中をここまで線路も越えて延々と途切れずにいる様に、思いを馳せずにはいられなかった。家に帰れば、地震で断裂した集合住宅の自宅の汚水排水管の修繕工事が待っている。

会津磐梯山

新型コロナウイルス感染症が5類に移行したこともあり、ひさしぶりに一献傾けようか、と中学時代からの旧友たちで居酒屋に集った。かつては、メンバーは四人で、ゴールデンウィークや年の瀬に顔を合わせたものだが、七年前に一人が不慮の死を遂げて欠けてからは、彼を偲んで、という思いが籠もるようになった。

四年ぶりの再会となった間には、一緒に暮らしていた九十五歳の老母を亡くしていたり、八十代後半の母親の認知症が進み、夜に長い時間家を空けられなくなっていたり、と六十代に入った面々にも憂き世の労苦が押し寄せているようだった。ぼくのほうは、九十歳を越えて独り暮らしをしている母親が、ときおり不安障害の発作を起こして警備会社の緊急ボタンを押し、救急車で運ばれた病院に急遽駆け付けることが以前は年に何度かあったが、コロナ禍に入ってからは、世間の自粛が逆に心を勁く持たせるのか、ここのところは途絶えていた。

相続の手続きに司法書士を紹介してもらえないか、という頼みも伝えられたので、ぼくが親しくしている不動産業の友人のOにも声をかけることにした。彼も中学は一緒で、ほかの二人も、満更知らない顔ではなかった。

待ち合わせの、国道に面した馴染みの店は、コロナ禍をどうにか持ちこたえたようで、健在で何よりだった。午後五時の口開けに合わせて店に着いたぼくは、扉を開ける前に大通りのほうを振り向いた。八年前の年の瀬の深夜に、お開きとなり四人揃って店を出て、タクシーを拾うために店の前に佇みながら、近所なので歩いて帰る三人の後ろ姿を見送ったことを蘇らせた。それが、亡くなった友人を目にした最後となった。

店に入ると、以前同様に二階の座敷に通され、そこにはすでに三人が勢揃いしていた。待ちきれなかったというように生ビールのジョッキに口がつけられ、ぼくが招いたOが、すっかり打ち解けたふうに、サーフィンの海外大会に出た話を夢中にしているところだった。その彼も、三年前に初期の咽頭癌を患い、放射線治療を受けた痕があるが、それと知らなければ日焼けと区別がつかないかもしれない。

「ところで、遺言はなかったのか、それだと兄弟でちょっと揉めるかもしれんな」

あらためて乾杯した後、Oが、それじゃあ本題に入るか、といった口調で言った。とりあえず司法書士を紹介した後、相続にあたっての注意を与えると、相談したMも、相続がこんなに面倒だとは思わなかったよ、とこぼした。絵描きのMは独り身で、実家に住んでいるが、家庭を持っている兄が二人いたはずだった。

やがて、それぞれのコロナ禍での暮らしぶりに話題が移っていった。高校の教師を定年まで勤め上げた後、支援学校での経験を活かして、視覚障害にかかわるNPOで働いているTが、テニスが趣味で出かけることが好きだった母親が、家に籠もるようになって認知症の症状がひどくなった、と話した。Tは数年前に離婚して、M同様に実家で母親と暮らしていた。テーブルには、東日本大震災後によく見かけるようになった南三陸町名産の銀鮭の刺身と、それに合わせて注文した吟醸酒の冷酒が出されており、藍色の切り子硝子のぐい呑みを傾けていたTが、ふと思い立ったというように、

「そういえば、話は変わるが、昔のおまえを知ってるっていう人に、この前会津で会ったぞ」

とぼくに向かって言った。

「えっ、誰だろう……」

不意を突かれて、ぼくはたじろいだ。

Tが事の経緯を説明しはじめた。連休中に、東京に世帯を持った兄夫婦が帰省してきて、母親を看ていてくれるというので、前々から定年になったら一度行きたいと願っていた会津の酒蔵をめぐる一泊二日の旅に出かけた。

「そのときに、会津若松市内を案内してくれたボランティアガイドの人が、こっちが仙台から来たと知ると、懐かしそうに仙台のことをいろいろと話しかけてきて、仙台に住んでいたことがあるっていうんだ。そこから、最近では仙台に作家が多くなったっていう話になって、おまえの名前も出てさ。中学で一緒だった、と応じると、向こうも驚いたみたいで、奇遇ですねえって」

「歳は、同じぐらいだった？」

「ああ、定年してからボランティアを始めたって言ってたから、俺たちと一緒ぐらいじゃないかな」

自分の与り知らないところで、そんな会話が交わされていたことに、むず痒さを覚えながらも、Tの話の途中から、ぼくは、もしかして、と小学生のときに会津に転校して行った同級生を浮か

び上がらせていた。

「……その人、芳賀《はが》祐一って言ってなかったか？」

「名前までは覚えてないが、ともかく懐かしそうに話してたよ」

「小学校のときに会津若松に転校して行った友達がいたんだが、もし彼だとしたら、五十年以上も会ってないから、覚えてるものかなあ」

「三月に会津若松で講演したんだってな。そのポスターを見かけて気がついたらしい」

たしかに、今年の三月中旬の土曜日に日帰りで、鶴ヶ城公園に隣接する博物館で、講演ではないが、福島在住の詩人が連続して行っている公開対談に招かれ、慣れない話をしてきた。会場には、百人ほどの聴衆が集まり、コロナ禍ということでオンラインでの参加者もいた。それらの中に、ひょっとして芳賀君も紛れていたのだろうか。そうだったら、ひと声かけてくれてもよさそうなものだが。もちろん、別の知り合いが、たまたま会津に引っ越した、という可能性もあるけれど、と思いながらも、

「そういえば、Oも覚えてるよな、芳賀祐一って。たしか小学校の三年の途中で転校して行った」

ほかの二人は、中学校から一緒になったが、Oは、ぼくと同じ小学校だったので訊いてみた。

「いやあ、そんな奴いたっけか。ちょっと記憶にないな」

Oは首を傾げた。いつも記憶力が良いことを自慢していて、こちらがすっかり忘れていた出来事や同級生たちのことを思い出させられることがしばしばだったので、意外だった。たしかに芳賀君は、どちらかというと目立たない少年ではあったが、ぼくには忘れられない同級生だった。

「会津若松っていったら、何といっても小学校のときの修学旅行だっちゃな」

「そっちも、やっぱりそうだったか。猪苗代湖と野口英世の生家を見学して、鶴ヶ城の土産物屋では、みんな白虎隊の木刀を買って」

「んだった、んだった。白虎刀はおれも買った。その後で、切腹や介錯の真似をする白虎隊ごっこが流行ったべ」

座は砕けて、そんな思い出話が交わされているなか、ぼくだけは芳賀君との遠い記憶に思いを向けていた。


……芳賀君は、小学校に入学したぼくが、席が近かったので最初に親しくなった友達だった。

小学校近くの二軒長屋のような家に住んでいて、縁の下でヒヨコを飼っていた。林檎の木箱に藁を敷き、暖房がわりに白熱電球を灯していた。それを見せてもらいに、放課後になるとぼくは、芳賀君の家に立ち寄ったものだった。ヒヨコを触らせてももらった。小さくて柔らかく温かなそれは、少しでも力を込めたなら、潰れてしまいそうに思え、どきどきした。庭には、父親が手造りしたというケージに入れられた親鶏たちもいたから、卵を採るためだったのだろう。

ぼくは、給食が苦手だった。乳歯から永久歯へと歯が生え替わろうとしていたときで、虫歯が疼いて固い物を嚙もうものなら、飛び上がりそうなほどひどく痛んだ。給食にはよく、鯨の竜田揚げが出た。給食を残すことは先生に固く禁じられており、どうしても食べられずに、掃除が始まっても、給食のトレーを前にしてしくしく啜り泣いている女の同級生もいた。ぼくは、鼻をかむふりをして、鯨の肉を鼻紙に包み、給食のときに机に敷くビニールシートを入れる布袋の中に隠し入れたりした。そのときに、一度、芳賀君がこっちを見ているのに気付いたことがあった。先生に言い付けられる、とビクッとしたが、大丈夫というように芳賀君は片目をつぶって笑顔で頷いた。そんなことも、ぼくと芳賀君をいっそう近付けた。

あれは二年生のときだっただろうか。芳賀君が小学校を一週間ほど休むことがあり、朝礼で担任の先生が、お父さんが亡くなったことを知らせた。心配になったぼくは、放課後に芳賀君の家へと足を運んでみた。すると、玄関の戸には〈忌中〉と書かれた紙が貼られ、家には、白と黒の布を交互に並べた縦縞の幕が張り巡らされてあった。人の気配はなかった。ヒヨコたちがどうなっているか気になっていたが、それを見てぼくは、すぐさま踵を返した。

三年生に上がると、ぼくたちは原っぱで三角ベースをするようになった。少人数でもできるように、ベースは一塁、二塁と本塁だけ。ゴムボールを使い、バットのかわりに手でボールを打つ。守備にもグローブは使わず、素手で打球をキャッチするという簡易の野球だった。組替えでまた一緒の組になった芳賀君も常連だったが、そのうち、途中で遊びから抜けてしまうようになった。何度かそれが続いたときに、ぼくは一緒に抜けて、芳賀君の後を追った。

——待ってよ、なんで途中で帰ってしまうの？

——夕刊配達に行かなきゃなんないから。

と急ぎ足のまま芳賀君は答えた。夕暮れまでには、まだだいぶ時間があった。

——えっ、新聞配達してるの？

ぼくが驚いて聞き返すと、芳賀君は口を固く結んで頷いた。その姿が急に大人びて見え、それが、お父さんの死と関係があるらしいことは、ぼくにもわかった。

——ヒヨコはまだ元気？

——うん。親鶏になったのも卵を生んでっから、母ちゃんも助かるって。今度、卵をあげっからおいでよ。

——配達、邪魔しないから見ててもいい？

——うん、かまわないよ。

そんなやりとりがあって同行したぼくは、配達も少し手伝わせてもらうようになった。あの家は、赤い郵便受けに、こっちの家は、玄関の中に放り入れて、と芳賀君が指示するとおりに。もちろん金にはならないが、ほかの級友たちが遊んでいるときに、アルバイトの真似事をしている、自分の親にも内緒で、というひそかな喜びを感じた。

二人での夕刊配達は続き、やがて夏休みに入った。その頃には、ぼくにも配達のルートは身体に馴染むようになっていた。ケージで猿を飼っている家があり、その猿に会うのが楽しみだったり、ブロック塀を昇って越えたり、子供にしか潜れない狭い塀の隙間を抜けたりする、猫道のような近道も覚えた。しばらく人が住んでいない家の丈高く雑草が茂った庭は、野良猫たちのたまり場となっていた。

ところが、芳賀君は、二学期から母親の田舎がある会津若松の小学校に転校することになったのだった。そしてぼくは、配達区域を引き継いで、夕刊配達をすることを決心した。両親の許しがもらえるかが心配で、案の定母親は、小学生の子に新聞配達させるなんて、親として小っ恥ずかしい、と嘆いたけれど、ぼくはこれだけは頑として譲らなかった。少しは、芳賀君の心の勁さが乗り移ったのかもしれない。結局ぼくは、途中から朝刊配達に変わり、高校生まで新聞配達を続けた。

いまでもぼくの元には、芳賀君が一人で写っている一枚の白黒写真が残っていた。小学校の教室の黒板の前に、セーターの襟元から白いシャツが覗き、長ズボンを穿いている、坊ちゃん刈りに丸顔の少年が、少し首を左に傾げて、かしこまって立っている。口は結ばれ、目も瞑られているので、どこか童子像のようでもある。黒板の右隅に書かれた日付は薄れて判別できないが、その下に（中川　芳賀）と横並びの名前は辛うじて読み取れる。日直をしたときに、記念に撮られた写真らしかった。よく見ると、黒板の上の壁には〈つよく　正しく　美しく〉という標語が貼られ、その横にも文字は読めないが、標語が書かれているとおぼしい額が掲げられてある。

芳賀君とは住所を教え合い、しばらくのあいだ文通が続き、写真の交換もしたのだろう。写真の上の隅には、画鋲で留めた跡があり、一時期ぼくは、机の前の壁にそれを貼っていたものだった。大人になって、会津出身のしっかり者の飲み屋の女将や、勝ち気な気性の女性の工芸家と知り合ったり、戊辰戦争などの会津の悲劇の歴史や、仙台藩との関わりなどを本で読むようになると、地元の皆とはどこかちがっていた、礼儀正しく勁い芳賀君のたたずまいが、会津の精神につながっていたのではないか、とぼくは感じるようになった。

飲み会のあった翌週の週末、ぼくは、東北本線の国府多賀城駅そばにある東北歴史博物館を訪れて、特別展「東日本大震災復興祈念　悠久の絆　奈良・東北のみほとけ展」を観た。

今年は震災から十三回忌にあたるということで、幾度となく人類を襲った地震などの自然災害や人々の争いによって生じた兵火を乗り越え、守られてきた奈良と東北の寺宝が展示されていた。

会場のある多賀城は、奈良時代に時の朝廷が陸奥を治めるための拠点として、神亀元（七二四）年に陸奥国府と鎮守府を設置したところで、平城京を中心とした奈良とは古来強い結びつきのあった土地である。館内は、マスク姿がまだ大半ではあるものの、いくぶん日常を取り戻した穏やかな観客たちの印象があった。

奈良からは、唐招提寺の国宝の鑑真和上坐像が出展されており、それに対置されるように展示されていたのが、会津の古刹、勝常寺《しょうじょうじ》の薬師如来坐像だった。彫刻分野では東北初の国宝で、落ち着きのある堂々とした風格を誇るこの仏像とは、二〇一五年に上野の国立博物館で開かれた、東北各県を代表する仏像が展示された特別展「みちのくの仏像」で拝観して以来の再会となった。

ぼくは、高校生の頃に、東北古代史研究の第一人者だった高橋富雄の著作と、氏の本を読んで以来〈みちのくに格別にひかれるようになった〉という唐木順三の『あづまみちのく』に接し、みちのくの仏像に関心を抱いてきた。いつか実物を観て回りたいと願いながら、首都圏で暮らすようになり、アスベスト禍による病を得て東北の地に戻ってきてからも、なかなか果たせずにいた。それが、東日本大震災の四年後に、復興祈念として、それらの仏像が一堂に会しているのを目の当たりにすることができたのだった。

ほんらいならば、それぞれの寺を巡歴すべきところを、楽をさせてもらっているような後ろめたさも覚えながら会場を観て回った。都では仏像の材としてヒノキやクスノキ、カヤが用いられることが多かったようだが、みちのくの仏像は、当地に多いカツラやケヤキの巨材を用いた一木《いちぼく》造《づくり》を特徴としているという。中でも、今回の震災による津波とたびたび比較された、およそ一一〇〇年前の貞観津波が起こった平安時代前期の九世紀に作られた、岩手県奥州市の黒石寺《こくせきじ》の薬師如来坐像や福島県河沼郡湯川村の勝常寺の薬師如来坐像といった、いわゆる貞観仏へと自ずと目が吸い寄せられた。

貞観仏は、その前の天平仏の人の理想の姿を表現したかのような古典的な精神性を湛えた仏像とも、後の藤原仏の表情も明るく平明さや優雅さが助長され大衆的な性格を強めた仏像とも違い、貌は険しかったり特異な雰囲気を感じさせ、身体は肉感性が強調されて、人々に厳しい修練を迫るようないかめしさを湛えているといわれる。それは、空海が唐から持ち帰った密教の影響で精神が変わったと言われているが、貞観十一（八六九）年に貞観地震と大津波があった五年前に富士山の大噴火が起こり、大津波の九年後に関東の相模・武蔵で地震、そのまた九年後に関西で仁和地震が起こって五畿七道が被災し、生きた心地がつかなかった当時の人々が仏にすがる思いも影響していたのではないか。よほど厳しい神仏でなければ救いは得られない。かつて拝観した奈良の新薬師寺の薬師如来坐像の大きく見開かれた不気味で異様な眼からも、それは伝わってくるようだった。

貞観大地震のほかにも、天長七（八三〇）年に出羽で天長地震、貞観十三（八七一）年に鳥海山の大噴火などの天変地異のあったみちのくの貞観仏は、さらにいかめしさの印象が増していた。カヤの一木造に、手足は寄木の技法で別材を足しているという新薬師寺の薬師如来坐像が、表情の異様さと力強さの中にも、穏やかでふくよかな姿も感じさせるのに比して、カツラを用いた黒石寺の薬師如来坐像、ケヤキを用いた勝常寺の薬師如来坐像とも、巨木から彫り出された部厚い体軀には圧倒的な量感がみなぎり、一抹の妥協のかげもないいかめしい表情だと感じられた。

特に黒石寺の像は、乾燥して割れるのを防ぐために内部を刳《く》って空洞にした胎内に、〈貞観四年〉と制作された年が書かれており、日本最古の墨書銘を持つ仏像だというのも興味を惹かれた。そうであれば、貞観地震の七年前に作られたので、二度の巨大地震を経験したことになる。そして、二〇一一年の二度目の地震では、このどっしりとした仏像が、もう少しのところで台座から落ちるところだった、という説明文を読んで、あらためて目を瞠らされた。

　目尻が鋭く吊り上がった顔立ちは、荒々しく積み上げた螺髪《らほつ》とも相俟って、目にする者を威圧するような趣もあった。都との対立が長く続いた東北地方の北部に仏教が伝わったのは、蝦夷征討にあたった坂上田村麻呂が胆沢城を建てた延暦二十一（八〇二）年以降とされるが、黒石寺は胆沢城から十二キロのところにあり、この仏像が造顕された八六二年は胆沢城造営六十年の還暦にあたっているので、蝦夷の指導者アテルイが投降し、田村麻呂の意に反して処刑された後のみちのくの人々の怒りを鎮め、畏怖させる意味が込められていたのかもしれない。それとも、黒石寺は裸祭りの蘇民祭で知られる寺でもあるので、土地の神の姿も投影されていたのかもしれない、などと思ったことだった。

　そのときから八年を隔てて再会することとなった勝常寺の薬師如来坐像は、今度は奈良の仏たちとともに展示されていることもあって、都で制作されたものと引けを取らない出来映えの見事さに気付かされることとなった。説明によれば、ケヤキの大材から像形を彫り出したあと、前後に割って内刳《うちぐ》りを施し、再び矧《は》ぎ合わせる、豪快な「一木割矧造《わりはぎづくり》」の技法で作られているという。うず高い螺髪に豊かな頰、彫りの深い目鼻立ちのいかめしい表情、厚い胸板から両腿にかけての圧倒的な量感、その上に水波のように刻まれる飜波《ほんぱ》式衣文《しきえもん》など、落ち着きのある堂々とした風格は東北地方にある他の平安初期作例と比べて際立って優れており、これに比べれば、後年の作とされる黒石寺の薬師如来のほうは、素朴な力強さはあるものの、股の部分や膝の曲がりのぎこちなさが窺えるなどの細部の印象は拭えなかった。

勝常寺はさらに、薬師如来坐像の脇侍で、やはり同じ創建の頃に制作されたと思われる国宝の日光菩薩、月光菩薩など、貞観仏の傑作を十二体も擁するという。これだけの仏像が存在している仏都会津を語る上で欠かせない人物が、平安初期の法相宗の僧で、大同二（八〇七）年に勝常寺を開基したとされる徳一《とくいつ》だった。その生い立ちなどはわかっておらず、道鏡を排斥しようとして殺された藤原仲麻呂（恵美押勝）の子だという伝説もある徳一は、奈良の東大寺や興福寺で学んだ後、二十余歳にして会津へと足を運び布教にあたったとされるから、都の仏師を招き、会津の人々と協同して造仏にあたったとも想像される。

徳一はまた、会津に居ながらにして南都の旧仏教を代表し、法相宗の唯識論に立って、天台宗、真言宗という当時の新興仏教の旗手だった最澄と空海に敢然と論争を挑んだことでも知られている。唐木順三が、『あづまみちのく』のなかで、〈恬然自居である〉といい、〈徳一なる傑僧の風貌形相、さらにはその実存を想見する思いである〉と述べていた仏像を前にして、この仏が長らく存してきた会津のけしきのなかに、徳一の足跡を辿ってみようか、という思いにぼくは駆られていた。そこに、芳賀祐一君の目くばせのようなものも感じながら。


会津若松行きの高速バスの右手の車窓に、吾妻小富士の特徴的な山容が見えてきた。

二〇二二年三月十六日の深夜近くにあった福島県沖を震源とする地震で、東北新幹線は一部区間でひと月近く運転見合わせとなり、運転再開してからもしばらくは郡山〜一ノ関間で徐行運転となっていた。その期間に仙台から東京まで乗った東北新幹線の郡山までの徐行区間の車窓からは、みちのくの山々をいつもよりもじっくりと目にすることができた。福島駅に差しかかったあたりでは、福島県と山形県との県境にある吾妻連峰の中で、噴火口が遠目におちょぼ口のように可愛い吾妻小富士が見えていることにひさしぶりに気が付かされた。いつもの速度では、あっという間に通り過ぎてしまうので、目に留めることがなかったのだろう。それでも一度気付くと、見当がついて、通常の速度に戻った車内からでも、その姿が目視できるようになり、旅の楽しみが加わった。この三月に、東北新幹線で郡山まで行き、そこから磐越西線に乗り継いで会津若松を訪れたときは、福島駅のあたりは猛吹雪で、西の山のほうへの視界はまったく得られなかったけれども。

仙台と会津若松は、高速バスでも二時間半ほどで結ばれており、今回ぼくは、朝九時二十分仙台駅東口発のバスに乗車した。ここまでの途中の車窓からは、六月末の梅雨空の中で、こけしの材となる水木の白い花が目立った。栗の花も咲いており、合歓の紅色の花も目に付いた。東北自動車道は、福島市内は東北新幹線の高架線路よりもずいぶん西寄りを走るので、曇天の中でも、新幹線から見るよりも、一七〇七メートルの吾妻小富士の直径約五〇〇メートルある擂り鉢状の噴火口が近く、はっきりと見えた。

郡山ジャンクションで東北自動車道から磐越自動車道へと入ると、十二年前の震災の折に、心労が濃くなった老母を新潟経由で東京の身内のところに避難させたときに通って以来だ、と思い返された。あのときは、高速道路にも所々段差が生まれており、その度にバスが大きく跳ね上がった。母親は、トイレ休憩に立ち寄った磐梯山ＳＡで、小雪が降る中、バスに戻る途中で、エンヤー会津磐梯山は宝の山よ、って昔踊ったっちゃねえ、と節を付けて言い、両手を揃えて腰の右左にひらひらさせて踊る真似をしたものだった。周りには、積み上げられた雪が高い壁となっていた。

そんなことを振り返りながら、磐梯山の麓を走っているうちに、バスの窓硝子に雨滴が付きはじめた。左手に見えてくるはずの猪苗代湖のほうを見遣ったが、すっかり霞んでしまっている。小学校六年生の修学旅行のときも、猪苗代湖の近くにある野口英世の生家などの見学は雨の中でだった記憶がある。会津若松の鶴ヶ城で撮った全体写真では、皆雨合羽を羽織っていたものだった。

高速バスが、定刻の十一時四十五分に会津若松駅前に到着したのとほとんど時を同じくして、にわかに空が真っ暗になり、土砂降りとなった。傘がまるで用をなさず、遠くで雷鳴も聞こえて来て、駆け足で駅の構内へと駆け込んだ。こんなゲリラ豪雨に遭うことがほんとうに多くなった、と息を吐きながら、JRの改札前の木のベンチで雨宿りをすることになった。人心地付いてから、昼時でもあり、名物らしい駅弁のわっぱ飯を買って食べていると、悲鳴を上げながらびっしょりと雨に濡れた制服姿の女子高生が数人駆け込んできた。リュックを背負った年配の男女たちもそれに続いてやって来て、ベンチは満員となった。

外を窺うと、駅前からは人影が消え、駐車場で客待ちをしていた数台のタクシーも、いつのまにかいなくなっていた。午後一時に、予約した観光タクシーの運転手と待ち合わせをしている。それまでに、せいぜい小降りになることを祈りながら、外の視界はすべて白く煙り、アスファルトの地面を激しい音を立てて叩き付けている雨を、ぼくは茫然と眺めていた。

それでも、雨の勢いは次第に弱まり、小一時間ほどすると、空にみずうみのような青空も覗きはじめた。午後一時の十分前になったので、トイレに寄ってから、待ち合わせ場所に指定された駅前の白虎隊の銅像前へと向かった。隣に屋根が設けられた木造りの看板があり、「あいづっこ宣言」という標語のようなものが書かれていた。〈一　人をいたわります〉で始まり、〈ならぬことは　ならぬものです〉という最後の一文は、綾瀬はるかが演じた大河ドラマ『八重の桜』でも、会津藩士の子弟が学ぶ「什の掟」の一つとして取り上げられていた覚えがある。芳賀君の写真で、黒板の上に掲げられていた額の中の言葉もこれだったかもしれない、と思いながら眺めていると、予約した会社のタクシーがやって来た。

「すごい雨でしたね」

「ほんとに、上がってよかったです」

タクシーに乗り込むやいなや、挨拶も早々に言い合った。

「でも、昨日のほうが、雷もごろごろ鳴って、もっとひどい雨でした」

運転手さんはSと名乗り、福島県では最もありふれた名字だ、という意味のことを言った。実際は「馬の糞」という言い方をして、四年前に訪れた遠野でもタクシーの運転手は同じ譬えをした。確かにぼくが子供の頃の仙台でも、馬車はしょっちゅう見かけ、道には乾いた馬糞がよく落ちていたものだった。その言い方からしても、歳はこちらと同じぐらいと思われ、細身で、白い半袖シャツに紺色のズボン姿、二の腕は日に焼けていた。日差しが強くなってきましたから、これを貼ってください、と渡されたサンシェードの吸盤をサイドガラスに押しつけた。じゃあ、まず磐梯町の慧日寺跡ですね、と言ってSさんは車を発進させた。少し周りを見てもらいながら遠回りして行っていいですか、と訊ねられて、ええ、そうしてもらえるとありがたいです、とぼくは答えた。

「会津は盆地だから、夏は暑いし、冬は寒いです。雪ですか？　降るときは一晩で一メートルくらい降ります。去年は、十二月十八日に降り始めたんです。なんで覚えてるかっていうと、ちょうどその日に、新潟から沖縄へ旅行に行く予定があって、新潟まで車で行ったんですが、大雪で飛行機が飛ぶのか飛ばないのか、気を揉んで……。だから覚えているんです、結局行けたんですけど。雪は三月には消えますすね」

とSさんが話しているうちに、会津若松の市街を抜けた。

来るときの高速バスでも通った覚えのある会津大学が見える大通りから、田んぼの中の道へと折れてしばらく行くと、この先に会津藩校日新館があります、と教えてから、右の方へと大きくハンドルを切った。大きな白い観音像が右手の間近に見え、何だろうと見遣っていると、あれは慈母観音、我々は事故観音って呼んでるんです。ここは急カーブなので、見ていると事故を起こしちゃうんで、とSさんは少しいたずらっぽい口調で教えた。さらに進んで左に折れ、高速道路をくぐって少し行くと、大きな工場があった。そこは、ぼくも使ったことがある一眼レフカメラ用交換レンズで知られるシグマの会津工場で、会津で一番儲かっている企業です、とSさんが言った。

磐梯町の町中を通り、〈史跡　慧日寺跡〉と彫られた大きな石柱を左に見て、大谷川に架けられた赤い欄干の橋を渡った。両脇に家が続く、参道の名残らしい真っ直ぐな細い道を磐梯山へ向かってどんどん進んで行くと、突き当たりに奈良風の色鮮やかな赤い門が見えてきた。

慧日寺は、徳一が大同二（八〇七）年に開創したとされ、東北地方では開基の明らかな寺院としては最古のものとして知られている。その広大な寺跡は、磐梯山麓の広やかで緩やかな斜面の台地にあり、樹間から見とおせる場所に立つと、会津盆地が一望された。東は奥羽山脈、南は会津高原と呼ばれるものの一五〇〇メートル級の急峻な山を含む広い山間地、西は越後山脈、北は飯豊山地に囲まれており、どこから峠を越えたとしても、これだけの平地が広がっている様を初めて目にした者は、あっと息を呑んだにちがいない。どこか若草山から眺めた奈良盆地を思わせ、南都の法相宗の根拠地だった興福寺の、権門の外護を受けてその冥利を祈願するという有り様から脱出して、理想の修行の地を求めてみちのくへと踏み入った徳一も、草深くも故地に似た土地で新たに布教に努めるという感慨があったのではないか、とぼくは想像した。

明治初めに廃寺となった寺跡は、昭和四十五（一九七〇）年に国指定史跡となり、現在磐梯町により史跡整備事業が行われているということだった。陽射しが強い中、竹を並べて遊歩道を作っているらしい作業をしている男性の作業員三名の姿があった。三段ほどの自然石の石段を登り、先ほどの雨で少しぬかるんでいる丈の低い草地を中門へと向かった。中門は、発掘調査によって二〇〇九年に復元されたということで、柱の朱いベンガラ塗りと白い漆喰壁のコントラストが鮮やかな八脚門に切妻屋根がのった中門を脇に見て進むと、そこから金堂までは石敷き広場が広がっていた。

整備のために境内地の調査を行っているときに、すぐ東側を流れる花川の氾濫堆積層が、広く厚く堆積していたので、その下層での遺構検出は困難だろうと当初判断していたが、地盤確認のために深掘りを行ったところ、偶然に石敷きが見つかった。そのときは参道ではないかと推測するにとどまったが、後年全面的な調査を行ったところ、石敷きは東西に大きく広がっており、遺構面の高さなどから初期の金堂・中門と同時期のもので、その間の空間全域に広がる石敷き広場のような形態であることが判明した。

興味深いことに、徳一が若年を過ごしたとされる奈良の興福寺でも、二〇一〇年の創建一三〇〇年に向けての伽藍復興整備事業の事前発掘調査において、中金堂跡の前面から石敷きの広場が発見されている。それは、石敷きが金堂前庭の儀式空間として利用されたことを物語っており、慧日寺跡の場合も、粗雑ながら位置や広がりの範囲など類似する点は多く、徳一が興福寺で目にした儀式を会津で再現するため、同様の石敷き技法を援用したことが推定されるという。

再現された石敷きを踏みながら向かった寺の中心的な建造物である金堂は、二〇〇八年に復元工事が落成した。総間は桁行き五十三尺（一五・九メートル）、梁間が三十尺（九メートル）と小規模ながら、五間四面堂として大寺院の格式を持たせ、中央間は薬師仏を安置するために広くされている。屋根は寄棟造りで、葺き材は、発掘調査で瓦が一片も出土していないことから、植物性の材料と考えられ、寺社建築に多く用いられる檜皮葺《ひわだ》きは、土地柄から材料の入手が困難であったことから、板葺きの一種のとち葺きが採用された。組物も雪国なので、軒を大きく出さずに組んでいる。

金堂の中に入ると、真新しい薬師如来坐像があり、これは東京藝術大学との研究連携により復元制作されたものだという。寺の縁起によれば、創建された当初は、丈六の薬師如来像、脇侍の日光菩薩像、月光菩薩像、十二神将像などの諸像が安置されたとあるから、勝常寺の国宝の薬師三尊像に匹敵するような仏たちがあったかもしれない。けれども、本尊は南北朝時代頃までには失われ、観応元（一三五〇）年頃までに再興されたと考えられるが、応永二十五（一四一八）年に慧日寺は全焼してしまい、金堂、僧坊などことごとく焼失してしまう。再興された薬師如来像はふたたび失われたが、像の左手と薬師如来の標識である持物の薬壺だけは焼失を免れ、それらを取り上げて修復されたという。その後、金堂も復興したにもかかわらず、今度は天正十七（一五八九）年に伊達政宗が会津を攻め、慧日寺に火を放つ。金堂のみは残ったが、寛永二（一六二五）年にふたたび火災に遭う。このときも、薬師如来像の左手と薬壺だけは残り、それを用いて修復される。そして、傷みが激しくなったので正徳二（一七一二）年に、若松城下で修理され、日光、月光菩薩とも新たに彫刻されて薬師三尊像とも翌年再興されたものの、明治五（一八七二）年の火災により、金堂とともに失われてしまう——といったように火災、戦災による受難が続いた。

そのことも興福寺と共通している、とぼくは思った。興福寺は記録にあるだけでも火災が一〇〇回をはるかにこえ、中金堂は平安時代以降、七回もの焼失、再興を繰り返してきたとされている。詳しく見ると、民家火災からの飛び火だったり、灯明の火が原因だったり、源平争乱での平氏の焼き討ち、雷火、僧侶同士の争いによる放火、盗賊が灯りに用いた火が燃え移った、などさまざまな事由があったようだ。

平成に本格的な復元がなされた金堂の裏手には、仏堂跡のほかに、食堂跡や講堂跡の礎石や整地した壇状の地形も残っており、ここが徳一の時代の仏都会津の中枢であり、学問所となっていたことを窺わせた。

みちのくでは、火山の噴火による巨石を見かけることが多く、ここでも石敷き広場の外側に、大きな岩石がいくつも点在していた。

「磐梯山の噴火によるものでしょうか？」

と運転手のSさんに訊ねると、たぶんそうでしょう、と頷き、この近くにも、磐梯山噴火で運ばれてきた巨石が多くありますから、と答えた。

磐梯山の噴火は、明治二十一（一八八八）年七月十五日に起こり、日本で明治以降最も多い火山災害の犠牲者四七七名を数えたものが知られているが、調べてみると、大同元（八〇六）年にも噴火があったことが記録に残されており、江戸時代の会津藩の地誌である「新編会津風土記」には、慧日寺は磐梯山の怒りを鎮めるべく、八〇七年に創建されたと伝えられている。科学的にも、磐梯山の山頂付近で八〇六年の水蒸気爆発に伴う噴出物が確認されており、そのときの噴火は事実だと見られている。

そうだとすると、徳一が会津に入った年は定かではないものの、今でこそ宝の山などと称されるが、当時は病悩山とも呼ばれて魔物が住むとされた磐梯山の噴火による惨状を目にしつつ、修行や布教を行っていたとは考えられるだろう。弊衣粗食に甘んじた徳一は土地の人々から菩薩と尊称されたという。ただでさえ、飢饉や悪疫に苦しんできた過酷な東北の自然環境がよりいっそう荒廃したことを想像すると、ぼくは二度対面した勝常寺の薬師如来像の貞観仏の、安易な救いを拒絶したかのようないかめしい姿を思い返さずにはいられなかった。

徳一と最澄の論争は「三一権実論争《さんいちごんじつ》」と呼ばれており、徳一は弘仁八（八一七）年頃に『仏性抄』という論文において、〈天台宗では『法華経』にもとづいて、ゴールは一つ（一乗）で、すべての人に仏性があり（一切衆生悉有仏性）、それを自覚すれば成仏できる（一切皆成仏）と説いているが、それは一部の人を励ますためで、仮のもの（権）である。悟りを得るゴールは「声聞」「縁覚」「菩薩」の三つが正しく（三乗真実）、それぞれの能力と素質に応じて修行すべきである。衆生は、生まれつき五つの種に分けられ（五性格別）、先天的に成仏できる者、できない者がある〉というようなことを述べた。それに対して最澄は、『法華経』が権か真実の教えであるかを論証した『照権実鏡』などを著して反論した。最澄は、釈迦が晩年に説いた『法華経』の一乗の教えこそが真実であり、徳一は釈尊の教えを誇っているので、地獄に落ちるとし、粗末な食べ物を食べている麁食者《そじきしや》とまで罵っている。

じつは、徳一の『仏性抄』は残っておらず、最澄の反駁文の引用によってのみ内容を知ることができる。ぼくには、論争の可否を論じることはできないが、仏性は理念としては存在するものの、仏になり得ぬ者が存在する、という徳一の現実主義と、あくまでも仏教の理想主義を目ざして平等無差別を主張する最澄との立場の違いのように捉えられた。最澄の天台宗には、円仁、源信などの後継者が輩出し、徳一の後には金耀という者があったと伝わるだけで法統は絶えてしまった。そうだとしても、一乗の教えにある一切衆生悉有仏性、一切皆成仏という聞き心地のよい言葉が、うわべだけの寛容につながる甘さを持つことも確かで、それを拒否してみちのくの現実を見据えた、徳一の孤立した純粋で冷厳な精神が、あのいかめしい姿の薬師如来坐像に反映していることは疑えない、とぼくは勁く思った。それは、明確に意識はされないまでも、形を変えて、戊辰戦争の際に、旧幕府側に立って最後まで西の薩長の新勢力に対峙し続けた会津の精神の源流なのかもしれないとも。

さらに奥にある、徳一の墓と伝えられる平安時代の石塔に詣ってから、足元がぬかるむ墓地を抜け、昭和に再建されて古びはじめている薬師堂や仁王門、平安時代末期の僧で慧日寺の衆徒頭の地位にあった乗丹坊の墓と伝わる宝篋印塔《ほうきょういんとう》などを観て回った。乗丹坊の頃の慧日寺は、寺僧三〇〇人余、僧兵数千人を擁するほどの隆盛を誇っていた。また、越後国豪族の城氏と関係を築くことによって、蒲原郡小川庄（現在の新潟県東蒲原郡阿賀町付近）が寺領として認められ、明治十九（一八八六）年に新潟県に編入されるまで、越後国でありながらずっと会津の支配地だった。Sさんは、大きな買い物をするときには新潟に出る、と言っていたので、いまでも会津と新潟のつながりは深いようだった。乗丹坊は、源平合戦のさいに、多くの僧兵を引き連れて、木曾義仲軍との戦に及んだが大敗し、多くの僧兵とともに討死した。それ以降、慧日寺は急速に勢いを失うこととなる。

このあたりは草深く、大谷川へと注ぐ花川の小流れもあった。胡桃の木があり、お堂の前には胡桃の殻が落ちていた。

「熊が出そうなところですね」

ぼくが言うと、Sさんは大きく頷いて、

「ええ、熊は出るんです、今年は会津のほうぼうで出てます」と答えてから、遠くで草刈りの音がしてるので、大丈夫でしょう、と言い加えた。

その矢先に、ごそごそっと草むらから音が立った。しゃがんで見遣ると、子供の頃にかなぎっちょと呼んでいた、かなへびがいた。とたんに、ぼくの中を何かが通り抜けた。

——死ぬのって、おっかね？

と芳賀君が訊いた。

ぼくたちは、近所の草むらで、かなぎっちょ捕りをしていた。かなぎっちょは、うまくつかまないと、尻尾を自分で切って逃げてしまう。わざといたずらして、尻尾を切らせることもあった。それでも尻尾はまた生えてくる、といわれていたから。けれども、じっさいに虫かごで飼ってみると、色が違っていたりして完全に元通りになるわけではなかった。

お父さんが死んでから、もともと口数が少なかった芳賀君は、さらに無口になり、なんと声をかければいいのか戸惑うところがあった。ぼくのほうも、夜になると眠れずに、寝床の中で浴衣の紐で首を絞めて失神したり、コンセントにドライバーを差し込んで、金属のところに触って感電を味わったり、といった衝動に駆られるようになっていた。怖いのに止められないその行為は、幼稚園児だったときに、近所の未成年の青年から性的な暴行をされて気を失ったことが強迫となっていた。あと一歩力を加えたら、と思うと、びっしょりと汗をかいた。親から、恥ずかしいことだから、決して他人には言わないように、と暴行に遭ったことを口止めされているのもくるしかった。

――……うん、おっかね。

とぼくは答えた。

小さく頷いた芳賀君が、

――そんなこと考えても仕方ねって母ちゃんはいうけど。

と俯いてつぶやき、それが癖で二度、三度と小刻みにかぶりを揺らした。……

「あ、また雨が落ちてきましたよ」

先を歩いていたSさんが振り返って教え、ぼくは物思いからかえった。

外はまだ明るいが、Tに教えられた居酒屋は、すでに看板に灯りがともっていた。会津行きをメールで伝え、どこかいい店を知らないかと訊ねたところ、返信で、馬刺しがいままで食べた中で最高にうまかった、という店を教えてくれた。くだんの会津若松市のボランティアの男性に、馬刺しが食べられる店を聞いたところ教えてもらったという。

慧日寺跡を歩いた後、ぼくは運転手のSさんに、勝常寺へと回ってもらった。天気雨はすぐ止んで、ふたたび強い陽射しが出てきた。西方に十キロ行ったところにある勝常寺へと向かう道は、田んぼに囲まれていた。

「この辺で作っている米は？」

「コシヒカリです。一番うまいのは、ここの湯川村の米ですね。湯川村は、会津の真ん中なので、会津のへそと呼ばれているんです」

そう言われて、あらためて車窓から見渡すと、どこまでも平地が広がり、山が遠かった。磐梯山のある方角には雲があって、山頂は隠れていた。

「あそこのビニールハウスで作っているのは？」

「菊です」

「食用のですか？」

「いえ、お盆用の仏花にする菊ですね」

そんな説明を受けているうちに、勝常寺に着いた。車を降りると、蟬時雨に迎えられた。油蟬とみんみん蟬がほとんどで、つくつく法師も少し聞こえる。

左右に素朴な顔付きの仁王像が安置され、その上に大草鞋が掲げられている山門をくぐると、正面に薬師堂があった。慧日寺と同じ八〇七年の開基となる勝常寺も、七堂伽藍を備えていたという創建当時の建物は残っておらず、源平の争乱の後は真言宗寺院となった。徳一は空海に対しても『真言宗未決文』で、密教に対する疑問を投げかけたが、空海は、はっきりと徳一を名指しして反論することはせず、返書の中で〈徳一菩薩〉と書いて、包摂しようとしているともみえる。慧日寺跡のなかには、明治三十七（一九〇四）年に寺号を恵日寺とあらためて再興されたささやかな寺があり、その宗旨も真言宗となっていた。徳一が亡くなった後、その教えは、山岳信仰とも結びつき次第に密教の中に吸収されていった。そして、みちのくには、最澄の弟子の慈覚大師円仁などによって天台宗も広まっていく。

現在の薬師堂は、室町時代初期に再建されたもので、寄棟造りで屋根は銅板葺き、和様の手法に唐様を加え、各部の木割が大きく、これはこれで荘重の趣があった。ここに安置されている薬師如来坐像は、無事に戻ってきただろうか、とぼくは堂の内部を探る心地になった。予め寺に電話したところ、仏像たちは貸し出し中なので、ともかく六月いっぱいは拝観を遠慮してもらいたい、とのことだった。山門のすぐ右手の宝物殿も扉は固く鎖《とざ》されていた。それを承知で、ぼくは足を運んだ。

ぼくは寺の裏へと回り、磐梯山の方への視界が得られる場所に立ってみた。田んぼのはるか向こう、慧日寺があった東の山麓のほうに目を向けて、当時は、あの土地は、人里離れており、仏道修行にふさわしい場所だったのだろうと想像した。そして、会津のへそである人の多い場所に建立したこの寺は、人々に法相宗という仏教を広める教化の場だった。いまに残る諸尊は、布教のための礼拝像として造られたにちがいない。

「御朱印はもらわなくてもいいんですか？」

満足した思いでしばらく佇んでいるぼくに、Sさんが声をかけた。「もし要るなら、本堂に行ってみましょうか」

「いや、このけしきが見られただけで満足です」

とぼくは答えた。

そこから市内のビジネスホテルまで向かいながら、磐梯山には何度も登っている、家族でも登ったし、何回登ったかなあ、と親しみがある口調でSさんが言った。街中に入る前には、

「今日の磐梯山は、結局最後まで頭が見えませんでしたねえ」

と、Sさんはこれで見納めというように見遣った。

ホテルにチェックインして少し休み、午後五時の口開けに合わせて部屋を出た。コロナ禍になってから、旅先で一人で飲みに出かけるのは初めてだった。まだ客が少ないときに、という心づもりもあった。

店は、十分ほど歩いたところにあった、城下町らしく風情のある居酒屋が続く小路の一軒だった。暖簾の下がった店の引き戸を開けたとたん、ガハハハ、という大きな笑い声が左手の小上がりから起こり、少し度肝を抜かれた。八名ほどの男たちの宴会がたけなわだった。L字形のカウンターの一番離れた端に腰を下ろすと、仙人のような髭をたくわえた主人が近付いてきて、

「お客さん、いいところに来たよ」

と開口一番、声をかけてきた。

どういうことか、と怪訝に思っていると、

「ちょうど屠殺があって、生のレバーが入ったんだ。めったにない上物だから、仲間たちも呼んで、味見してたとこよ」

と主人は小上がりのほうを顎でしゃくった。

それで陽が高いうちから宴会となっていたわけか、とぼくは納得した。これは願ったり叶ったりだ、とぼくはほくそ笑み、Tに感謝した。

「じゃあ、馬刺し、レバーも入れてもらえますか、それからビールも」

「あいよっ」

と主人は料理に取りかかった。

お通しに出された身欠きニシンの山椒煮をつまみに、ビールを飲みながら小上がりで大声で交わされている話を聞くともなしに聞いていると、外で呑む酒はやっぱりうめぇな、などと言い合って、皆が集まるのはずいぶんとひさしぶりのようだった。どこでも同じだ。昼間から呑んでいる、ということは、少なくとも自分と同じ年頃だろう。ぼくは、芳賀君があの中にいても不思議ではないわけだ、とふと思った。

小学校の修学旅行のときに、ぼくは、会津若松の観光のさいに、そっと抜け出して芳賀君と会えないものか、いろいろと思案した。けれども、雨の中、観光バスが芳賀君が書いて寄越した住所で見覚えのある日新町のあたりを通っていることに気付き、窓ガラスの曇りを拭いて、じっと見遣ることしかできなかった。ぼくには、今回、もしかしたら芳賀祐一君とどこかで再会できるかもしれない、という淡い期待があった。今日の帰り道でも、芳賀君が通っていた小学校の名前が書かれた信号標識を目に留めた。だが、いまとなっては、外見もすっかり変わっているし、実際会ってみたところで、何を話せばいいのか、お互いに戸惑うばかりにちがいない、と改めて思い知らされたのだった。

「お待ち」

と主人が馬刺しの赤身とレバーをかなり多めに盛った大皿をぼくの目の前に置いた。「サービスしといたよ。この辛子味噌ダレで食べて」

「ありがとうございます。そうだ、これに合う地酒ももらえますか」

濁り酒もだいじょうぶかと聞いてから、主人は、入口戸の脇に置かれた冷蔵庫から濁り酒の一升瓶を取り出して、

「これを飲んだら、よその濁り酒は呑めないよ」

といいながら片口に注いだ。

「会津で馬肉を食べるのは、戊辰戦争からだって聞きましたけど」

「そういうね。馬を屠殺して負傷した兵士に与えたって。でもそのときは、生肉じゃなくて火を入れた肉。生で食べるようになったのは、力道山って知ってる歳だよね？」

「ええ、いちおう」

「力道山がプロレスで会津に来たときに、肉屋で買った馬肉を生で食べたのが始まりだって」

「へえ、知りませんでした」

ぼくは、まず血がしたたっているレバーから食べてみた。にんにくが効いた味噌ダレをつけると、まったく臭みがなく、歯ごたえは牛よりもコリコリしている。

「これはうまいや」

ぼくは濁り酒の大ぶりな盃を持ち上げて、どうか達者で、と芳賀君に呼びかけた。

遠野郷

ぼくと連れ合いが、山形駅の連絡通路を西口へと歩いて行くと、右手からひょっこり現れて、手を振り飛び跳ねるようにして駆け寄ってくる若い女性の姿があった。白いチノパンに水色のシャツを着た、小柄でおかっぱの髪に眼鏡をかけた丸い童顔は、マスクをしていないことも相俟って、Uさんだとすぐにわかった。

「やっと会えたねー」

「四年ぶりです」

連れ合いとUさんは、再会を喜び合って、互いに手を取り合わんばかりだった。その脇からぼくは、これから家にお邪魔させてもらうことへの礼を言った。

「いらしていただけて、わたしたちもうれしいです。あ、よっちゃんはこの下に停めた車で待ってます」

通路の端にある階段のほうへと歩き始めながら、Uさんが教えた。よっちゃん？ Uさんが一緒に住んでいるアニメーションの映像作家のM監督の下の名をすぐに思い出して、ああそうか、と納得した。

階段を下りると、すぐ左手のロータリーに停まっていた黒紫色の軽トールワゴン車の運転席の扉が開いて、よっちゃんことM監督が現れた。ぼくたちは、カントクという愛称で呼んでいる。四年前に岩手県の遠野で初めて会ったときには、カントクはシャイな性格らしく、口数が少なくて、いつもニコニコしている印象があった。あのときは、Uさんはぼくたちの前ではMさんと呼んでいた。相変わらず静かに笑みを浮かべているカントクは、新型コロナ禍の中で身体を動かすことが少なかったせいか、いくぶんふっくらした感じを受ける。

簡単に挨拶を交わして、後部座席に乗り込むと、山形はひさしぶりでしょう、どこか行きたいところはありますか、とカントクが訊いた。九州の福岡出身だと聞いており、この土地の訛りはなかった。

「特にないです。道すがらに懐かしい風景が見られれば、それで」

「わたしも」

とぼくたちは答えた。

こちらがマスクをしているのに気付いて、あ、とダッシュボードから急いでマスクを取り出そうとしたのを見て、そのままで構いませんから、とぼくは伝えた。その代わりに、天気も好いので、窓を少し開けさせてもらった。

Uさんもカントクも、新型コロナに一度感染したことが、この四年間に何度かやりとりした手紙の中に書かれてあった。メールではなく手紙で、というのが何だか新鮮で、コロナ禍の中での楽しみとなった。Uさんからの手紙は、とても小さな字で、M監督のイラストのポストカードの裏面にびっしりと書き込まれていたり、便箋何枚にもわたって綴られてあったりした。軽の中古車を買って、東北各地の道の駅を訪ねて楽しんでいる、との近況とともに、秋田の納豆せんべいや、月山の麓で雪の下で越冬させたという、すごく甘い雪下にんじんが送られて来たこともあり、ありがたかった。それらが詰められたクッション封筒には、珍しい絵柄の古い切手が十数枚も貼られているのが常だった。

再開発されて広々とした山形駅の西口から少し北へ行くと、城を復元した霞城公園が見えてきた。その濠端にあるアパートに、草木染の修業時代の連れ合いが住んでいた時期があり、入籍前だったぼくも仙台から通って、しばしばその部屋で過ごした。もう三十年も前のことになる。東京に生まれ育った彼女だが、みちのくの地で暮らした年月のほうが長くなったのか、とあらためてぼくは思った。

「道幅も広くなって、このあたりもずいぶん変わったなあ」

車窓からあたりを見回して連れ合いが言った。修業当時は、師匠の送り迎えなどで毎日軽自動車を運転していた。ここは見覚えがあるような、と二人で見遣ったところは、図書館だった。

やがて、バイパスを抜けてどんどん西へ西へと進むと、田んぼが広がった。窓の隙間から稲穂の匂いがする。いま、ちょうど稲刈りしてるんです、とUさんが言い、トラクターが出ているのが見えた。

「山形は、ほんとうに周りが山に囲まれているなあ、盆地、広いなあ」

連れ合いはしみじみと懐かしむ口調になった。

二十分ほど走ると、大きなスーパーが見え、いつもここで買い物してます、とUさんが教え、その先にある役場らしい建物を、あそこが勤め先です、と指した。以前もらった手紙に、期日前投票の受付をしたり、新型コロナワクチン接種会場で手伝ったりしたことが記されてあったのをぼくは思い出した。田の畦に、合歓の木を見付けた連れ合いが、合歓だ、と思わず口にすると、遠野で教えていただいた合歓の木だ、とここを通るたびに思うんです、とUさんは言った。

山裾に突き当たって右折し、集落の中を走って行くと、右手に郵便局があった。この前がうちです、とUさんが言い、カントクは玄関の前に車を停めた。おじいちゃんが郵便局長だったんです、と説明されて、いつも郵便物にたくさんの切手が貼ってある理由が、祖父の置き土産なのだろう、と腑に落ちた。二〇〇七年の郵政民営化以前の旧特定郵便局は、地元の名士が郵便局設置のために土地や建物を無償で提供し、自らが局長を務めたものだった。

「おじいちゃんもおばあちゃんも亡くなって、古い家なので壊すことになったところを、おじさんにお願いして、取り壊すのを待ってもらって住んでいるんです」

車から降りて、古くはあるが、想像していたよりも立派な二階家を見上げているぼくたちに、Uさんが言った。

家に上がる前に、一面、猫じゃらしが覆っている庭を見て回った。芙蓉の花も中に見受けられた。コナラの鉢植えに、小鳥の水飲み用らしい水盤が二つ。薄紫色のマツムシソウが咲いているのを見て、

「うちの庭でもマツムシソウが咲いていますす」

と連れ合いがUさんに教えた。その種は、四年前にUさんから郵便で届けられたものだった。一緒に送られてきたユウスゲのほうは、残念ながら育たなかった。

庭と畑との境界は農業用らしい水路が取り囲んでいた。ここに外風呂もあって、じいちゃんが

よく入ってたんです、と庭隅を指差してUさんが言った。お月見でもしていたのかなあ、とぼくは想像した。

＊

ぼくたちが、Uさんとカントクと知り合ったのは、二〇一九年六月に、遠野市宮守の古民家ギャラリーで開催されたM監督のアニメーション作品の上映会でだった。

ギャラリーのオーナーは、もともと仙台市内で長年ギャラリーを開いており、染めと編みフェルトの作家の連れ合いも個展で世話になっていた。二〇一一年三月には、ロンドンのクラフトフェアで知り合った英国人のフェルト作家の個展を開くために協力をし、会期中に東日本大震災に遭遇したことは忘れられなかった。

二〇一七年にオーナーは仙台のギャラリーを仕舞って、遠野でギャラリーを再出発させることになった。改装などに一年の準備期間を費やしてオープニングを迎えたことへのお祝いかたがた、ぼくたちは上映会に参加することにしたのだった。

梅雨時とあって、今にも雨が落ちそうな天気だった当日は、午前十時台に仙台駅を出発する東北新幹線のやまびこで新花巻駅まで行き、花巻駅から来る釜石線の快速はまゆりに乗り換えた。乗り換えする客は意外と多く、ホームの列に並ぶと、隣の年配の女性が、寒いねー、と親しげに話しかけてきた。乗り込んだ後で、連れ合いが、Tさんと同じ話し方だったね、と囁き、ぼくも頷いた。連れ合いが講師を務めている草木染教室の生徒で、人懐っこいのでぼくも見知っている七十年配の女性のTさんは、ご主人とともに遠野出身だと聞いていた。結婚して所帯を持った仙台市の沿岸部の家を津波で流され、いいものはぜーんぶ流されてしまった、と口癖のように言っていた。

　新花巻駅を出た列車は、小山田駅を通過して土沢駅に停まると、田園地帯から山間へと入って行き、右手に見えて来た猿ヶ石川の渓流と並行して走るようになった。〈遠野郷は今の陸中上閉《かみへ》伊《い》郡の西の半分、山々にて取り囲まれたる平地なり。新町村にては、遠野、土淵《つちぶち》、附馬牛《つくもうし》、松崎、青笹、上郷、小友、綾織、鱒沢、宮守、達曾部《たつそべ》の一町十ヶ村に分かつ。近代或いは西閉伊郡とも称し、中古にはまた遠野保とも呼べり。今日郡役所のある遠野町はすなわち一郷の町場にして、南部家一万石の城下なり。城を横田城ともいう。この地へ行くには花巻の停車場にて汽車を下り、北上川を渡り、その川の支流猿ヶ石川の渓を伝いて、東の方へ入ること十三里、遠野の町に至る〉と、『遠野物語』の本文の冒頭に記した柳田國男は、明治四十二（一九〇九）年八月二十三日、東北本線の花巻駅で降りて、人力車で鱒沢まで行き、そこの宿屋で食事を摂った後、遠野へ向けて人力車を乗り継いだものらしい。

　北上川は、花巻駅と新花巻駅の間を流れているので、ぼくたちが新花巻駅から乗った快速列車は渡らない。晴山駅、岩根橋駅を通過するとすぐに、猿ヶ石川に流れ込む達曽部川に架けられた岩根橋を渡った。前身の岩手軽便鉄道時代には鋼板桁橋であったものを、昭和十八（一九四三）年に国鉄がそのまま包み込むようにして鉄筋コンクリート造りとしたもので、花巻生まれの宮沢賢治『銀河鉄道の夜』の原風景を窺わせる貴重な近代土木遺産とされている。そこから南下して田瀬ダムへと向かう猿ヶ石川とはいったん離れ、遠野の西端にあたる宮守駅に着いたところでぼくたちは下車した。新花巻駅からはおよそ二十分の乗車時間だった。

無人駅の宮守駅の前で待っていた、予約しておいたタクシーに乗り込んだ。六十年配の運転手は、『遠野物語』は名前は知ってっけど、読んだことはねえなあ、とかぶりを振り、昔話だったら、おばあさんからはたくさん聞かされたー、と言った。北北東に聳える早池峰山《はやちねさん》のほうへ向かうギャラリーまでの途中の道では、将棋の駒を大きくしたような形の紅殻色や青いトタン屋根の建物がところどころで目に留まった。連れ合いが訊ねると、

——あれは「納屋」。二階さも上がれるようになってて、干した稲藁や草なんかを置いておく倉庫だー。雪の重みで屋根が潰れねように、ああいう屋根の形をしてんの。

と運転手が教えた。

腰折れ屋根のような、途中から急勾配になっている屋根の形は、雪が落ちやすくするためらしかった。雪がそれほどは降らない宮城県側では見かけない形で、ここが豪雪地帯であることが実感された。信号で停止することもなく、車は山懐にどんどん入り込み、二十分ほどしてギャラリーの手作りの木の看板が見えてきた。そこは、かつては達曾部村だった土地だった。

車を降りて辺りを見回すと、曇天にマタタビの葉の白さが目立った。小径の脇には小流れがあり、来る前に地図で確かめたところ、達曽部川のようだった。母屋のものらしい畑があり、椎茸栽培の榾木《ほだぎ》が積んである。その先に母屋の大きな建物が見えた。

ギャラリーは、来る途中のタクシーから目にした納屋のような建物で、赤いトタン屋根だった。中に入ると、随分と改装の手を入れたらしく、トイレと洗面所、台所が設けられ、オーナーのコレクションの大福帳の紙が壁クロスの代わりに貼られてあった。

コーヒー付きで千円の上映会には、地元の人も交えて三十名ほどの観客が集った。仙台のギャ

ラリーで見かけたことがある顔もちらほらあった。三十代半ばと見えるM監督が機材の準備をし、その傍らで、会計をしたり、コーヒーを淹れるのを手伝っていたのが、Uさんだった。オーナーの話では、二人は山形に住んでいる、とのことだった。椅子を並べた席だけでは足りず、床に座布団も敷かれ、子供たちはそこに座った。

上映会のプログラムは、十分ほどの短い作品二つと、その真ん中に四十分ほどのメインの作品が置かれている、という構成だった。冒頭の作品は、眠っている人の耳に、自分の耳をくっつけると、その人の見ている夢の中の音が聞こえてくるといい、弟が見ている夢の中で、兄弟は変な乗り物に乗って、本物の手品師を探している、というようなものだった。ひっそりした夢のような雰囲気の絵とストーリー、そして、弟は本当は存在していなかった、という驚きと切なさを感じさせる結末にまず惹き付けられた。

メインの作品も、カタツムリの殻から、男の子が体操選手のように出てくるもの。瓶の中にいるウサギが、磁石で上へ上っていき、瓶を出ると、地球のようなものに今度は吸い寄せられるもの。男の子が、地球のような球体を仰向けになって、足の裏で回すもの。狐が、すすきの原っぱで、女の子の髪をパチンパチンと切るもの。階段を歩いて上っていったり、どこまでも歩いていくように見えて、階段や道が向こうからやってくる、ただ地団駄を踏んでいるもの。虫が葬られていくもの。蝶が半分になってまた元に戻るもの……といったふうで、シュールでありながら、絵本のような暖かみのある絵柄と、さびしくあたたかい、といった心地にいざなう独特の世界にひたった。さらに、くしゅくしゅした声で、フランス語のようでもあるが、何語かわからないナレーションに字幕が付いているのも面白い趣向だと感じた。一時間十五分の上映の間、すぐに飽きてしまって、ぐずったり、外へ出て行く子供たちもいたけれども。

上映後、観客の多くは帰って行き、オーナーの知り合いが数名、今日はここに泊まっていくということで残り、近くへ散策に出かけていた。ぼくたちは、遠野駅の近くの宿で一泊するので、列車の時間に合わせて宮守駅までタクシーを呼んでもらうつもりで居残っていた。オーナーがぼくたちを紹介してくれ、後片付けをしているM監督に自ずと話を聞くことができた。訥弁だが、親しみのある穏やかな口調で質問に答えてくれた。

——虫が好きなんですか？

——小さい頃から引っ越しが多くて、小学四年生で転校したときに、友達からサランラップに包まれたオニヤンマをもらったんです。それから、何となく虫に関しては思いが強くなって。絵を描くようになったのもその頃で、一気に世界が繫がって、友だちが作れたから。

——絵は手描き？

——ええ、すべて手描きです。大変ですけど、絵を描くのは好きなので。

——最初の、弟と耳と耳を重ねるところが面白かったです。

と連れ合いが感想を告げると、

——耳の話は、難聴になったことがあって医者に行くと、耳鳴りの音が録音できるかどうか試したけれど、結局音は録れなくて、脳がその音を感じているのがわかった、という話を、医者から聞かされたことから発想したんです。

——へえ、そうなんだ。弟はほんとうはいなかった、というラストもとても印象的で。

——自分は末っ子だったので、子供の頃の、弟がいたらいいな、という気持を思い出して作ったんです。

――ああ、ぼくも末っ子だったから、同じことを思ったな。ところで、あの不思議なナレーションはどうやって？

ぼくが訊ねると、M監督はいたずらっぽい笑みを浮かべた。

――あれは自分が入れていて、音のトーンを変えているんです。

――何語なのかな、と思って。

――何語でもないです。強いて言えば自分語でしょうか。

そうなのか、一杯食わされたというようにぼくは頭に手をやり、互いに笑い合った。

そんなやりとりを黙って聞いていたUさんが、お二人はこれから仙台に戻るんですか？　と訊ねた。Uさんは、年齢不詳の雰囲気があり、M監督のアニメーションの世界の登場人物のようにも思えた。

連れ合いが遠野で一泊する予定を伝えて、そろそろタクシーを呼んでもらおうか、とこちらを見たのに頷くと、

――わたしたちは花巻に泊まるんですけど、せっかくなので、これからちょっとだけ車で遠野を回ってみようと思うんです。よければ一緒にどうですか。宿までお送りしますから。ね、Mさん。

とUさんは提案し、ええ、ぜひ、とM監督もすすめた。軽のレンタカーなので、ちょっと狭いんですが、それでもよければ。それはありがたいです、とぼくたちはその申し出によろこんで応じることにした。

まず、歩いても行けるぐらいの距離だから、とオーナーから教えられた稲荷穴へと行ってみた。二十台ほど停められる広さだが、がらんとしている駐車場に車を停めて、歩いて向かった。そこは鍾乳洞で、湧き出ている清水は銘水として人気で、人々が汲みに来るということだった。清水を利用してわさびの栽培も行われており、宮守地区は東北一の根わさびの産地だという。途中にあったわさび田の小屋では、ラジオが流れていたけれど、人の姿は見当たらなかった。そばにはニジマスの養殖池もあった。

――Mさんの作品が好きで、思い切ってメールを出してやりとりをするようになったんです。

歩きながら、打ち解けた様子でUさんが連れ合いに話しているのが聞こえた。

心地好い水の流れの音を聞きながら十分ほど行くと、稲荷神社の朱色の鳥居が見えてきた。稲荷穴はその境内にあるようだった。幅が狭く、濡れた苔で滑る石段を昇った。社殿の前に一対の狐の像が置かれたこの稲荷神社は、昔から雨乞いの神社として信仰されてきたという。着いた鍾乳洞の奥行きは、案内板に拠れば七百メートルほどありコウモリなどが生息しているというが、入口は狭く、入るにはあらかじめ許可が必要らしかった。大きな桂と栃の木が、湧き水を守っているように背高く伸びていた。天気はいくぶん蒸し蒸ししており、洞内からひんやりした風が吹いてきて気持ちよかった。すぐそばのパイプから流れ出ている水を手に掬って飲んでみると、とても冷たくおいしかった。

それから、県道の土淵達曽部線を遠野の町中まで車を飛ばした。午後四時を過ぎていたが、夏至近くとあって、日没までにはまだ時間がありそうだった。

――あっ、なんだろう。

標高七三九メートルの馬越峠を越えたあたりで、突然、車のブレーキを踏んで、M監督が言った。その頃には、ぼくたちはカントクと呼ぶようになっていた。ぼくの座席のほうからは、左手の道脇の藪に入って行った動物の影しかわからなかったが、

――狐かな。

とUさんが言い、

――そうだったと思う。

と連れ合いもが口を添えた。仙台の自宅の近隣は風致地区に指定されていることもあり、狐や狸はたまに見かける。この数年は、ニホンミツバチの養蜂家の巣箱がツキノワグマの被害に遭うこともあった。

『遠野物語』には、狐に悪戯されたり化かされる話がいくつか出てくる。狩人が雉を撃ちに行き、狐に銃の筒に土を詰められた話。旅人が、知り合いの家に泊めてもらおうとしたところ、死人が出たのでと主に留守番を頼まれ、囲炉裏の縁に座っていると、老女の死体がむくむくと起き直り、肝を潰すが、狐を見つけて、その仕業と思い打ち殺した話。大酒飲みの大柄な友人と相撲を取ったが、不思議なほど軽く弱く、後日、友人と酒屋で会ったときにその話をすると、相撲など取っていないといわれて、化けていた狐と相撲を取ったと知る話。

そして、ぼくにとって印象深いのは、漁夫が峠で妻と出会い、妻がこんなところにいるわけがなく、化け物だと思い、魚切包丁で刺し殺す。そして、後のことを連れの者に頼んで急いで家に戻ると、妻はこともなく家にいたが、夢の中で、峠まであなたを迎えにいったところ、何とも知

れぬ者に殺されると思い、目が覚めたと話す。さては、と漁夫が元の場所へ引き返すと、殺した女は連れの者が見ている中で、一匹の狐となったといい、〈夢の野山を行くにこの獣の身を傭《やと》うことありと見ゆ〉という話だった。

狐は、その前に訪れた稲荷神社では神の使いであり、『遠野物語』にも、狐と親しくなって家を富ます術を得ようと思い立ち、庭に稲荷の祠を建てて油揚げを欠かさず、狐を手なずけた学者の話はあるものの、死肉を漁ったり、墓地を暴くという習性が山里では嫌われたのだろうか。ぼくも子供の頃、宮城県北の母方の田舎に夏休みや冬休みの間預けられているときに、人が肥溜めさ落ちんのは狐に騙されっからだよ、と伯父さんが真顔で言うのを聞いたことがあった。

対向車もほとんど無く、車は滑るように走って行く。〈附馬牛〉という地名の表記が見えた。ちなみに、ぼくが持っている『遠野物語』の文庫本のルビでは「つくもうし」となっているが、遠野市で出しているパンフレットなどの記載では「つきもうし」となっている。附馬牛は、柳田國男が宿の主人から借りた馬で巡った土地だったことをぼくは思い出した。〈附馬牛の谷へ越ゆれば早池峯の山は淡く霞み山の形は菅笠の如く又片仮名のへの字に似たり〉と『遠野物語』の序文にある早池峰山が見えないかと目を向け続けたが、あいにくの曇天でその姿は見えなかった。

柳田はまた、〈此の谷は稲熟すること更に遅く満目一色に青し〉と、遠野でも寒冷な当地の稲作の具合を、農政学者でもあった目で観察している。そして、ぼくたちが見かけたのはおそらく狐だったが、柳田も〈細き田中の道を行けば名を知らぬ鳥ありて雛を連れて横ぎりたり。雛の色は黒に白き羽まじりたり。始は小さき雞かと思いしが溝の草に隠れて見えざれば乃ち野鳥なることを知れり〉と、名の知らぬ野鳥と遭遇していた。遠野には不思議な由来を持つ鳥が多く、オットーン、オットーンと最も寂しき声で啼くというオット鳥や、アーホー、アーホーと啼く馬追い鳥の話が『遠野物語』にはあった。

遠野ふるさと村を過ぎると、やがて眼下に、北上山地で最大の盆地である遠野の町中が湖水のごとく姿をあらわした。伝説では、遠野郷は大昔は一円の湖だったと言い、〈遠野郷のトーはもとアイヌ語の湖という語より出でたるなるべし〉と柳田は註に記している。

土淵町の伝承園に着いたところで、カントクが駐車場に車を入れた。伝承園の閉館時間の午後五時が迫っていたので、見学はあきらめて、ここから歩いて行ける場所にあるカッパ淵へ行ってみることにした。バス通りを渡り、ホップ畑の間の小道を常堅寺へと向かった。もともと冷害の多い地域だった遠野に適した畑作を模索した結果、昭和三十八（一九六三）年からホップ作りをするようになったという。蔓の高さが五メートルほどになったホップは、ビールに苦味を与える球果をちょうど付けていた。ぼくは、秋になると季節限定で遠野産ホップを使用したビールが出回るのを楽しみにしているので、これなのか、としげしげと眺めた。

――カントクはどうして、東北の地に？

並んで歩きながら、ぼくは訊いてみた。一七三センチのぼくと、カントクはほぼ同じ背丈だった。

――九州で生まれ育ったので、雪に憧れがあったんです。お年寄りも子供も、二センチくらいの雪でも自分の家の庭に掻き集めて喜んでました。山形に来る前は、札幌に暮らしてた時期もあるんです。いまは山形市の隣町に暮らしていて、そこはUさんの亡くなったおじいさん、おばあさんの家なんです。古い家なので、二階でたまに音がしたりして、驚かされることもあります。

とカントクは答えた。

間もなく、常堅寺の山門へと着いた。八脚門の左右に立つ阿吽の仁王像は、早池峰神社（旧妙泉寺）にあったものを神仏分離の際に移したもので、慈覚大師（円仁）作と伝えられているというが、かなり素朴な大まかな造りで、いかめしいというよりも、むしろ漫画的なユーモラスな感じがあり、顔の表情は埴輪を思わせるような印象も受けた。みちのくでは、こうした表情の仁王像をよく見かける。以前に源義経の終焉地として知られる平泉の高館義経堂の資料館で目にした仁王像といい、それらを前にしていると、奈良や京都、あるいは鎌倉で目にする仁王像とは異なる精神性というものを想わずにはいられなかった。

寺に入山できるのは午後五時までとあり、門をくぐって正面に見える本堂の左手の案内板に従って、急いで裏手のカッパ淵へと向かった。小川に架かった橋のあたりは杉木立に笹が茂り、にわかに寂れた雰囲気となった。緩やかな流れを見ながら少し岸を歩いて行くと、小さく浅い淵となり、そこがカッパ淵だった。釣り竿が水面に伸びて、釣り糸の先には河童の好物のキュウリがぶら下がっている。よく旅行雑誌などの写真で見かける光景そのままだった。ぼくは、数年前に訪れた兵庫県福崎町の柳田國男生家近くのため池の公園にも、池の畔に一匹の河童の像があり、もう一匹は池の中にいて、三十分ごとに飛び出してきて観光客を驚かせる仕掛けになっていたことを重ね合わせて、少し複雑な思いとなった。

戻りは、寺の境内を通らない迂回路を回った。ホップ畑の小道に、野菜や豆の無人販売の小屋が出ており、おばあさんが店じまいをしているところだった。それを見かけたUさんが、すかさず近寄って、一袋百円の金時豆を二つ買った。

——ありがとがんす。

と、おばあさんは百円玉を受け取った。それから、菓子箱と見える紙箱の上蓋に、種類ごとに小銭を整列させていたところに、Uさんの百円玉二つを加えてのせながら、無人販売なので、一円玉や五円玉を入れてごまかす人もいるらしく、いくら数えても勘定が合わないことをこぼしたようだった。

ぼくにはだいたい意味が聞き取れたけれど、きょとんとしている連れ合いに、いまのわかった？　と訊くと、笑いながらかぶりを振った。カントクは、と目を向けると、やはり首を傾げた。

Uさんはひとしきり説明した後で、

——Mさんは、歯が弱くて歯医者さんへずっと通っているんですが、年配の人の山形弁が聞き取れなくて、歯医者でも何を言われているのかわからないことがあるみたいなんです。

と言い、そうなんです、とカントクも苦笑した。

伝承園の駐車場へ戻り、そこからホテルへと向かってもらった。まだ陽は残っていたが、二人は一度ギャラリーへ寄ってから花巻へ向かう、とのことなので、すっかり暗くならないうちに山道を戻ったほうがいいだろう。遠野駅近くのホテルの前で、ぼくたちは礼を言って車を降り、またの再会を約束して別れた。車が見えなくなるまで、Uさんと連れ合いは手を振り合っていた。

＊

「そういえば、あの帰りに、狐を見かけたのとほとんど同じところで、今度は不思議な猫を見かけたんです」

とカントクは、ジーンズのポケットからスマホを取り出した。

画面をスクロールさせて、あ、これだ、と見つけると、こちらにスマホを向けた。そこには、切れ目の入った段ボールの切れ端を御札のように身体に貼った灰色の猫が写っていた。路肩に蹲って不安そうな目をカメラに向けている姿と、逃げ出している姿と。

「はじめは、あ、また狐がいる、と思って、車を停めて近付いてみると猫だったんです、それも段ボールをくっつけた。近くに民家もないのに、どこから来たのか、不思議で。遠野の妖怪が出たーって、よっちゃんが言って、二人で盛り上がったんです」

とUさんも言葉を継いだ。そして、

「話を大きくするのは、M家の遺伝みたいで、おじいさんがほんの少し認知症になったときには、宮中晩餐会へ行かないけん、と話していたそうで、よっちゃんも歯医者に行くときには、そのまま入院してくるかもしれん。救急車で運ばれるかもしれん、と毎回話を大きくして臨むんです」

と打ち明けるように言い、そうなんです、とカントクも照れ笑いをした。

ぼくたちは、夕食前に二人の家の近くを散歩していた。夕食には、四人で食べようと、山形にいるときに気に入ってたびたびもとめた九十九鶏弁当を、地酒とともに山形駅の駅ビルで買って手土産にした。果樹園が多く、Uさんに訊くと、この辺りはすももの生産が多いということだった。目に覚えのあるさくらんぼを栽培しているところもあった。晴れて、遠くの山々まで見とおせて気持ちがよい。柴犬を散歩させている六十年配の女性と擦れ違い、二人とともに、ぼくたちも会釈を交わした。

カントクは、外へ出ると、皆がじーっと、睨むように見る人もいて怖いので、ふだんは散歩はせずに車でだけ出かける、と言った。車の運転は好きなので、役場へ出かけるUさんの送り迎えで一日八回往復するのも苦にならないとも。

「前にお送りした月山の麓で雪下にんじんを作っている人も、外からやって来た人なので、住み始めたときに隣人たちから、スキャニングするように上から下までじーっと見られる、と言っていて、はげしく同意したんです」

「ああ、たしかに。それにしてもスキャンするようにっていうのは言い得て妙だなあ」

カントクとともにぼくも目線を上から下に移動するようにしてみせて笑い合った。カントクと同じ年頃の頃に蔵王山麓の町に暮らしていたときには、散歩をしていると、いい大人が昼間からぶらぶらしていて、という好奇のまなざしをしばしば向けられたものだった。

「少し煙いですけど、喘息大丈夫ですか」

五十メートルほど先の畑で煙が上がっているのを見て、カントクがぼくを心配した。大丈夫、と頷き、なおも歩いて行くと、下に落ちてしまったらしいすももがまとめて捨ててあった。畑の隅に果樹が植えてあるのは、自家用だろうか。柿の木もあった。と、左手に広い空き地になっている斜面があらわれた。

「ここにはずうっと、さくらんぼの樹々が植えられてあったんです」

とカントクが言い、

「年配のSさんの家のさくらんぼ園だったんだけど、Sさんが一人で全部、根っこから掘り起こして更地にしてしまったんです。その一週間後にSさんは亡くなったんです。まるで、ちゃんと後始末をするようにして」

Uさんが言い加えた。

これだけの土地を老人が一人でか、と感じ入って見遣っていると、珍しくカントクが昂奮を抑えられない口調で話し出した。

「Sさんの仲良しにHさんというおじいさんがいて、その人もいつも睨み付けるように見るので怖かったんですが、そのHさんが亡くなったときには、ちょっと感じるものがありました。Sさんは、自分の家でも新聞を取っているのに、裏のHさんのところへ新聞を読みに通っていたそうなんです。Hさんは、現役の頃は、郵便局の電報配達人で、そのときの癖なのか、よく口笛を吹いていたんです。ひゅー、ひゅー、って。そうしたら、ちょうどHさんが亡くなった頃、夜中に口笛を聞いたんです。鳥かもしれないんですが、やっぱり、そっくりに、ひゅう、ひゅう、って音がして」

次にUさんが山の上を指差して、

「この山の向こうには、岩谷十八夜観音があって、そこの集落にはオナカマさまが住んでいたんです。オナカマさまは、目の不自由な女の人たちが修行を重ねて口寄せをする巫女さんです。仕事で一緒の人の親戚もオナカマさまでした。町内や家族の困りごと、揉めごとなどのさいに、オナカマさまに占ってもらって、御告げをもらうんです。いまは土砂崩れがあって道路は通れないんですが、Hさんはそこまで電報配達をしていたそうなんです」

と教えた。

カントクの口笛の話はオットット鳥の話を想わせるところがあるし、オナカマさまは、遠野の吉凶を占う民間信仰のオシラサマにも通じる。この土地にも遠野は遍在しており、目の前のなだらかに開けた斜面は、六十過ぎの老人たちが共同生活をして自然な死を待ったという、遠野で見たデンデラ野であるような思いにぼくはなった。それを言うと、Uさんとカントクは、デンデラ野も今度ぜひ行ってみたいと興味を示し、遠野を廻ったときの話をもっと聞かせてください、と今度はぼくたちに頼んだ。

＊

四年前、車の二人を見送った翌日、ホテルをチェックアウトして荷物を預けたぼくたちは、まず、すぐそばにある豆腐屋に行った。ギャラリーのオーナーから、豆乳と寄せ豆腐がおいしいので、それで朝ごはんを済ませても、とすすめられた店だった。〈岩手県産大豆のみ使用　絞りたて豆乳　一杯百円〉〈立食い寄せ豆富　百五十円〉と書かれた貼り紙がある扉を開けると、親仁とその母親らしい女性がいて、寄せ豆腐あるよ、と声がかかった。

宿の朝食を食べたので、持ち帰り用に、寄せ豆腐と小さなエクレアのような形をしたがんもどき二袋を頼み、午後四時半頃受け取りに来ます、と告げると、声をかけてもいないときは、ここに置いておくから、と冷蔵室の隅に袋を置き、冷蔵室の扉の開け閉めを教わった。のんびりした田舎の商いに、心が和んだ。

それから、目と鼻の先にある遠野市立博物館を訪れた。図書館の中にあるそこでは、遠野の歴史や文化を知ることができる常設展がなかなか充実していて見応えがあった。

盆地である遠野の町は、トンネルが穿たれる以前には、やって来るにしろ、出て行くにしろ、越えなければならない峠が遠く近く取り囲んでいた。宮古へ至る立丸峠。住田町との境にあり、江戸時代には伊達藩と南部藩の藩境でもあった樺坂峠。釜石と結ぶ界木《さかいぎ》峠。釜石・大槌へと抜け、馬の背に荷駄を積んで運ぶ駄賃付けが馬を引きながら歩いた笛吹峠。釜石との境にあり、急カーブ、急勾配が続く難所として知られる仙人峠。住田町との間にあり、やはり難路だった赤羽根峠に蕨峠。江刺と結び、南部藩と伊達藩の藩境で麓には両藩の境番所があった五輪峠などなど……。遠野は、それらの峠を越えて浜と遠野と内陸と、北上山地を横断する人々が行き交う交通の要衝であり、物資だけでなく、各地の様々な伝説や風聞もたらされ、この地に留まることとなった。奥浄瑠璃の語り手など、芸能を伝える者もいた。それに加えて、いのちの危険にさらされながら北上山地を縦断し、山中を漂泊する山伏や木地師、たたら師、金山師などの奇異な体験談もそこに加わったのだろう。戦に敗れ、朝廷の手の届かない地へと逃げ延びた落ち武者もいた。

一九六〇年代には、岩手県の山間地が〝日本のチベット〟と呼ばれていたこともあり、ぼくが最初に『遠野物語』を読んだときには、山間の閉ざされた地なので、古い民話が遺されていたぐらいに錯覚していた。高校の水泳大会が釜石であったときに、花巻から釜石線に乗り、遠野も通ったはずだが、ほとんど印象には残らなかった。それが遠野のことを調べるようになり、こうして実際に足を運んでみると、東京二十三区よりも広い土地に集落が点在し、中心部は意外に開けていたことを知った。寛永四（一六二七）年以降の二五〇年間、南部家一万石の城下町として栄え、「遠野市史」によれば、その商業活動は盛岡以上といわれていた往時の名残は感じられた。そう思って読めば、たしかに柳田國男も『遠野物語』のなかで、〈遠野の城下は則ち煙花の街なり〉とも〈山奥には珍しき繁華の地なり〉とも記していた。その賑わいの様子が展示からはよく伝わって来た。その後、大正四（一九一五）年に、花巻から仙人峠まで軽便鉄道が通るようになって、駄賃付けが消えて行き、電灯が灯り、夜が明るくなるのと入れ替わりに怪異の心象もうしなわれていった。

常設展示ではほかに、祭りのときに使う、等身大でリアルな男女の藁人形の迫力にたじろいだ。遠野では、春には各家で藁人形を作り、門口に立てて一年間の無病息災を願う春風祭り、夏には稲に病害虫がつかないよう藁人形を持ち、田の畦道を練り歩く虫祭り、秋には男女の藁人形を集落の境に立てて、雨風の被害に遭わないように祈願する雨風祭り、が季節ごとに行われてきたという。『遠野物語』には、〈盆のころには雨風祭とて藁にて人よりも大なる人形を作り、道の岐《ちまた》に送り行きて立つ。紙にて顔を描き瓜にて陰陽の形を作り添えなどす。虫祭の藁人形にはかかることはなくその形も小さし。雨風祭の折は一部落の中にて頭屋《とうや》を択び定め、里人集まりて酒を飲みてのち、一同笛太鼓にてこれを道の辻まで送り行くなり。笛の中には桐の木にて作りたるホラなどあり。これを高く吹く〉などとあった。

館内では、遠野の伝統行事がテレビで上映されていた。女の正月とも言われる小正月に、火事にならない木である水木に色付けした団子を鈴なりに飾って五穀豊穣を祈る行事は、ぼくも子供の頃にした覚えがあった。同じ小正月に行う成木責めという行事は、果樹に向かって刃物を向けて、「成るか成らぬか」と脅す。それは、母方の伯父も、柿や梅の木に行っていたもので、成人式の休日に遊びに行ったぼくが、成木役をさせられて「成ります、成ります」と答えることもあった。

別のコーナーで柳田國男の映像が流れている中、もっと観ていたい思いを残しながら、次の目的地へと向かった。午後二時に伝承園で観光タクシーの運転手と待ち合わせをしている。ここから一番近そうな中央通りのバス停まで歩くことにした。来内川《らいない》に架かる大手橋を渡り、豆腐屋を過ぎてすぐにぶつかった大通りを左に折れたところにあったバス停で、伝承園を通るバスを待った。陽射しがあり、昨日よりも暑くなった。

通りには銀行が目立ち、ここが目抜き通りであることをうかがわせる。ホテルでもらった遠野マップを開くと、別名一日市《ひといち》通りという表記があるのを見て、ここが毎月一の付く日に市が開かれ、〈其市の日は馬千匹、人千人の賑わしさなりき〉と『遠野物語』にある通りだと遅ればせながら知った。さっき訪れた博物館にも、当時の市日の様子を再現した映像やジオラマが展示されており、通りの両脇や道端に様々な店が軒を連ね、人々が賑やかに行き交う様子があった。

バスが来るまでしばし時間があったので、バス停の向かいに見えた旅籠屋風の建物に行ってみた。一階にあるそば屋は休みで、店内を何とはなしに覗き込んで戻ってくると、

――そばはないけっど、ラーメンだったらあっちさ店あるよ。

バスを待っていた年配の小柄な女性が、マスクをして掠れた声で、指差して教えた。昼食の場所を探していたわけではないが、ご親切にどうも、と礼を言ったぼくは、やはり遠野の人は人なつっこい、という印象をここでも受けた。多くの旅人たちを受け入れてきた土地柄だからだろうか。

――んで、気いづげで。

と挨拶をして、女性は先に来た病院行きの小型バスに乗り込んだ。

その後にやって来た西内行きにぼくたちは乗った。バスは、遠野病院、介護センターなどで停まり、乗客は少しずつ降りた。平泉の藤原氏追討に従軍として功があり、源頼朝から遠野郷を賜

った阿曽沼氏が勧請したのが始まりとされる遠野郷八幡宮を過ぎて、少し郊外へ抜けると、あの納屋のある家々が見え始めた。いつだったかTさんが、〈遠野は広くて〉とハガキに書いていたことを実感しながら、車窓からの風景に目を注いでいるうちに、三十分ほどで伝承園のバス停に着いた。

伝承園は古民家を利用して、遠野の農家のかつての生活様式を再現させた施設で、茅葺き屋根の曲り家を目にしたとたん、子供の頃の伯父の家の記憶が蘇るようだった。土間には木臼が置かれて餅搗きをし、竈の柱には、煤で黒光りし、睨み付けるような目が怖い釜神様がいた。水道はなく、水は大きな水甕に貯めてある。囲炉裏の自在鉤には鉄瓶が下がり、湯気を立てている。そこで茶碗酒を呑んでいる伯父の膝の間に坐って火を眺めているのが好きだった。便所は外で、特に夜に行くのは怖かった。便所の床は古く湿っており、抜け落ちてしまうのではないか、と強い不安に襲われた。従兄には、便所には潜んでいる物があるので、入る前には、咳払いをするか、必ずノックをするように、と教えられた。それから、用を足している最中の人に声をかけてはだめだど、鬼婆になってしまうから、とも。そこでは、ときおり蛇に遭遇するのも怖かった。

狼の被害に遭わないように考案されたとも聞く曲り家のように、母屋と馬屋が一体とはなっていないものの、伯父の家でも、離れの小屋では乳牛と駄馬を飼っていた。馬は、ぼくが引かせてもらえるようになる前に手放されてしまったが、馬の後ろに立ってはいけない、ときつく言い聞かされたことは覚えている。馬は臆病なので、後ろに立つと驚いた馬に蹴られてしまうからだった。離れている隣近所の農家に、馬喰が来て、朝早く馬が連れて行かれるのを遠巻きに眺めていたことも、不思議な光景として残っていた。伯父は鶏も飼っていて、それをつぶして鶏鍋を振る舞ってくれることもあった。ぼくは好物だったが、伯父が鉈を振るって鶏の頸を落とすのを見た兄は、それから鶏が食べられなくなってしまった。

伯父の家とちがって、伝承園ではじめて目にしたのが、色とりどりのたくさんのオシラサマが飾ってある小部屋だった。宮城県にも風習があるオシラサマという名前は、母親の口からも聞いたような気もする。男は見ることすら許されなかったというから、記憶が定かではないのはそのためかもしれない。そんなことを思いながら、馬と娘が一対となっているご神体を眺めた。

『遠野物語』のさまざまな話を語り部として柳田國男に伝えた佐々木喜善の祖母の姉が語った話として、〈昔あるところに貧しき百姓あり。妻はなくて美しき娘あり。また一匹の馬を養う。娘この馬を愛して夜になれば厩舎に行きて寝ね、ついに馬と夫婦になれり。或る夜父はこの事を知りて、その次の日に娘には知らせず、馬を連れ出して桑の木につり下げて殺したり。その夜娘は馬のおらぬより父に尋ねてこの事を知り、驚き悲しみて桑の木の下に行き、死したる馬の首に縋りて泣きいたりしを、父はこれを悪みて斧をもって後より馬の首を切り落せしに、たちまち娘はその首に乗りたるまま天に昇り去れり。オシラサマというはこの時より成りたる神なり〉とある。

養蚕の神でもあるオシラサマは、桑の木で作られた一尺程度の棒の先に人や馬の顔を書いたり彫ったりしたものに、布で作った衣を多数重ねて着せたものである。旧暦の一月十六日のオシラサマの祭りの日には、管理を任されている女性が新しい端布を前年までの衣の上に重ねて着せる。顔だけが出るように布に穴を開けて衣にしたものと、頭からすっぽりと布をかぶせたものがある。お祈りや願い事を書いた布々で着ぶくれしたオシラサマの数々には圧倒され、息苦しい心地にもなった。

興味深いことに、オシラサマがいつの時代から現れたのかはいまだに不明なのだという。十二年前にモンゴルを旅行したときに、馬頭琴の演奏で「スーホの白い馬」を聴いたことをぼくは思い出した。それはこんな物語だった。遊牧民の少年スーホは、白い子馬を拾い、その子馬を大切に育てる。だが、成長した白い馬は、殿様にだまされて奪われてしまう。隙を突いて逃げ出した白い馬は、全身に矢を射られながらも、スーホのもとへ帰るが、次の日に息絶えてしまう。悲しみにくれるスーホの夢の中に白い馬が現れて、死んだ自分の身体を使って楽器を作るように言い残す。そうして出来たのが馬頭琴だという訳だった。そうした大陸の物語の影響も受けているのかもしれない、小部屋を出たぼくはそんな想像もしてみた。

園内の郷土料理を食べさせる店で、ひっつみを食べた。連れ合いは、小豆のこし餡をもち米の皮で包み茹で上げた、けいらんが付いたセットにした。けいらんは、温かい茹で汁のなかに白い餅が繭のように入っているといった趣だった。

午後二時少し前に、予約していた観光タクシーの運転手が売店に顔を出した。挨拶を交わすと、Kと名乗り、遠野では、佐々木と並んで、馬の糞といわれる名字です、と言い加えた。廻りたい所をしばし相談した後、まずはここから近いという山崎のコンセイサマへ向かうことにした。

——カッパ淵は行かれましたか？

——ええ、昨日行ってきました。

——河童いましたか？

笑いながら訊かれて、

——いいえ、川面にキュウリが吊されているだけでした。

とぼくも笑いながら答えた。

——わたし思うんですけど、河童って、猿を見まちがったんでないですかね。遠野の河童は顔が赤いっていうから、ね。

——ああ、なるほど。

Kさんは話し好きな運転手のようなので、道中、遠野のことをいろいろと教えてもらえそうだった。

少し山手に行ったところにあった山崎のコンセイサマに着くと、お堂の中を開けてみて、と言われた。開けると、カビの臭いに噎せそうになった。畳が敷かれた中央に大きな男性器を想わせる一・五メートルほどの巨大な自然石にしめ縄がかけられ、祀られてあった。連れ合いはぽかんとしていた。〈コンセサマを祭れる家も少なからず〉と『遠野物語』にはあり、子授け、豊作を祈願する神様だという。近くの地面にも、男性器、女性器を形どった自然石があり、市立博物館で見た性器まで作ったリアルな藁人形のことも思い返された。下草刈りをしている男性がおり、挨拶すると、集落ごとにコンセイサマの掃除をしているといい、タワシで磨いてやっと、おなごの腰の病気にも効くんだ、とも教えた。

次に、土淵町山口の佐々木喜善の生家へと廻った。近くには、のんびりと佇む水車小屋もあった。生家は、現在も縁者が住んでいるので、中へは入れない。L字形の曲り家の構造をのこしているずんぐりとした平家で、屋根は瓦になっている、と垣根の外から眺めていると、

——佐々木喜善は養子だったがら、厳密にはここが生家ではないんだよ。まあ、生まれてすぐに養子に入ったっていうがら、いいのかもしんねげど。

と運転手のKさんが説明した。

佐々木喜善が養子だった、というのは初耳だったが、養子を取るのは、かつては稀ではなかったのだろう、連れ合いの祖父母もそうだったと聞いている。帰ってから調べてみると、喜善は実父が十八歳で急死した後に生まれたことで、外祖父のところに養子に入り、実母は喜善の大伯父にあたる人と再婚したという。それを知ったときに、ぼくは、お化け好きだが臆病で、作家を志望したが挫折して、土淵村の村長となったものの、心労が重なって職を辞し、仙台に移住して数え四十八歳で病没した佐々木喜善にとって、母に捨てられたという思いは、一生の心の傷となったかもしれない、と察したことだった。

その喜善の墓は、集落の東側のダンノハナの丘の共同墓地にあった。そして、集落を挟んだ反対側がデンデラ野だった。橋のたもとに、母を背負った男性を彫刻したようなものがあり、

——昔は、六十歳になったら、ここへ移り住んだの。デンデラ野では集団で生活をしていて、作業をして食べ物をもらいに町へ降り、またここへ帰ってきて、お迎えが来るのを待った。そして死んだら、向こうのダンノハナに埋めたの。

とKさんが説明した。

デンデラ野は、橋のたもとの彫刻が想像させる姥捨て山とは、実際はちがうようだった。野の外れに、藁で作られた小屋も再現されてあり、中を覗き込むと、土間ながら簡素な炉もあった。ここで小屋掛けをして、畑を少し耕したりして、やがて身体が動かなくなり、衰弱して死が訪れるのをおだやかに待った場所なのだろう、とぼくは想像した。七月生まれの自分も、あとひと月で還暦となる年回りなので、身につまされるところもあるが、飢饉で苦しんだ東北の地にあって、

村を助け、子供たちの未来を護ろうとする老人たちの身の引き方だったようにも思われた。そして、ここからは縄文遺跡が発掘されており、縄文人が住んでいたことも知られているという。遠い先祖の暮らしにつながって生を終える、というかんがえもあったのかもしれない。

車で待っていたKさんのところへ戻り、乗り込むと、一緒に虻が入ってきた。急いで逃がして、窓を閉めた。虻は家畜にたかって吸血するので、市立博物館の展示にも、馬の背に掛けられた虻除けの布があった。そんなところにも、人と同じように馬を大切にしている遠野の暮らしぶりが窺えるようだった。

南にある青笹町の方へ行く途中、いまの遠野のことを聞いてみると、

――人口は、昨年で二万七千人、年々、減っている。最盛期は、新日鉄釜石が元気だった頃。遠野から釜石までは一時間、電車で通う人たちがいて、飲み屋も多かった。

とKさんは、言い慣れた口調で説明して、あれが六角牛山、と左手に見える山を指した。自動車教習所、木工団地を過ぎると、突如、青田の中にぽつんと茅葺き屋根の質素な建物が見えてきて、それが他の地の権現様の片耳を食いちぎったという伝説がある権現様を祀っている荒神様《あらがみさま》だった。

――Tさんからもらったハガキの写真がここだった。田植えの頃の写真だったかな。

と連れ合いが思い当たったようにつぶやいた。

そこからは、早池峰山がよく見えた。六角牛山、早池峰山、石上山の三つが遠野の大きな山、とKさんが教えた。次は、石上山がある北西の方へ車を走らせて続石《つづきいし》を目指す。結構走りますよ、と運転手のKさんは車のスピードを上げた。季節の話になり、冬は好きですか、と連れ合いが訊

ねたのを、冬はスキーですか、と聞き間違えたようで、スキーはやんね、とKさんが答えた。

やがて、続石へと登る入口の駐車場へ着いた。

——歩くと、行きと帰りで三十分ほどかかります。行きは登りだから、ちょっと大変ですよ。私は何遍も登りましたから、ここで待たせてもらいます。熊が出ることがありますから、わーわー声を出しながら登ってください。ほんとに熊には気を付けてくださいよ。

とKさんは注意した。

左隣の小高くなったところは、重要文化財になっている南部曲り家千葉家で、大修理中のため休館していた。工事の音が響いているので、熊は来ないのではないか、と思いながら木の鳥居をくぐり登り始めたが、両脇に藪が茂る鬱蒼とした杉林の中の細道は、すぐに音も途絶え、まったく人の気配がなくなった。熊出没情報看板もあった。

——あれ、なんだろう。

連れ合いが怯えた声を発し、顔を向けている前方を見遣ると、二十メートルほど先に、黒っぽい動物のような形が見えて、ぼくもびびった。怖々と進んで行くと、ベンチだった。古びたベンチの足が子熊の足に見えたのだった。

ともかく、急ぎ足で登ることにした。息が切れてきたところで、ようやくそれらしい巨石が右手の樹々の中に見え隠れしてきた。〈弁慶の昼寝場〉という標識が立っている、少し平らになった場所の左手に三メートルほどの高さの泣き石があり、そこから少し高くなったところに、続石はあった。鳥居の形のように、二つ並んだ台石の上に笠石が乗っている。近付いていくと、その大きさと重量感には圧倒された。ざっと見積もったところでは、長くのっぺりとしている笠石は、幅は約七メートル、奥行きは約五メートル、厚さは約二メートルといったところだろうか。古代人の墓とも言われ、武蔵坊弁慶が足を引っ掛けて台石に笠石を載せたとも、天狗の仕業だとも言われているそうだが、それはともかく、どうしてこんな巨石がここに乗ったのか、見れば見るほど不思議だった。台石の間は、通り抜けることもでき、反対側からよく見ると、ゴツゴツした二つの台石は少し高さがずれており、片方の石の上には微かに隙間がある。何と、上に乗っている笠石は、バランスが絶妙に取れて、片方だけで浮いているのだった。遠野でも大きな被害があった東日本大震災の揺れで、よくずれたり落ちたりしなかったものだ、と連れ合いとともにつくづくと感心させられた。ここもそうなのかは定かではないが、遠野には不地震の森の伝説があり、かつて地震や火山の噴火などによって、逃げ延びた人たちが安住の地を求めて住み着いた、とも聞く。

続石を鳥居と見立てた奥には、山神を祀った祠もあった。〈遠野郷には山神塔多く立てり、そのところはかつて山神に逢いまたは山神の祟を受けたる場所にて神をなだむるために建てたる石なり〉と柳田が記したように、遠野には、いたるところに山神の石碑があるのだった。

長居はできない、とばかりに戻ることにした。近くに、杖にするのに手頃な木の棒が落ちていたので、それで音を立てながら急ぎ足で降りる。山道には金色にきらきら光るものが見え、もしかしたら砂金だろうか、と思ったが、確かめるのはやめにした。と、真ん中ぐらいまで来たところで、突然右脇の藪で、がざっと音が立った。一瞬立ち止まり、熊か、と連れ合いと顔を見合わせた。熊に遭遇したら、決して走らずに、ゆっくり後ずさりするように、と山歩きの達人に教わったことが頭を過るが、がさがさっ、とまた音がして、堪えきれずに、大変だ、と声を発してつんのめりそうになりながら駈け出した連れ合いを先にして、ぼくも続いた。

駐車場へと駆け込み、運転手のKさんに連れ合いが息せき切って話す。笑いながら、たまげた？　と聞かれ、たまげたー、と連れ合いが答えた。二人ともどっと汗が出ているのを見て、冷房をかけますね、とKさんが言った。

ここからは遠野駅の方に向かって、その近くの程洞《ほどほら》のコンセイサマに行ってもらうつもりだった。その前に、途中ですから五百羅漢もぜひ見ていってください、時間はサービスします、とまでKさんに言われて、それならとお願いすることにした。

――五百羅漢のイメージはどんなですか、お寺みたいに一体一体並んでいるわけじゃないんです、自然の石、岩に、お顔を彫ってあるんですよ。

Kさんは熱心な口ぶりとなった。

釜石線を越えてすぐのところにあった五百羅漢の前に車を停めると、Kさんも車を降りて、見学に同行してくれた。案内板があり、約二百年余り前に東北地方を襲った度重なる大飢餓で亡くなった多くの犠牲者を供養するために、大慈寺の義山和尚が自然の花崗岩に五百体の羅漢像を彫った、という説明が書かれていた。斜面が沢になっていて、沢に沿ってごつごつした岩岩がある。

――ちょっと音出しますね。

Kさんは薄暗い森に入る前に、スマートフォンで動物除けらしい甲高い警戒音を鳴らし、それを大きく左右にかざしながら、ほおー、ほおー、と鬱蒼とした杉木立へ向かって大声を出した。続石での一件があったので、地元の人の熊への用心と、森へ入るときの心構えを目の当たりにして、ぼくはいたく感心させられた。

――ほら、ここ、ここ。

Kさんが、苔むした石を指差して教える。教えられないと見逃してしまうほど、うっすらとお顔が浮かぶ。苔で半ば隠れてしまっている顔もある。空気がひんやりとしていた。

――沢の音がお経だという人もいますね。

と言われて、岩岩に耳を近付けてみると、その下にも水が流れているらしく、表面の沢の高い音ではなく、低くくぐもった音が、岩岩に反響して聞こえてくる。確かにお経のようであり、昨日観たM監督の作品のナレーションのようでもある。

――どうでしたか。

と訊かれた連れ合いが、

――悪いことはできないという感じ。

と言うと、Kさんが口を開けて笑った。

程洞のコンセイサマの入口らしい赤い鳥居はすぐそばにあった。下草が刈られていないので、五百羅漢よりもさらに鬱蒼としている。行ってみますか、とKさんがエンジンをかけたままで、引き気味に言い、続石で懲りたのか、連れ合いも、車で待っている、と言った。

気を付けて、という二人の声を背に、ぼくは神社の案内板の〈中世の遠野領主阿曽沼氏の一族であった宮道義が同家の鎮守として勧請したと伝えられている。境内には鳥神という小社があって婦人病に霊験があるといわれ参詣する者が多かった。また境内には杉の老木が多く冷泉があり、眺めもよく避暑地に適している〉という文字を読んでから、杉木立の下草の藪にかろうじて付けられた細い参道を上って行った。地表をわずかに水が流れており、滑るので、途中で木の枝を拾って杖にし、さっきのKさんを真似て、ときおり大声を発するのも忘れずに。

少しずつ神域に近付いて行くというように、鳥居をいくつか潜っていくと、〈眺めもよく避暑地に適している〉とはとても言えない寂れた場所となっていたが、何とも不思議な空間があらわれた。石や木で出来たさまざまな種類の生々しいコンセイサマが奉納されている祠があり、その隣には熊野の神の使いである八咫烏《やたがらす》も奉納されている烏神。その傍らには、文字が苔で半ば隠れている山神の碑と陰陽石。さらに水神が祀られ、〈奉納　水神〉の刻字には、金が入れられている。隣には小さな不動明王。そこから更に登ると、なぜか金華山の石碑も立っている。

稲荷神社の古びた社がある裏手を登っていくと、高さ五メートルほどの巨石をご神体としたらしく庇のみの拝殿と鳥居が設けられていた。後ろでガサガサッと音がして、弾かれたように身体がびくっと竦んだ。藪に入って行ったオレンジ色の軌跡が目に残ったので、たぶんヤマカガシだろう。『遠野物語』には、蛇の話もいくつかあった。ぼくの母親からは、女性の秘部に蛇が入ると、鱗が逆立って引き抜けなくなってしまう、という話を聞かされて怖じ気だったものだった。

社の本殿の方へ戻ると、その隅に、トタンで囲われ、青い煙突が突き出ている小屋があった。人気はなく、ずいぶん前に見捨てられたような佇まいだった。硝子窓から中を覗き込んでみると、古びた手拭いと一九七〇年代のものとおぼしい週刊少年チャンピオンが見えた。

日中でも薄暗い空間に一人佇んでいると、何かに見られているような気配を感じた。〈東京でも以前はよく子供がいなくなった〉〈神に隠されるような子供には、何かその前から他の児童と、ややちがった気質があるか否か。これが将来の興味ある問題であるが、私はあると思っている。そうして私自身なども、隠されやすい方の子供であったかと考える。ただし幸いにしてもう無事に年を取ってしまってそういう心配は完全になくなった〉と柳田國男は「山の人生」に書いていた。おそらく、ぼくもそうだった。五歳のときの夏、かわたれ時にそっと家を抜け出したぼくは、近所の青年に犬をけしかけられて脅え、暴行された。泥だらけになって帰ってきたぼくを見た母親は、神隠しされた子を見るような心地だったのではないか。その出来事もきっかけとなって柳田國男を読むようになってから、その世界から受けるさびしさのようなものをとおして、ぼくはそう解するようになった。昨日観たM監督のアニメーション映画に出てきた不在の弟にも、ぼくは似たようなさみしさを感じた。

『遠野物語』の二十五年後に、柳田國男のもとに更に多くの説話を届けた佐々木喜善の死後に増補として追加された『遠野物語拾遺』によれば、案内板に宮道義の名があった宮家とは、遠野で最も古い家だと伝えられ、遠野郷が一円湖だった頃に、気仙口から鮭に乗って入ってきたという伝承があった。そして、この一族の後裔に、このあたりに住んでいた医者がおり、その娘がある夕方、家の軒に出ていて、そのまま神隠しにあった。その数年後、家の勝手の流しの前から、一尾の鮭が飛び込んできた。これを神隠しの娘の化身であろうといって、この家ではそれ以来、いっさい鮭を食わぬことにしている、という。

その宮家に関わる、霊気がただよっていそうな空間をもう一度見回してから、ぼくは戻り始めた。濡れた斜面に滑らないように気を付けながら下りていくと、足元のわずかな水の流れに、金色に燦めくものが見えた。もしかしたら砂金だろうか、と半信半疑でぼくは掬ってみたけれど、てのひらでは採れなかった。

エンジンをかけたままだった車まで戻ると、すぐにホテルへと向かった。預けていた荷物を受

け取ってから駅へと向かう大手橋を渡ったところで、

――あ、豆腐だ。

――豆腐。

ほとんど同時に、連れ合いとぼくは声を発し、運転手のKさんに停まってもらうように頼んだ。小走りに豆腐屋へ向かった連れ合いが、ビニール袋を提げて戻ってくると、やっぱり声をかけてもいなかったので、教えられた通りに、冷蔵室の扉を開けて、袋の中身を確認して取り出してきた、と教えた。

＊

「あのときは半信半疑だったけれど、やっぱり砂金だったんです」

とぼくは言った。

散歩から帰って、ぼくたちは茶の間で、遠野の話をしながら、九十九鶏弁当と、Uさんが作ってくれたもってのほかの酢の物をつまみ、山形の地酒を飲んでいた。食用菊のもってのほかが盛られた硝子の器は、年代物で趣があった。

二人が住んでいる古家の廊下の壁には、祖父祖母が使っていた黒板があり、メモが書かれたままになっていた。茶の間は障子で、破れ穴を、車や花などさまざまな形の切り紙で貼って補修してあるのがよかった。雪見障子になっているが、外から見られるからと、下の障子を一度も上にスライドさせたことがない、といった。玄関や洗面所には、りんどうや小菊を飾った小さい花瓶があった。仏壇があり、曾祖父に曾祖母、祖母、祖父の写真が掲げられている奥の部屋に、最初は寝ていたが、落ち着かないので茶の間に寝るようになった。隣の唯一の板張りの部屋が、カントクの仕事場。二階は使っていない、ということだった。便所の扉には、〈全部閉めると開かなくなるので、少し開けておくこと〉という貼紙もあった。

「帰ってから調べてみると、遠野にはかつて数多くの金山があって、奥州藤原氏の平泉文化を支えたという伝説もあるんです。それで、程洞神社は江戸時代の明和年間に宮道義が同家の鎮守として勧請したと言われていて、境内には三本足の烏を神とした烏神の小社を祀ったそうなんです。それは、烏が岩間から湧き出る水を飲んで金色に変わり飛び去り、村人が試しにその水を飲んだところ病が治癒したためで、以来、婦人病に霊験があると伝えられることになったんです。その霊水に含まれていたのが砂金で、宮家の医術は、金の効能を用いたものだったんじゃないか、とぼくは思うんです。それで、金精によって子宝に恵まれた、というようなことでコンセイサマが多く奉納されてるんじゃないかと。コンセイサマは漢字だと金精様だから」

「ああ、そうか。なるほど」

カントクが頷き、Uさんと連れ合いも納得した顔付きになった。一人で向かった程洞神社のことは、それまで連れ合いには詳しく話していなかった。

それから、とぼくは話を続けた。

「デンデラ野についても、帰ってからあらためて『遠野物語拾遺』を読んでみて、こんな話を見つけたんです。死ぬのが男ならば、デンデラ野を夜なかに馬を引いて山歌を歌ったり、または馬の鳴輪の音をさせて通る。女ならば、平生歌っていた歌を小声で吟じたり、啜り泣きをしたり、あるいは高声に話をしたりなどしてここを通り過ぎ、やがてその声は戦争場《いくさば》の辺まで行ってやむ。

それから、こうして夜更けにデンデラ野を通った人があると、喜平どんの家では、ああ今度は何某が死ぬぞなどといっているうちに、間も無くその人が死ぬのだといわれている、とあるんです」

どう思う、とカントクのほうを見遣ると、

——同じですね、Hさんの口笛も。

とカントクが、怖さと興味とが半ばするような表情になった。それは、ヌエの異称があるトラツグミの啼き声にも思えるけれど、たしかにそういうこともあるかもしれない、とぼくは思った。

天井裏で、がさこそと音がした。皆で上を見上げて、ネズミだ、ネズミだね、と口々に言い合った。天井板にはガムテープが貼られてあり、

——下から突いたら、板が割れちゃったんです。

とUさんが恥ずかしそうに言った。

——この音にだけは、どうにか慣れました。

とカントクが笑って言った。

それから数日経って、Uさんから手紙が届いた。

〈お二人が遠野の話をして帰られた後、さみしさのことについて考えていました。ごく普通の家庭で育ったので、自分では考えても、特別にさみしさの感覚はないのですが、思い起こしてみると、自死が身近だったのが影響したのかな？　とも思いました。

私が生まれ育った地区では、幼い頃から、「〇〇の〇〇さん、死んだどー。」「山さ行って、車

の中で死んでだっけどー。」「〇〇さん、さくらんぼの木さいだっけどー。」などと自死が身近で、私も特別に何も思わず、「あ、あそこの〇〇さん、死んだんだー」ぐらいで自然に受け入れて育ちました。

　私も小学四年生のときに、ひいおばあちゃんが自室の鴨居で亡くなっていました。最初にみつけたのは、私でした。たしかお休みの日で、N町の祖父母とお出かけして帰ってきたあと、ひいおばあちゃんの部屋のふすまを開けたら、着物姿でぶら下がっていました。その時も「あ、おはるばあちゃん、首つってる……」と普通に思い、でも何となく大変なことだと思ったので、急いで玄関にいたN町のお祖父ちゃんに報告しに行きました。それからは警察などもみえて、お葬式も自宅でしたので、たくさんの人が来て、台所には白い割烹着姿のおばさんたちがぎゅうぎゅうで、でも私はあまりかなしくなくて、人がたくさんいて、にぎやかで、でもあまりはしゃいではいけないような気もして、不思議でした。

　生きているのが疲れたときに、曾祖母の部屋に行って、いまでもその姿をみていたりします。薄暗いへやで、静かに動かない曾祖母を見ていると、すーっと心が落ち着いていくのです。自然に亡くなった方は、遠くへ去っていくのですが、自死した方は、私の中のもやがかかった場所にいて、いつも思い出すことができます。

　そのもやがかかった場所の方が、居心地がよさそうで惹かれたりもするのですが、自死はいやなので、まだうろうろと現世をさまよっていようかと思います〉

初出

いずれも「新潮」に掲載

西馬音内　二〇一九年十一月号
貞山堀　二〇二〇年二月号
飛島　二〇二〇年十一月号
大年寺山　二〇二一年八月号
黄金山　二〇二二年四月号
月山道　二〇二二年十月号
苗代島　二〇二三年五月号
会津磐梯山　二〇二三年十月号
遠野郷　二〇二四年三月号

佐伯一麦（さえき・かずみ）
1959年、宮城県仙台市生れ。仙台第一高校卒。雑誌記者、電気工など様々な職に就きながら、1984年「木を接ぐ」で「海燕」新人文学賞を受賞し、作家デビュー。1990年『ショート・サーキット』で野間文芸新人賞、1991年『ア・ルース・ボーイ』で三島由紀夫賞、1997年『遠き山に日は落ちて』で木山捷平文学賞、2004年『鉄塔家族』で大佛次郎賞、2007年『ノルゲ Norge』で野間文芸賞、2014年『還れぬ家』で毎日芸術賞、『渡良瀬』で伊藤整文学賞、2020年『山海記』で芸術選奨文部科学大臣賞を、それぞれ受賞。他に『雛の棲家』『一輪』『木の一族』『石の肺』『ピロティ』『誰かがそれを』『光の闇』『麦主義者の小説論』『空にみずうみ』『アスベストス』など著書多数。

カバー・扉写真
千葉奈穂子《父の家 My Father's House》より「遠野道」
成島和紙にサイアノタイプ、2007/2016年

地図作成
atelier PLAN

ミ　チ　ノ　オ　ク

発　行　2024年 6 月 25 日

著　者　佐伯《さえき》一麦《かずみ》
発行者　佐藤隆信
発行所　株式会社新潮社
〒162-8711　東京都新宿区矢来町 71
電話　編集部　03-3266-5411
読者係　03-3266-5111
https://www.shinchosha.co.jp
装　幀　新潮社装幀室
印刷所　大日本印刷株式会社
製本所　大口製本印刷株式会社

乱丁・落丁本は、ご面倒ですが小社読者係宛お送り下さい。
送料小社負担にてお取替えいたします。
価格はカバーに表示してあります。
ISBN 978-4-10-381406-1 C0093

還れぬ家　佐伯一麦

親に反発して家を出たことがある光二だが、認知症となった父の介護に迫られる。そして東日本大震災が起こり……。著者の新境地をしめす傑作長編。〈毎日芸術賞受賞〉

荒地の家族　佐藤厚志

あの災厄から十年余り。妻を喪い、仕事道具もさらわれた男はその地を彷徨い続けた。仙台在住の書店員作家が描く、止むことのない渇きと痛み。第168回芥川賞受賞作。

エレクトリック　千葉雅也

性のおののき、家族の軋み、世界との接続。1995年宇都宮。高2の達也は東京に憧れ、広告業の父はアンプの完成に奮闘する。気鋭の哲学者が新境地を拓く渾身作！

波　☆新潮クレスト・ブックス☆　ソナーリ・デラニヤガラ　佐藤澄子訳

2004年のクリスマス翌日、巨大津波が幸福な一家を襲った――。息子たち、夫、両親を一度に失い絶望の淵に落とされた経済学者の女性が綴る、絶望と回復の手記。

ともぐい　河﨑秋子

己は人間のなりをした何ものか――山でひとり獲物を狩り続ける男、熊爪。ある日見つけた血痕が運命を狂わせる。人と獣が繰り広げる理屈なき命の応酬の果てには。

涙にも国籍はあるのでしょうか　津波で亡くなった外国人をたどって　三浦英之

日本で過ごす喜びを母国の恩師に伝えた青年、「日米の架け橋になりたい」と語った女性――日常のはかなさと、それでも生きる人間の強さに触れるノンフィクション。